手／ヴァランダーの世界

ヘニング・マンケル

田舎暮らし[illegible]に、同僚のマーティンソンが物[illegible]た。購入を考えたヴァランダーだったが、なんと家の裏庭で地面から人間の手の骨が突き出しているのを見つけてしまう。地面の下には骸骨と衣服の残りが埋まっていた。ヴァランダーは過去に遡って家の持ち主を調べ始める……。著者が書店キャンペーン用に書き下ろした、『霜の降りる前に』と『苦悩する男』の間に位置する中編「手」と、マンケル本人によるシリーズの各作品、人物、地名の紹介を網羅した「ヴァランダーの世界」を併録。シリーズファンなら絶対見逃せない一冊。

手／ヴァランダーの世界

ヘニング・マンケル

柳 沢 由 実 子 訳

創元推理文庫

HANDEN

by

Henning Mankell

目次

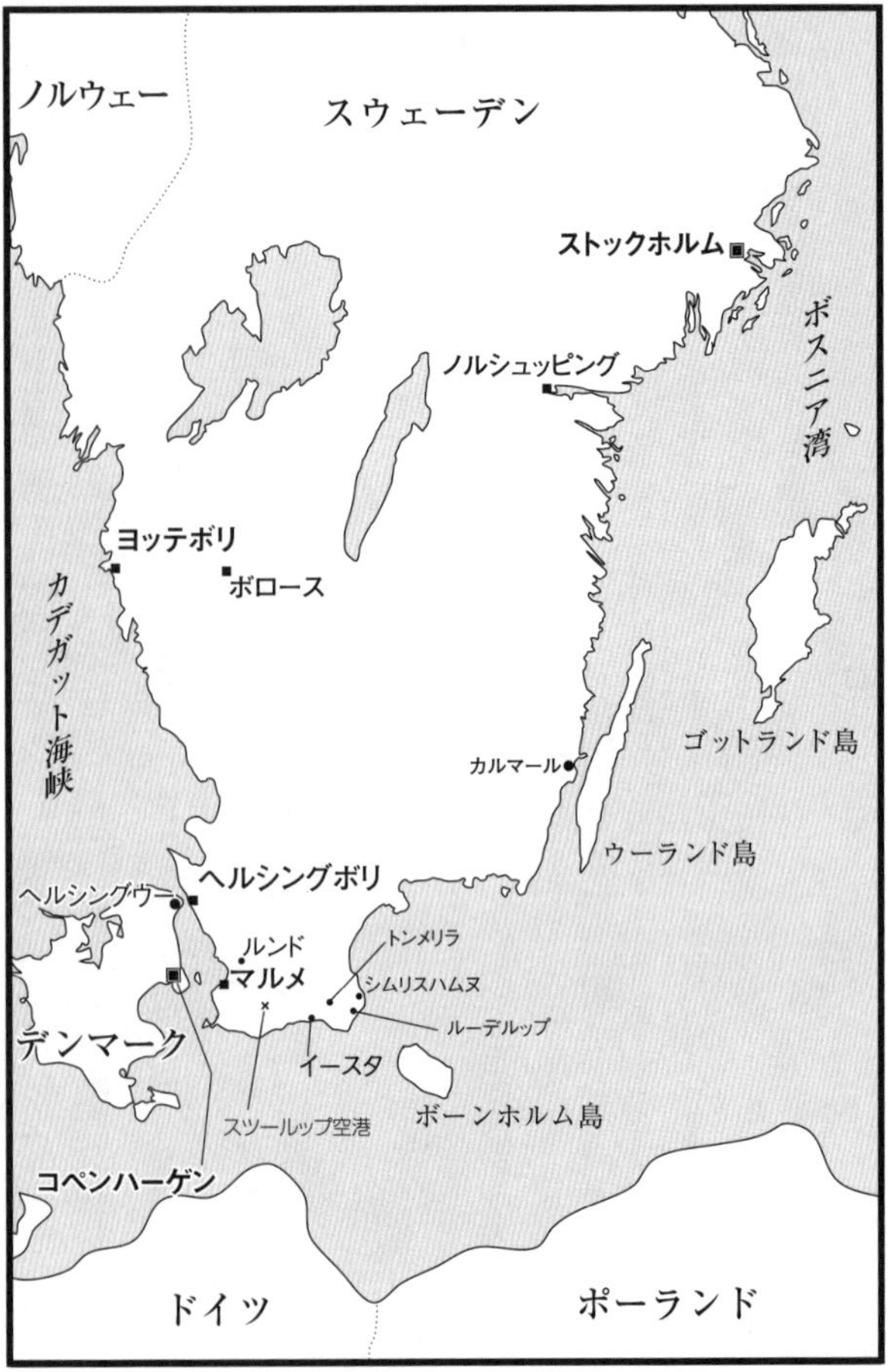

ノルウェー
スウェーデン
ストックホルム
ボスニア湾
ノルシュッピング
ヨッテボリ
ボロース
カデガット海峡
ゴットランド島
カルマール
ウーランド島
ヘルシングボリ
ヘルシングウー
ルンド
マルメ
トンメリラ
シムリスハムヌ
ルーデルップ
デンマーク
イースタ
スツールップ空港
ボーンホルム島
コペンハーゲン
ドイツ
ポーランド

手／ヴァランダーの世界

手

登場人物

クルト・ヴァランダー……………イースタ警察署の刑事
リンダ…………………………………同、刑事。クルトの娘
マーティンソン………………………同、刑事
ステファン・リンドマン……………同、刑事
スヴェン・ニーベリ…………………同、鑑識課の刑事
リーサ・ホルゲソン…………………同、署長
スティーナ・ヒュレーン……………ルンド大学病院の法医学者
シーモン・ラーソン…………………元イースタ署の刑事
カール・エリクソン…………………マーティンソンの妻の親戚。ヴァランダーが買おうとした家の所有者
グスタフ・ヴァルフリード・ヘナンダー……………カールの前の家の所有者
ラウラ…………………………………グスタフの妻
ルドヴィグ・ハンソン………………グスタフの前の家の所有者
クリスティーナ・フレードベリ……ルドヴィグの娘

エーリン・トルルソン……………カールの隣人
エーヴェルト…………………………エーリンの息子
リカルド・ペッテルソン……………五十八年前に妻と共に姿を消した男
イリーナ……………………………リカルドの妻
カッチャ・ブロムベリ………………リカルドとイリーナの孫
エルモー・ピーラク…………………ルドヴィグから家を借りていたエストニア人
カーリン……………………………エルモーの妻
イーヴァル…………………………エルモーとカーリンの息子

1

二〇〇二年十月二十六日、クルト・ヴァランダーはひどく疲れていた。その週はきつい一週間だった。やっかいな風邪が流行《はや》っていて、いつもならイースタ署では誰よりも先に流行の風邪にかかるヴァランダーだったが、今回はなぜか罹患を免《まぬが》れた少数派の一人になっていたのだ。この一週間の間にスヴァルテで性暴力事件が一件、イースタで暴行事件が数件あったため、ヴァランダーは人手不足を補うため長時間、何人分も働いていた。

その日はかなり遅くまで署の執務室で机に向かっていた。すでに仕事が続けられないほど頭が重かったが、それでもマリアガータンの自宅に帰る気にはならなかった。イースタ署の外は強風が吹き荒れていた。ときどきヴァランダーの部屋の前を通る人の気配がしたが、誰にも会いたくなかったので、部屋のドアをノックしないように、とひたすら願っていた。

誰にも会いたくない？　もしかすると、一番会いたくないのは自分自身ではないか？　いつも感じているこのやる気のなさ。そんな自分と向き合いたくないのではないか。

部屋の窓から枯葉がパラパラと落ちる様子が見える。まだ休暇が数日残っている。マジョルカ島かどこか、安いバケーション地へ出かけようかと考えてみる。しかし、本気でそうする気にはなれなかった。スペインの島で輝く太陽を浴びても、心が安らかになるとは思えない。

机の上のカレンダーを見る。二〇〇二年十月。三十年以上も警察官として働いてきた。最初はマルメでパトロール警官、その後はイースタで犯罪捜査官として働き、今では経験を重ね、人から信頼される警察官となっている。難しい事件捜査を担当し、解決することにかけては右に出る者がいないという評判もある。個人としての人生には必ずしも満足できなかったとしても、警察官としては満足していいはずである。務めを果たし、人々の暮らしが安全に保たれることに多少なりとも貢献してきたと言っていいだろう。

外から思い切りペダルを踏み込む音がして、タイヤが擦れる音が続いた。運転しているのは若い男に違いないとヴァランダーは思った。警察署の前であることを意識した行為だ。警察に対する嫌がらせ、我々を怒らせようとしているのだろう。だが、俺はそんなことは何とも思わない。そう、今では。

ヴァランダーは廊下に出た。誰もいない。どこかから笑い声が聞こえた。紅茶をいれに行って、また部屋に戻った。カップに浸したティーバッグを上げてみると、ジャスミンティーだった。彼の好みではなかった。ティーバッグをゴミ箱に捨て、紅茶は娘のリンダからもらった鉢入りのプラントの根元に注いだ。

警察官になってから三十年の間に、何もかも変わった。パトロール警官になったころ、マルメのような大都市とイースタのような地方都市の間には大きな違いがあったが今ではほとんど違わない。そしてその原因は町の大きさを問わず、国中に蔓延しているドラッグのせいと言っても過言ではなかった。彼がイースタ警察に赴任したころ、麻薬中毒者の多くは隣国デンマークの首都コペンハーゲンまで様々な種類のドラッグを買いに行っていたものだ。それが今日ではわざわざ出掛けなくとも何でも手に入る。ヴァランダーは、警官の仕事はここ数年でどんどん難しくなってきたと、よく仲間内で話すのだが、今彼は窓ガラスを叩く枯葉を見ながら、本当にそうなのだろうかと思う。もしかするとそれは言い訳ではないか。仕事が難しくなってきているのではなくて、自分たちが社会の変化とそれに伴う新しい犯罪の形についていけなくなっているのではないか？

俺は誰からも怠け者と非難されたことはない。だが、もしかすると、俺は怠け者なのではないかという疑問が胸に浮かんだ。

立ち上がり、来客用の椅子にかけていた上着を取って部屋の電気を消し、部屋を出た。いろいろな思いを部屋に残したまま、自分に対する疑いもまたそこに置いて署を出た。

暗い街の中を車で帰った。街路が雨に濡れて光っていた。突然頭が空っぽになった。

翌日は休みだった。まだ眠っているときに、壁を隔てたキッチンから電話のベルが聞こえてきた。娘のリンダがストックホルムの警察学校で教育を受けた後、昨年の秋にイースタ署で働きはじめ、彼のアパートに同居していた。じつはもうとっくに引っ越し先が決まっているのだが、約束に反して賃貸契約書がまだあがっていないのだ。リンダが電話に応える声が聞こえる。よし、これで自分は起きなくてすむとヴァランダーは思った。前日マーティンソンから連絡があり、風邪から回復したから日曜日は休んでいいと言ってくれていたのだ。

他の人間がヴァランダーに直接電話してくることはない。とくに日曜日の早朝になど。一方リンダは時間を問わず携帯電話で長話をしている。これについて、彼はいろいろ考えていた。彼自身の電話との関係は、複雑なものがあった。電話が鳴るたびにギクッとし、不快に感じる。一方リンダは一日の大部分を携帯電話を手にして過ごしている。これは俺たち親子が別の世代に属しているということを示すものなのだろうと彼は思っていた。

寝室のドアが突然開いた。彼は頭にカーッと血が上った。

「ノックしないのか?」

「あたしに決まってるじゃない」

「お前の寝ている部屋を俺がノックもしないで開けたら、何と言う?」

「あたし、いつも部屋に鍵をかけてるもの」

「家まで俺に電話をかけてくる人間はいない」

「とにかく今はいるわけ」

「誰だ?」

「マーティンソンよ」

ヴァランダーはベッドに起き上がった。リンダは彼の大きな腹を見て顔をしかめた。が、なにも言いはしなかった。日曜日だったからだ。二人は協定を結んでいた。父親の家に厄介になっている間は、日曜日は互いに文句を言わないと。日曜日は和平協定が結ばれているのだ。

「何の用事だ?」

「知らない」

「俺は今日は休みなんだ」

「とにかくあたしはなにも知らないわ」

「留守だと言ってくれないか?」

「いい加減にしてよ!」

と言うと、リンダは部屋から出て行った。仕方なくヴァランダーはキッチンへ行って受話器を取った。窓の外は雨だった。が、雲は薄く、少し青空も見えた。

「今日は休みなんだがなあ!」

「ええ、そうですよね」マーティンソンが応えた。

「なにが起きた?」

「なにも」ヴァランダーは腹が立ってきた。用事もないのに日曜日の朝電話してきたというのか? それはいつものマーティンソンらしくなかった。

「それじゃなぜ電話をかけてきた?」

「なにをそんなに怒ってるんです?」

「腹が立つからだ」

「じつは、もしかすると、いい家が見つかったかもしれないんです。それもルーデルップからさほど遠くないところに」

ヴァランダーは長い間、イースタの中心街のマリアガータンにあるアパートから田舎へ移りたいと思っていた。静かな田舎に住みたかった。そして、犬を飼いたかった。リンダが独立し、二、三年前にヴァランダーの父親が亡くなってから、生活を変えたいという思いが次第に強くなっていた。そして今まで不動産屋の案内する物件を数え切れないほど見てきた。だが、ほしいもの、これだという物件はなかった。いや、何度かこれだと思える物件があることはあったのだが、値段が高すぎて手が出なかった。給料も貯金も足りなかった。警察官は貯金ができるほどの給料をもらってはいない。

「もしもし?」

「ああ、聞こえてる。もっと説明してくれ」

「ちょっと今は時間がないんです。昨夜オーレンス・デパートに泥棒が入ったらしいので。でももし署に寄ってくれたら、説明しますよ。手元にその家の鍵もあるし」

マーティンソンは言い終わると一方的に電話を切った。リンダが部屋から出てきてコーヒーを注ぎ、父親に、飲みたいかと訊く表情をしてから、もう一つカップを取り出してコーヒーを注いだ。二人はそれぞれコーヒーを手に向かい合った。

「それで? 今日働くことになったの?」

「いいや、そんなことはない」

「それじゃなぜ電話してきたのかな？」

「見せたい家があるんだそうだ」

「マーティンソンはテラスハウスに住んでいるんじゃなかったっけ？　でもパパは田舎に住みたいのよね？」

「話をよく聞いてくれ。マーティンソンは俺に見せたい家があるというんだ。彼の家じゃない」

「どんな家？」

「知らない。一緒に来るか？」

リンダは首を振った。

「他に予定があるわ」

他の予定とはなにか、彼は訊かなかった。こういう場合、彼女は自分に似ていると知っていたからだ。必要以上のことは言わないのだ。訊かなければ、答えを強いることもない。

2

十二時過ぎ、ヴァランダーはイースタ署へ徒歩で向かった。車で行くかどうか、外に出て一瞬迷ったのだが、歩くことにした。このところ歩いていない。良心の痛みからの行動だった。それに、リンダが窓から見下ろしているに違いない。車で行ったら、後でさんざん言われるにきまっている。

ヴァランダーは歩きだした。

娘のリンダとはまるで長年連れ添った夫婦のようだと思った。それとも年若い女と中年男のカップルというところか。最初はこの娘の母親と俺は夫婦だったが、今では娘と俺は何とも奇妙な夫婦のようだ。もちろん、純粋に暮らし方のことで、一般的な夫婦生活の意味では決してない。暮らし方において、つまり互いに苛立っている、しかもその苛立ちがどんどん募ってきているという面でだ。

人けのない警察署で、マーティンソンは自室で電話を受けていた。話の様子からトラクターが一台盗まれたらしいとわかったが、待っている間、ヴァランダーはマーティンソンの机の上にあった本庁からの最新通達に目を通した。胡椒《こしょう》スプレーに関するものだった。数ヵ月間、南スウェーデン警察区で実験が行われたが、胡椒を含有するスプレーは暴漢に対して大きな効果を発揮すると報告されていた。

ヴァランダーは急に年取ったように感じた。自分は射撃が下手で、ピストルを撃たなければならない状況に陥ることを常に恐れてきた。実際に数年前に一度、自衛のために人一人を撃ち殺したことがあった。だが、警察官が自衛の手段を増やすために、小さな胡椒スプレーを持ち歩くというのはどんなものだろう。自分はその手段はとらないと思った。

俺は、やっていけないほど時代遅れなのかもしれない、と思った。俺自身にとっても、俺の職業にとっても。

目の前でマーティンソンが受話器を叩きつけるようにして電話を切ると、立ち上がった。ヴァランダーはその姿を見て、およそ十五年前にマーティンソンがイースタ署で勤務し始めたころのことを思い出した。勤め始めた当時から、すでにマーティンソンは警察官という職業が自分に合うかどうか迷っていた。それから今までの間、彼は何度も真剣に辞めることを考えた。が、いつも結局は辞めずに警察官を続けてきたのだ。今、彼はもう若くはない。ヴァランダーのように体重が増えてはいない。むしろ痩せたと言っていい。大きな違いはあの茶色いふさふさした髪の毛がなくなり、頭のてっぺんが薄くなってしまったことだ。

マーティンソンはヴァランダーに鍵束を渡した。鍵はどれも古く錆びたものだった。

「ワイフの親戚の男の家なんです」マーティンソンが説明した。「彼は高齢で、その家から離れたくなかったのですが、一人では暮らせなくなって高齢者住宅に移ったんです。その家は今空っぽで、売りに出されている。本人は売りたくなかったんですが、もうあの家に戻ることはないと思ったんでしょう。私に鍵を預けて、売ってくれと言った。少し前のことなんですが、それでそろそろ売ってもいいかということになった。自分はすぐに警部のことを思ったもので」

マーティンソンは来客用のくたびれた椅子をすすめ、ヴァランダーは腰を下ろした。

「いろいろ理由はあるんです。ま、一つにはもちろん、警部がずっと田舎に家を探しているということを知っているからですが、もう一つはその家の場所なんです」

ヴァランダーは話の続きを待った。マーティンソンはいつも話を長引かせる。簡単に説明できることを、ややこしく話す癖があるのだ。

「その家はルーデルップのヴレッツヴェーゲンにあるんですが」マーティンソンは話を続けた。

ヴァランダーはマーティンソンの言わんとするところがわかった。

「それで、どの家だ？」

「売り手はカール・エリクソンというんです」

ヴァランダーは考えた。

「以前、ガソリンスタンドの脇で鍛冶屋をやっていた男か？」

「そうです」

ヴァランダーは鍵を受け取って立ち上がった。

「あの家なら何度も近くを通ったことがある。ただ、少しばかり親父が住んでいた家に近すぎるかもしれないな」

「行ってみたらどうですか」

「いくらで売ると言ってるんだ?」

「いや、それは自分に任されています。ただし、経済面は妻が握っているので、市場価格で、ということになると思いますが」

ヴァランダーは部屋の戸口で立ち止まった。迷いが生じたようだった。

「だいたいの値段は言えるだろう? もし俺の手が届かないような値段なら、行ってもあまり意味がないからな」

「まず行ってみてください」マーティンソンが言った。「大丈夫、あなたがほしいと言うのなら買える値段にしますから」

3

ヴァランダーは署からマリアガータンまで歩いて戻り、車に乗った。興奮と多少の心配も感じた。車に乗ったとたん、雨が強く降り始めた。イースタの町からウステルレーデンに入ると、父の家へ行くためにこの道をずいぶん走ったものだ、最後に走ったのはいつだっただろうと思った。

父親が死んでから何年経ったのだろう。すぐには答えが浮かばなかった。もうずいぶん前のような気がした。一緒にローマへ行ってから何年経つだろう？

ローマで、一人出かけた父親の後を尾けたことを思い出した。父親がどこへ行くのか知りたくて後を尾けたことを思い出すと、今でも恥ずかしく思う。父親が歳をとって少しボケていたとしても、それはやってはいけない行為だった。なぜ自分は父親が思うままにローマの街を歩くのを放っておくことができなかったのだろう？　なぜ父親の後を尾けたりしたのだろう？　父親のことが心配だったから、なにか起きるかもしれないと思ったから、というのは言い訳にすぎない。

あのときのことは今でもはっきり憶えている。自分はとくに父親のことを心配していたわけではなかったのだ。単に好奇心から尾けたのだ。

昔に一気に戻ったような気がした。父親を訪ねるために車を走らせたのが、まるで昨日のことのようだ。トランプをしたり、一杯飲んだり、他愛もないことで言い争ったりしたものだ。親父が亡くなったことを俺は悲しんでいるとヴァランダーは思った。俺にはあの父親しかいないのだ。たいていの場合、親父はどうしようもないやつで、俺は頭に血が上ったものだ。だが今俺は親父がいないことを悲しんでいる。それだけは確かだ。

ヴァランダーは旧知の道に入ると、遠くにかつての父親の家の屋根を見ながらそのまま通り過ぎ、しばらくして反対側の小道に入った。

二百メートルほど行ったところで車を止めて降りた。雨は止んでいた。

カール・エリクソンの家は荒れた庭の中にあった。伝統的なスコーネ地方独特の家の作りで、二つの家屋のうちの一棟《むね》が残っていた。火事でもあったのだろうか。それとも朽ち落ちて始末されてしまったのだろうか。四方は野原で、庭に囲まれたこの家だけがぽつんと一軒立っていた。遠くからトラクターの音が聞こえた。土を掘り返して、冬の到来を待っているのだ。

ギーッと音を立てる庭木戸を開けて、庭に入った。砂地の地面はもう何年も掃かれていないとわかる。家屋の前に大きな栗の木が立っていた。もしかするとそれは家の守り主として昔植えられたものかもしれない。ヴァランダーはしばらくそこに佇み、耳を澄ました。この家に住むなら、周囲の音が気に入らなければならない。風の音や静まり返った音が気に入らなかったら、中に入る必要はない。すぐに帰るつもりだった。だが、その周囲の静けさはよかった。それは秋の静けさ、まさに冬を待つスコーネの秋の静けさだった。

ヴァランダーは家の周りをぐるりと回った。家の裏手にリンゴの木が二本、スグリの灌木が数本、そして壊れた石製の椅子やテーブルがいくつか転がっていた。枯葉の積もった庭を歩いていたとき、足先がなにかに当たってつまずいた。古い農機具の壊れた一部かもしれないと思いながら、家の表に戻った。鍵束を取り出し、その中から玄関の鍵を探し出して鍵穴に差し込んだ。

ドアを開けると淀んだ空気の嫌な臭いがした。年寄り独特の、鼻をつく臭い。ヴァランダーは家の中に入り、部屋を見てまわった。古い家具、壁にかけられた格言入りの絵。老人の寝室と思われる部屋の隅には旧式のテレビ。台所へ入ると、そこには電気に接続していない冷蔵庫があった。ゴミ箱の中にネズミの死骸が一匹。階段を上がってロフトに行ってみた。屋根裏のまま。部屋になっていない。この家を買うとしたら、かなり手を入れなければならない。そのくらいは彼にもわかった。それには相当金がかかるだろう。たとえかなりの部分、自分で大工仕事をするにしても。

階下に降りて古いソファにおっかなびっくり腰を下ろしてイースタ署に電話をかけた。何度も通信音が鳴った後、ようやくマーティンソンが電話口に出た。

「今どこですか?」

「一昔前は、電話に応えるとき最初の言葉は、元気ですかとか、あいさつ言葉を言ってたものだが、近頃では今どこですか、だ。あいさつの仕方が革命的に変わったということだな」

「え、それを言うために電話してきたんですか?」

「いや。俺はいま例の家の中にいるんだ」

「どう思います？」

「わからない。まったく知らない家だからな」

「ま、今日初めてその家を見たわけですからね。知らない家であることは確かです」

「どのくらいの売値なのか、知りたい。それを知らないでこの家をどう思うかと聞かれても答えられない。この家はこのままでは住めないということは、あんたも知っているだろうが？」

「ええ、それは知っています。何度も行ったことがありますから」

ヴァランダーは待った。マーティンソンの息遣いが聞こえた。

「友人に売るということは、簡単なことじゃないですね」マーティンソンが言った。「今、それがわかります」

「敵だと思えばいいんだ」ヴァランダーが言った。「ただし貧乏な敵だと思ってくれ」

マーティンソンが笑った。

「こっちは五十万クローナと考えているんです。これが最低ラインです」

ヴァランダーは密かに五十五万クローナまでならなんとかなると思っていた。

「それは高すぎる」とヴァランダーは平然として言った。

「場所がウステルレーンですよ！」

「だが、あばら家だ」

「あと二、三十万も出して修理すれば、百万クローナ以上で売れる代物ですよ」

「四十七万五千までなら出せる」

「ダメです」

「それじゃ、それまでのことだ」

と言ってヴァランダーは電話を切った。そのままの姿勢で、待った。二十四まで数えたとき、電話が鳴った。もちろんマーティンソンだ。

「四十九万ならどうですか?」

「それじゃ、この電話で商談成立ということにしよう」ヴァランダーが言った。「ただし、正式には二十四時間後にこの家が俺のものになるということにしてくれ。リンダと話して、彼女の同意を得なければならないから」

「いいですよ。ただし、今晩中にお願いしますよ」

「なぜそんなに急ぐ?　二十四時間後ということでいいじゃないか」

「それじゃそうしましょう。ただし、それ以上はダメですよ」

話が終わった。ヴァランダーは全身に喜びを感じた。ついに、長い間願ってきた、田舎に家をもつことが実現するのか?　しかもそれは、しょっちゅう行っていた父親の家のすぐそばにあるのだ。

もう一度家の中を見てまわった。頭の中では、壁を取り払い、電気の線をここに引っぱって、壁紙を張って、家具を入れてと、イメージがどんどん膨らんでいく。リンダに電話したかったが、ぐっと堪えた。

話すのはまだ早すぎる。まだ全面的に確信してはいなかった。

一階の部屋を一つ一つ見ていった。ときどき足を止めて耳を澄まし、次の部屋へ進んだ。壁に以前ここに住んでいたと思われる人々の、色あせた写真が貼ってあった。一番大きな部屋の壁に、航空写真と思われるこの家屋と土地全景の額縁入りの写真がかけられていた。

ここに住んでいた人々の息遣いがまだ感じられるような気がした。もちろん幽霊は出ないだろう。いや、俺はそもそも幽霊などというものを信じていない。

外に出た。雨が止み、空が晴れていた。庭の真ん中に井戸があった。彼はポンプのハンドルを数回上下させてみた。最初は重く、ときどき引っかかったが、まもなく土色の水が透明な水に変わった。その水を飲んでみた。すでに頭の中には、そばに犬がいて彼が汲み上げた水を器から飲んでいる姿が浮かんだ。

もう一度家の周りを一回りし、車に戻った。

車のドアを開けたとき、彼の動きが止まった。ちょっと待てという声がした。最初は自分を止めたのは何なのか、わからなかった。ただ、待て、という声が聞こえただけだった。眉間にシワが寄った。なにかが気になる。なにか、自分が見たものだ。なにかがおかしい。

後ろを振り返って、家を見た。すぐにこの家に来てからの記憶がパッと頭に浮かんだ。

わかった。家の裏庭で足先がなにかに当たった。古い農機具の壊れた一部かもしれないとあのときは思った。気になったのはそれだった。

自分の目に映ったものだ。見ていながら見えなかったものだ。

4

ヴァランダーは家の裏手に戻った。自分がつまずいたものは何だったのだろう。なぜ自分はそれがこんなに気になるのか。

うつむいて地面を探した。まもなくそれは見つかった。彼はしばらく地面からにょきっと出ているそれを見つめた。最初は動かずに、それからゆっくりその周りを回って四方から見た。最初の位置に戻ると、しゃがみ込んだ。みしっと膝の骨が鳴って、痛んだ。

そこにあるのがなにかは疑問の余地がなかった。半分は土の上に、半分は土の中にある。それは壊れたクワやスキの一部などではなかった。木株でもなかった。

それは人間の手の骨だった。骨は茶色に変色していたが、間違いなかった。茶色い土の中から突き出ていたのは間違いなく人間の手の骨だった。

ヴァランダーは立ち上がった。車のドアを開けたときに彼の内で鳴った警報は正しかったのだ。

ヴァランダーはあたりを見回した。他に骨らしきものは見当たらなかった。土の中からニョキっと突き出ている手。今見えるのはそれだけだった。ふたたびしゃがみ、今度は骨の周りの土に触った。この下に人間の全身の骸骨が埋められているのだろうか？　それとも手だけなのだろうか？　それはまだわからない。

いつの間にか雲が消えていた。十月の日の光は早くも弱くなっている。カラスがこの間ずっと高い栗の木の梢で鳴いていた。ヴァランダーの目にはすべてが非現実的に映った。日曜日の今日、自分は引っ越し先となるかもしれない家を見にここにやってきた。そしてまったくの偶然から、人間の体の一部につまずいた？　まるでそれが日常のごく自然な一部であるかのように。

ヴァランダーは信じられないというように首を横に振った。それからイースタ署へ電話をかけた。何度も呼び出し音が鳴ってからマーティンソンがようやく電話に出た。

「値段のことだったら、これ以上は下げませんよ。妻が下げすぎだと怒ってますから」

「値段のことなどじゃない」

「それじゃ何ですか？」

「こっちに来てくれ」

「なにが起きたんです？」

「とにかくこっちに来ればわかる」

マーティンソンはなにかとんでもないことが起きたということはわかったようで、それ以上なにも訊かなかった。ヴァランダーは警察の車がやってくるまでゆっくり庭を歩き、地面を入念に見てまわった。ぴったり十九分後、マーティンソンがやってきた。ヴァランダーは家の表で待ち受けていた。マーティンソンは心配そうだった。

「なにが起きたんです?」

「つまずいたんだよ」

マーティンソンは苛立った。

「なにかにつまずいたということを言いたくて、わざわざ署まで電話してきたんですか?」

「ああ、ある意味で、そうだ。とにかく俺がなににつまずいたのか、見てくれ」

二人は家の裏側へ行った。ヴァランダーが指差した。マーティンソンはギクッとして体を引いた。

「何だ、これは!」

「手のように見えるな。この下に体全体が埋まっているかどうかはわからんが」

マーティンソンは信じられないというように目を丸くして手を見ている。

「どういうことなんだ?」

「手は手だよ。死んだ人間の手だ。ここは墓地ではないのだから、なにかがおかしいということだ」

二人は身じろぎもせずその手を見つめて立っていた。マーティンソンはなにを考えているのだろうとヴァランダーは思った。それから自分はなにを考えているのかと振り返った。

とにかくこの家を買うという話はナシだ、と思った。

5

　二時間後、その家の周りは立ち入り禁止になり、鑑識の捜査が始まった。マーティンソンは、休みなのだから家に帰るようにと言ってくれたが、ヴァランダーはその気にはなれなかった。すでにその日は潰れたも同然だった。

　あのとき〝手〟につまずかなかったらどうなっていたのだろう、と彼は思った。あの家を買った後で、あの〝手〟を見つけたのだったら？　敷地の一部に人間の骨が埋まっているということがわかったら、自分はどう反応しただろう？

　警察官が同僚から家屋を買った後、その敷地内で以前殺人が行われていたということがわかったら、どう対応したらいいのか？

　新聞が大々的に書き立てる記事が目に浮かぶようだ。

　ルンド大学病院から来た法医学者スティーナ・ヒュレーンは、ヴァランダーの目には法医学の仕事をするには若すぎるように見えたが、もちろん彼はなにも言わなかった。ヒュレーンは、じつに仕事熱心だった。

　マーティンソンとヴァランダーは、ヒュレーンがその場で基礎的な観察をする間、待っていた。後ろで鑑識のニーベリが怒鳴っている声が聞こえた。ヴァランダーは何千回もその声を聞いたことがあった。今回は初動捜査に必要なブルーシートがないということに腹を立てて怒鳴っていた。

ブルーシートがない？　今までだってそんなことはよくあったではないか？　俺が警官として働いてきたこの何十年間、ブルーシートは初めからあった例しがなかった。

スティーナ・ヒュレーンが地面から立ち上がった。

「確かにこれは人間の手。間違いないわ。それも大人の手。子どものではなく」

「いつからここにあったんだろう？」

「わからない」

「わかることは？」

「わたしは推測が嫌いだってこと、知ってるでしょう？　それとももう一つ、わたしは遺骨のスペシャリストじゃないわ」

あたりが静まり返った中、ヴァランダーはヒュレーンを見返した。

「我々は推測するのが仕事だ」ヴァランダーが言った。「私も推測するし、あんたも推測する。わからなければそうするしかない。推測することで前に進むのだ。たとえ後でそれが誤っていたとわかっても」

スティーナ・ヒュレーンは考え込んだ。

「そうね。推測してみましょう。まったく見当外れかもしれないけど。思うに、この手はずいぶん長いことここにあったのじゃないかしら」

「なぜそう思う？」

「わからない。確信があるわけじゃないのよ。推測よ、あくまで。経験から自然にそういう答えになったのかもしれないわね」

ヴァランダーはヒュレーンから離れ、電話で話しているマーティンソンの方へ行った。手にコーヒーマグを持っている。マーティンソンはヴァランダーにマグを渡した。二人とも砂糖もミルクも入れない。ヴァランダーは受け取ると一口飲んだ。マーティンソンが電話を切った。

「ヒュレーンによれば、あの手は長いことここにあったらしい」ヴァランダーが言った。

「ヒュレーン？」

「ああ、法医学者だ。今まで彼女と働いたことがないのか？」

「ルンド大学病院の法医学者はしょっちゅう替わりますからね。今までの法医学者はみんなどこへ行ってしまったのか？　いつもいつの間にか替わってしまう」

「とにかく彼女は、あの手は長いことここにあったのではないかと言っている。もちろん、それだけじゃなにもわからない。あんたはこの家の歴史を知っているのか？」

「いや、ほとんど知らない。売り手のカール・エリクソンは約三十年この家を所有していたと思いますが、カールの前の所有者は誰なのかも私は知りません」

二人は家の中に入り、台所のテーブルのそばに座った。ヴァランダーにはほんの数時間前にこの家を買うためにやってきたときとはまったく別の家のように感じられた。

「庭全体を掘り起こさなければならないと思います」マーティンソンが言った。「でもその前に探知機を使ってこの土地に人骨が埋められているかどうかを探るらしい。鉱山で希少金属が岩の中にあるかどうかを探る機械のようなものらしいです。ニーベリはそんなものどうせ役に立ちはしないと、はなから信じてませんが、署長がやれと言っていて。ニーベリはそんな機械は役に立たないということの証明になるだけだ、ざまあ見ろと言ってやると張り切ってますよ。そのときは昔からの、正統派のやり方、すなわちスコップで掘り探るということになるでしょう」

「なにも見つからなかったら？」

マーティンソンは眉間にシワを寄せた。

「え？」

「あんたはどう思うんだ？　いいか、土の中から人間の手の骨が突き出ているんだ。当然、体の他の部分もどこかにあるはずだ。そう、手以外の、体全体だ。考えてみろ。手だけが空を飛んできたのか？　カラスがどこかから運んできて、ちょうどこの家の裏に落としたとでも言うのか？　それともこの庭には手が生えるのか？　それともこの秋、ルーデルップでは雨と一緒に手が天から降ってくるとか？」

「いや、わかりましたよ」マーティンソンが言った。「他の部分も見つけなければならないってことですね」

ヴァランダーは窓の外の庭に目を移した。

「なにが出てくるか、わからない。もしかするとここは昔の墓地かもしれない。中世のペストが流行した時代の墓地だったとか」

二人はまた家の外に出た。マーティンソンはニーベリと数人の鑑識課の男たちと話をしにいった。ヴァランダーは頭の中で、ここで一緒に遊ぶはずだった想像上の犬のことを思った。まだまだ実現するのは遙か先のことだろう。

二人は署に戻った。車を駐車してから、マーティンソンの部屋へ行った。部屋は今まで見たこともないほど散らかっていた。若いころ、マーティンソンはじつに整理整頓に長けた男だった。神経質と言ってもいいほど几帳面《きちょうめん》だった。それが今この部屋はカオス状態だった。部外者には書類一枚見つけることができないだろう。

マーティンソンはヴァランダーの考えを読んだようだった。

「ひどい散らかりようでしょう」と言って、椅子の上の書類の束を動かした。「整理してるんですよ、これでも。しかし、なぜか書類の束は日ごとに増えるばかりなんです」

「いや、俺も同じだ。パソコンを導入したとき、これで紙の書類はなくなると思ったんだが、まったくその逆だった」

ヴァランダーは口を閉じ、窓の外に目を向けた。

「もう帰って大丈夫ですよ。今日は休みでしょう。あの家を見せたりして申し訳なかったと思っているんです」

「いや、あの家は気に入っていたんだ」ヴァランダーが言い、立ち上がった。「あの家が気に入った。きっとリンダも好きになると確信しかけていたんだ。もう少しであんたに電話をかけて、買うと言うところだった。今はもう到底そうは思えないが」

マーティンソンは署の玄関まで一緒に来た。

「あれは一体何だろう？」ヴァランダーが言った。「裏庭に片手があった。残りの体は？」

ヴァランダーは話を途中でやめた。いうまでもなく、これは殺人事件として捜査される事案だ。もしあそこであの手が見つからなかったら、手の主は誰か、死因はなんだったのかなど、捜査は決して行われなかっただろうと思った。

「電話します」マーティンソンが言った。「何事もなければ、明日の朝、いつもどおりに」

「ああ、朝八時に」とヴァランダー。「そのときまでにわかったことを徹底的に話し合おう。ニーベリのことだ、おそらく今晩は一晩中あの家の裏庭をほっくり返すだろうよ」

マーティンソンは部屋へ戻っていった。ヴァランダーは車にいったんは乗り込んだが、すぐに思い直し、車を降りて歩いて帰った。途中、駅の近くのキオスクで夕刊を買った。

雲がふたたび厚く空を覆っていた。肌寒くなっていた。

6

ヴァランダーは玄関のドアを開けて耳を澄ました。リンダはまだ帰宅していない。紅茶をいれてキッチンテーブルについた。手が見つかったのは残念だった。あの家を見て、短い時間ではあったが、これだと思ったことを思い返した。この家こそ、自分が待っていた家だと思ったのだ。まさにこの家、他の家は考えられないと。それが、犯罪が行われた場所に変わってしまった。犯罪かどうかはわからないまでも、怪しげな秘密が隠された場所と言っていいだろう。

俺の家はきっともう見つからないのだろう、と思った。家も、犬も、新しいパートナーも。なにも変わらないのだろう。

紅茶を飲み干し、ベッドへ行き、横たわった。その日は日曜日だったので、いつもどおりにするべきだった。リンダが作り上げた日常。つまり、日曜日にはシーツを替えること。だが、もうそんな気にはなれなかった。

気がついたら、数時間眠っていた。窓の外は真っ暗だった。リンダはまだ戻っていない。キッチンへ行って水を飲んだ。コップを流しに置いたとたん、電話が鳴った。

「ヴァランダーだ」

「ニーベリだが、どうした？　待ってるんだぞ」

「なにを？」

「お前を、に決まってるじゃないか」

「なぜだ？」

ニーベリは深いため息をついた。ニーベリは疲れている、そして苛立っているとわかった。

「そっちに知らせがなかったのか？」

「ああ、電話はなにもない」

「知らせを発したところで、それが担当者に知らされなかったら、どうやって仕事が遂行できると言うんだ？」

「それはもうどうでもいい。なにかわかったのか？」

「体が見つかった」

「体？　死体か、それとも骸骨か？」

「馬鹿なことを訊くな。骸骨に決まってるだろ」

「わかった。すぐ行く」

受話器を置くと、クローゼットから上着を取り出し、キッチンテーブルの上のメモ用紙に伝言を書いた。〈仕事で出かける〉。署に残してきた車を取りに走った。車に乗ろうとしてポケットに鍵を探して、初めて家のテーブルの上に鍵束を置いてきたことを思い出した。

一瞬、泣きたくなった。何もかも放りだしてその場を立ち去りたくなった。決して振り返らないぞ。もう二度と戻らないぞ。

馬鹿者。哀れな男、と思った。それからパトロール課の方へ行って、現場まで乗せていってくれと頼んだ。自己憐憫は消え、猛烈な怒りに取って代わった。ルーデルップへ来いというニーベリの指示を伝えなかった者がいるのだ。

パトカーの後部座席で寄りかかって目を閉じ、スピーカーから聞こえてくるメッセージに耳を澄ました。突然父親の姿が頭に浮かんだ。

かつて、自分には父親がいた。そしてその父親はいなくなった。突然、父親が生きていた時と、自分が父親の遺骨の入った壺を手に持っていた時との間に時間の差がなくなった。それはまるで昨日のことのようだった。いや、もしかするとすべて夢だったのかもしれない？

強い照明がその家の庭全体を照らしていた。捜査現場でこのような強いライトが灯されているのを見るたび、いつもヴァランダーはまるで映画の撮影のようだと思う。

ニーベリがこっちに向かってきた。首元まで泥土にまみれている。ニーベリのオーバーオールは常に汚れていて、年末パーティーの寸劇のネタとして取り上げられるほどだった。

「なぜあんたに伝言が伝わらなかったのか、わからん」とニーベリが開口一番に言った。

ヴァランダーは手を上げて、彼を諫《いさ》めた。

「それはもうどうでもいい。それで？　なにを見つけた？」

「それはもう言っただろう」

「骸骨？」

「そのとおり」

ヴァランダーはニーベリの後について、裏庭の、昼間自分がつまずいたところまで行った。一メートルほど地面が掘り下げられていた。そこに人間の骸骨が横たわっていた。骸骨はほぼ完全な姿でそこにあった。服の残りと思われる布も多少残っていた。

ヴァランダーは骸骨の周りをぐるりと回った。ニーベリは咳をし、はなをかんだ。マーティンソンが家の中から出てきた。あくびをし、ヴァランダーの言葉を待った。ヴァランダーは遺骨を観察している間は一言も話さなかった。

「法医学者ヒュレーンはどこだ?」

「家に帰ったよ」ニーベリが皮肉な口調で言った。「遺骨の一部が見えたとき、電話しておいたから、もうじき戻ってくるんじゃないか」

ヴァランダーとマーティンソンはしゃがみ込んだ。

「男か、それとも女か?」

そうつぶやいたのはマーティンソンだった。

ヴァランダーは骸骨が男か女かを見分ける一番簡単な方法は腰骨だと聞いたことがあった。だが男女の骨がどう違うのか。それが思い出せなかった。

「男だろう。男だといいと思う」ヴァランダーが言った。

マーティンソンが不審そうな顔をした。

「なぜです?」

「わからない。土台の下に死んだ女が埋められていた家を買おうとしていたと思うのが嫌なのかもしれない」

　立ち上がったとき、膝がミシッという音を立てた。

「あの手のことだが、なぜ手だけが地上に出ていたのだろう？」

「もしかすると、あるはずのない死体がここに埋められていると我々に知らせるためだったのかもしれませんね」マーティンソンが言った。

　ばかばかしいことを言っているなと思ったが、ヴァランダーはなにも言わなかった。法医学者のスティーナ・ヒュレーンが投光器で照らされる強い光の中をこっちに向かって歩いてくる。ゴム長靴が地面の砂利を踏むたびに音がした。ヒュレーンはヴァランダーと同じように、骸骨の周りを一周してからしゃがみ込んだ。

「男か、女か？」ヴァランダーが訊いた。

「女ね」とヒュレーンは即座に答えた。「女で間違いないわ。迷わず言える。でも年齢はわからない。今はこれ以上なにも訊かないで。疲れて死にそうなんだから」

「だが、一つだけ答えてほしい。さっきあんたはこの手は長いことここにあっただろうと言ったね。いま体全体が出てきたわけだが、その意見は変わらないかね？　今でもこの骸骨はここに長いことあったと思うか？」

「別に思うとかいうんじゃなくて、推量しただけよ」

「死因がなにか、わかりますか？」マーティンソンが続けて訊いた。

「それ、二つ目の質問ね。今はこれ以上なにも訊かないでと言ったでしょ。その問いには答えないわ」

「その手のことだが、なぜ地上に出ていたのだろう?」

「それは珍しいことじゃない」答えたのはニーベリだった。ヒュレーンは口を閉じたままだ。

「土の中にあるものは動くんだ。地下水がどこにあるかにもよる。加えて、スコーネ地方の土は動くんだ。家が建つと土地が下がる。低くなるんだ。俺の推量では、この秋の大雨も関係あると思う。土が動いて、手が地上に出てきたんだろう。もちろん畑ネズミが掘り出したということも考えられる」

ニーベリの電話が鳴った。ニーベリは話を中断してその場を離れた。

「俺はいつもニーベリは凄腕の鑑識官だと思ってきた。だが、同時にあいつはじつに説明が下手だとも思ってきた。まったく」ヴァランダーが言った。

「自分は家に帰って寝ます」マーティンソンがため息をついた。「警部もそうしたほうがいいですよ。今日はどっちみちこれ以上なにもできないでしょう」

マーティンソンが家まで送ってくれた。いつもながら、運転がギクシャクして下手だった。だがヴァランダーはなにも言わなかった。文句を言うのはずっと前にやめていた。マーティンソンの運転の仕方は独特で、人が何と言っても変えられるものではないとわかっていた。

7

リンダはまだ起きていた。パジャマの上にガウンを羽織っていて、ヴァランダーの泥で汚れたブーツに目をやった。父娘はキッチンで向かい合って座り、ヴァランダーは今日のできごとを説明した。

「なんだか変な話ね」説明が終わるとリンダは言った。「マーティンソンが教えてくれた家を見に行ったわけね？　そしてそこで人の骨の一部を見つけたというのね？」

「奇妙に聞こえるかもしれないが、本当の話だ」

「それ、誰なの？　手の持ち主のことだけど」

「そんなこと、俺たちが知ってるわけないだろ？」

「どうしてそんなに怒ってるの？」

「疲れてるんだ。それにがっかりもしている。その家が気に入っていたからだ。値段も俺に払える金額だったし」

リンダは手を伸ばし、父親の腕を軽く叩いた。

「他にも家はあるわよ。それに、いま住む家がないわけじゃないし」

「がっかりしたんだ」ヴァランダーが繰り返した。「今日こそいいニュースがほしかったのに。

まさか庭の土の中から手がニョッキリ出るとはな」

「ねえ、それをなにかポジティブなことに置き換えて考えられない？」

「言っている意味がわからない。なにが言いたいんだ？」

リンダの目が笑っている。

「だってさ、その家に強盗が入るってことはきっとないと思うの。泥棒たちだって、そういう家は気味が悪いに決まっているから」

ヴァランダーは湯を沸かした。紅茶を飲むかと訊かれて、リンダは首を横に振った。

ヴァランダーはピンク色のティーカップを手にして、またテーブルについた。

「それ、あたしがプレゼントしたものよ。憶えてる？」

「そう。お前が八歳のときのクリスマスプレゼントだった。あれ以来、紅茶を飲むときはいつもこのカップで飲むんだ」

「フリーマーケットで一クローナだったわ」

ヴァランダーは紅茶を飲み、リンダはあくびをした。

「俺はあの家に小躍りしたんだ。少なくとも、これでようやく田舎に移ることができると思った」

「他にも家はあるわよ」リンダが言った。

「そんなに簡単に言うな」

「え？　そんなに難しいこと？」

「俺は求めるものが多いんだ。たくさんのことを期待しすぎるのかもしれない」

「それじゃ少なくすればいいじゃない？」

ヴァランダーは腹を立て始めた。リンダは十代のころから、父親は人生を複雑に考えすぎると批判してきた。いや、なぜリンダに腹が立つかというと、彼女が母親のモナを思い起こさせるからだった。その上、声まで彼女に似ているのだ。目をつぶれば、テーブルの向かい側に座って話しているのは母親なのか娘なのかわからないほどだった。

「このことはもういい」と言って、彼はティーカップをすすいだ。

「あたしはもう寝るわ」

ヴァランダーはテレビの音を小さくしてその前のソファに腰を下ろした。ペンギンの生態が映し出されていた。

突然ヴァランダーはガバッと起き上がった。すでに明け方の四時になっていた。テレビはモノクロのチカチカする画面になっていた。目がはっきり覚めないうちにテレビを消して自室のベッドに潜り込んだ。

8

十月二十八日朝八時、ヴァランダーはイースタ署の会議室に入った。明け方ソファで目を覚ましてからはほとんど眠れなかった。その上シェーバーが壊れたため、髭が剃れず、自分でも薄汚く感じられてならなかった。いま部屋に集まっているのは、彼がいつも一緒に仕事をしている連中だった。中にはイースタ署で働きだして以来、二十年以上、一緒に仕事をしてきた者もいる。ここに集まっているのは俺の人生のほぼ全部を共有している人間たちだとヴァランダーは思った。いま彼はイースタの犯罪捜査官で一番の古株になっていた。一番若かったこともあったとは、自分でもとても信じられなかった。

いま目の前にはニーベリ、マーティンソン、そしてリーサ・ホルゲソン署長がいた。彼女はヴァランダーにとっては初めての女性上司だった。一九九〇年代の中頃、彼女がイースタ署に署長としてやってきたとき、他の者たち同様、彼も懐疑的だった。イースタ署は当時、ほとんどの勤務者が男性だった。だが、まもなく彼は、リーサ・ホルゲソンはじつに有能であると知った。もしかすると、それまでの署長の中で一番優秀かもしれないと思った。そして今まで、その思いが裏切られることは一度もなかった。もちろん激しい口論になることは何度もあったのだが。

ヴァランダーは深く息を吸い込んでから、ニーベリに話をうながした。今朝早くスティーナ・ヒュレーン法医学者から報告を受けたマーティンソンの話はその後に回した。

ニーベリは疲れていた。目が血走っていた。彼はすでに定年退職の年齢を過ぎていたのだが、引退直前に延長を申し出たのだった。それを聞いて、ヴァランダーはやっぱりと思った。どんなに仕事がきつくても、仕事なしではニーベリはとてもやっていけないだろうと思っていたからだ。

「骸骨が一体見つかった。正確には骸骨と、腐ってボロボロになった衣服の残りだ。骨を調べて死因を探る仕事は俺の仕事ではない。が、骨は折れていないし、砕けたところもない。それ以外に今のところ目につく点はない。言うまでもないが、問題はあの庭全体を掘り起こすかどうかだ」

「新しい探知機はどうですか？　使えますか？」リーサ・ホルゲソンが訊いた。

「あれは俺が思ったとおりだよ」ニーベリが低く唸った。「あれをスウェーデン警察に売り込んだ奴はとんでもないペテン師だ。俺としては死体を探す警察犬を要請する方がよっぽどいいと思う」

ヴァランダーは思わず吹き出した。ニーベリが腹を立てたとき、一緒に働くのはじつに難しいが、彼には独特のユーモアがある。それだけでなく、ヴァランダーは彼の提案に同感だった。

「スティーナ・ヒュレーンは慎重です」マーティンソンが手帳を見ながら言った。「遺骨は慎重に調べなければならないと言っている。それでもなんとか今日中には一次報告ができるだろうということです」

ヴァランダーはうなずいた。

「これで全部だ。手の内にある情報はじつに少ない。いうまでもないことだが、これは殺人事件とみなしていいだろう。ヒュレーンの報告を待とう。今の段階で俺たちにできることは、あの家の歴史とあの家に今まで住んできた人々を調べることだ。行方不明者はいるか？　まずそれを調べよう。マーティンソン、あんたはあの家の所有者を知っている。あの家のことはあんたが調べてくれ」

そう言うと、ヴァランダーはテーブルの上に両手を置いた。それが会議終了の合図だった。会議室を出たとき、ホルゲソン署長はヴァランダーを引き留めた。

「メディアが話を聞きたがっています」とリーサ・ホルゲソン。

「我々は骸骨を発見した。それ以上のことは言えません」

「知ってるでしょう？　彼らは失踪した人間の話が大好きだということを。なにか、もう少し言えるんじゃありませんか？」

「いや、我々警察も待っている状態なのですから、ジャーナリストたちも待って然るべきです」

その日の残り時間、ヴァランダーは酔っ払ったポーランドからの移民がイースタ住人を酔いの勢いにまかせて殴り、大怪我を負わせたあげく死亡させた騒ぎの処理をした。そのパーティーには大勢が参加していて、その多くが酔っ払っていた。記憶はみんなバラバラで、なにも憶えていない者もいた。暴力沙汰を引き起こした男は、言うことがいい加減で、話すたびに内容がコロコロと変わった。ヴァランダーはその後始末のために男たちの話を聞いたが、まったく時間の無駄としか言いようがなかった。そもそもこれは警察が捜査するべきことかとヴァランダーは検事に問い合わせた。だが、担当の検事は若く、駆け出しで几帳面《きちょうめん》なタイプで、酔っ払っていようがいまいが、他人――この場合相手の男もまた泥酔していたが――を殴り殺した人間は、法に従って罰せられるべきであると主張した。もちろんそれは正論で、ヴァランダーは逆らえなかった。だが、彼は経験から、どんなに警察が調べたところで、どっちが悪かったか、どれほどの暴力だったかをはっきりさせることはできないと知っていた。

マーティンソンがときどき顔を見せて、法医学者のヒュレーンからはまだ連絡がないと言った。午後二時過ぎ、リンダが顔をのぞかせて、ランチに行かないかと誘った。ヴァランダーは断り、もし外に行くのならサンドウィッチを買ってきてくれと頼んだ。リンダが姿を消すと、ヴァランダーは娘がもう大人であること、しかも警察官であること、その上自分と同じ警察署で働いていることが未だ信じられないと思い、首を振った。

リンダが戻ってきて、袋入りのサンドウィッチを置いていった。ヴァランダーは殺人で終わったランチキパーティーに関する書類を横に置いてサンドウィッチを食べた。それから部屋のドアを閉め、椅子に寄りかかって昼寝をすることにした。いつものように鍵束を片手に持った。眠りに落ちたら、その鍵束も手から落ちる。そのときはもう起きる時間なのだ。

まもなく彼は眠りに落ち、鍵束が床に落ちた。同時にマーティンソンが部屋のドアを開けた。

法医学者スティーナ・ヒュレーンの報告が届いたのだ。

9

マーティンソンの机の上にあるルンド大学病院から届いたその法医学報告書は初期段階のものので、結論を知らせるものではなかった。

「どうぞ、自分で読んでください」マーティンソンが言った。

「それはつまり、この骸骨の発見が何を意味するかは我々の想像どおりということか？　犯罪捜査の開始ということか？」

「そういうことらしいです」

ヴァランダーが報告書を読んでいる間にマーティンソンはコーヒーを持ってきた。スティーナ・ヒュレーンの文章は簡潔で明白だった。ヴァランダーは長年の警察官生活でいつもなぜ警察官、法医学者、検事、弁護士たちは文章が下手なのだろうと思ってきた。簡潔に、明瞭に書くのではなく、蛇が体をくねらせるような言葉をくだくだと書き連ねることが多いのだが、ヒュレーンの文章は違った。

十分後、彼は報告書を読み終えた。重要な書類を読むとき、彼はいつもゆっくり読む。頭の中の考えがついて来られるような速度で読むのだ。

スティーナ・ヒュレーンは骸骨となった人物は間違いなく女であると判断した。死んだとき、およそ五十歳と推量するが、確実な年齢の判定にはもう少し時間がかかりそうだと。一方、確実に報告できるのは、死亡原因であるとあった。この女性は絞殺されたとヒュレーンは判断を下した。それを示す傷が首にある、と。もちろんその傷は死後につけられたという可能性は否定できないが、その可能性はほとんどないと。今の段階ではまだその女性がいつ頃殺されたのかをいうことはできないが、かなり長い時間地中に埋められていたと見ることができるとヒュレーンは報告していた。

ヴァランダーは読み終わった報告書をマーティンソンの机の上に置き、コーヒーカップを手に取った。

「さて、これでなにがわかったか、だ。まとめてみよう」

「うーん。まだほとんどなにもわかっていない。ルーデルップの家の庭で女性の骸骨が見つかった。死亡時の年齢はおよそ五十歳。だが死亡したのは何年前なのかはわからない。しかしヒュレーンの報告書を私が正しく解釈したとすれば、〝かなり長い間〟、おそらく百年か、それ以上の年数骸骨はそこにあったと思われる、といったところですかね？」

「それ以下かもしれないな」とヴァランダー。「その家の持ち主の名前は何というんだっけ？あんたの親類の？」

「カール・エリクソン。妻の親族です」

「一番いいのは、そのエリクソンという男と話をすることだな」

「いや、それはいい考えとは言えないかも」とマーティンソンが言った。

「なぜだ？」

「病気なんです。かなりの歳でもある」

「高齢だからといって病気であるとはかぎらないさ。今のはどういう意味だ？」

マーティンソンは窓辺に近づき外を見た。

「いや、私はただ、妻の親戚のカール・エリクソンは九十二歳だと言ってるだけです。ほんの数ヵ月前までは頭がはっきりしていたんですが、どうも突然なにかが起きたらしく、素っ裸で外を歩きだした。人が助けようとして集まったんですが、当人は自分の名前もどこに住んでいるかも言えなかった。それまでは何の問題もなく一人暮らしをしていたんです。認知症は気づかぬうちにやってくるものらしいんですが、カールの場合、それが突然現れた」

ヴァランダーは顔をしかめてマーティンソンを見返した。

「しかし、もしその男が急に認知症になったというのなら、あんたに家の売却のことなど頼めなかったのじゃないか？」

「それに関してはもう話したと思いますが、家の売却のことを頼まれたのは数年前のことなんです。もしかするとカールはなんとなく予感があって、そうなる前にきちんとしておきたかったんじゃないかという気がします」

「認知症状はそのまま続いているのか？」

「ええ。誰のことも見分けられませんから。母親はもう五十年も前に亡くなっているんですが、カールはその母親のことばかり話すんです。『牛乳をもらいに行かなければ』と、目が覚めているときはそればかり言う。いまカールは認知症患者たち専用の施設で暮らしてます」

「だが、誰か、家のことがわかる人間はいるんじゃないか?」

「いや、それがいないんです。カールの細君は一九七〇年代に亡くなっているんですが、二人には子どもがいない。いや、娘が二人いたんですが、ずっと前に井戸に落ちて死んでしまった。恐ろしい事故だったらしいです。他に家族はいない。カールは人付き合いが悪く、彼のいとこの娘である私の妻だけが例外だったんです」

ヴァランダーは落ち着かなかった。その上腹が空いていた。さっきリンダが買ってきてくれたサンドウィッチだけが今日の食事だったのだ。

「それじゃ、あの家について調べることから始めよう」と言って、立ち上がった。「家屋に関する登記書類があるに違いない。人に住民登録があるように、建物にも登録の記録があるからな。署長と話をしよう」

二人はリーサ・ホルゲソン署長の部屋へ行った。ヴァランダーはマーティンソンが法医学者の報告書と認知症を患っているカール・エリクソンについて話すのに耳を傾けた。共同で捜査に当たるとき、捜査の報告はいつも交替ですることにしていた。片方が話すのをもう片方が聞いて、客観的に見ることができるようにという考えだった。

「この件には大きな予算を割り当てることはできないわ」マーティンソンの説明が終わると、署長は言った。「それに、この件は様子から見て、とっくに時効になっているでしょう」

ヴァランダーはそれを聞いて、やっぱりと思った。この数年間、本来ならば最も重要であるべきこと、すなわち事件捜査に当てられる予算がどんどん削られていることに彼は気づいていた。同僚たちは一人、また一人と面倒な、また無意味な机上の仕事に担当部署を替えられている。それも優先順位が次々に変わるのだ。昔の殺人事件、いや、本当に殺人事件かどうかもわからないような事案のために割く予算などゼロに等しいのだ。

リーサ・ホルゲソン署長の答えは予想できたものだったが、それでも彼は腹が立った。

「署長にはこれからも報告します」と彼は切り出した。「我々はいま、現時点でわかっていることを報告しただけです。ただ、初動捜査はこれからも続けますよ。大規模な人員や予算は要求しません。少なくともルンド大学病院から詳細な報告が上がってくるまでは。ニーベリからも報告があるはずです。あそこに埋められていたのは誰なのか、それがわかるくらいの捜査はやってもいいんじゃないですか。少なくとも我々が警察官である以上は」

リーサ・ホルゲソンはギクッとして、ヴァランダーを睨みつけた。

「いま、何と言いました?」

「警察官は警察官であることを行動で示すのです。机に向かって統計をとるのではなく」

「統計?」

「署長は我々同様、犯罪事件の解決率は話にならないほど低いことを知っているでしょう。それは我々が机に向かってペーパーワークばかりさせられているからですよ」

ヴァランダーは今や怒りが爆発しそうだった。だがなんとか抑えることができたので、リーサ・ホルゲソンは彼の怒りがどれほど大きいか、知らずにすんだ。

マーティンソンだけはよくわかっていた。

ヴァランダーは勢いよく立ち上がった。

「ちょっと現場に行ってきます」と可能なかぎり穏やかな口調で言った。「なにがあるか、わかりませんからね」

そういうと、彼は署長の部屋を出て、足早に廊下を渡り始めた。その後ろからマーティンソンが半分駆け足で追いかけてきた。

「怒りが爆発するのではないかと冷や冷やしましたよ。十月の月曜日、冬も近いというときに、とんでもない怒りの爆発が署長の部屋で起きるんじゃないかと」

「お前は喋りすぎだ」ヴァランダーが言った。「上着を持ってこい。あの家へ戻ろう」

10

　ルーデルップに着いてみると、投光器はほとんど片付けられていて、骸骨が引き上げられた後の穴の上にはビニールシートがかけられていた。立ち入り禁止のラインのそばにパトカーが一台停まっているだけで、ニーベリと鑑識官数名はすでに引き揚げていた。ヴァランダーはその家の鍵束をマーティンソンに返しながら言った。

「俺はもうこの家を見るために来た客じゃない。この鍵を持つべきなのはあんただ。あんたが家のドアを開けてくれ」

「誰が鍵を持っているべきかなど、この際どうでもいいじゃありませんか」と言い、マーティンソンは鍵を受け取って玄関ドアを開け、中に入って明かりをつけた。

「登記書類がほしいな。この家の歴史を物語る書類がどこかにあるはずだ。それをまず調べよう。その後鑑識と法医学者が何と言うか聞こう」

「ステファン・リンドマンに昔の失踪者のリストを作ってくれと頼みました」マーティンソンが言った。「リンダも手伝ってくれると思います」

　ステファン・リンドマンはリンダの配属とほぼ同じ時期にイースタ署に転勤してきた。ヴァランダーは二人が付き合っているのではないかと思っていたが、その話をしようとすると、リンダはいつも話を逸らしてしまう。ヴァランダーはステファン・リンドマンを気に入っていた。警察官としてもなかなか優秀だと思っていた。だが同時に、娘が父親を人生で一番大事な男性とみなさなくなったことに一抹の寂しさも感じていた。

二人は別々に家の中を調べだした。マーティンソンは寝室、ヴァランダーは客室兼書斎と思われる部屋から徹底的に見ていった。

マーティンソンが仕事に取り掛かるのを見送ってから、ヴァランダーはしばらくその場に立ったまま、部屋の中をゆっくり見回した。庭で見つかった女性はかつてこの家に住んでいたのだろうか？　もし彼女が本当にこの家に住んでいたとしたら、誰も彼女がいなくなったことに気づかなかったなどということがあり得るのだろうか？　この家で一体どのような光景が展開されたのだろう？　それは二十年前、いや、五十年前、いや百年前のことか？

ヴァランダーは手際よくすべてのものに目を通していった。まず全体をしっかり見た。人間は思いがけないほど痕跡を残すものだ。また人間はハムスターと同じようによく物をしまい込む。とくに紙類を。窓の前の机に目が止まった。そこから始めることにした。茶色い机は非常に古いものに見えた。机に向かって椅子に腰を下ろし、引き出しから調べることにした。が、鍵がかかっていた。机の上に鍵は置いてなかった。そこで机の裏側を触ってみた。そこにもなかった。机の上にある重い鋳物の電気スタンドの台座を裏返してみた。そこに鍵が隠されていた。

引き出しを開けてみた。引き出しは五つあって、一番上には使い古したペン、万年筆代わりの鳥の羽根、眼鏡、そして埃やゴミ。使い古した眼鏡。ヴァランダーはそういうものを見るといつもうんざりする。こんなものを取っておいてどうするというのだ。次の引き出しを開けた。税金申告書の分厚いコピーが入っていた。一番古いのは一九五二年のもので、カール・エリクソンとその妻は合わせて二千九百クローナの所得申告をしていた。これは当時普通だったのだろうか、それとも非常に低い所得だったのだろうかと思った。たぶんそうなのだろう。三段目の引き出しには古い手帳が何冊か入っていた。ヴァランダーはその一部に目を通してみた。しかしそこには個人的なできごとの書き込みはなく、誕生日などの書き込みもなかった。ただ作物の種の購入額、農耕器具の修理費、トラクターの車輪の交換費用などが書き込まれていただけだった。引き出しの中に手帳などを戻した。このように他人の所有物に目を通す仕事をするたびに思うことがあった。泥棒や空き巣狙いの人間たちはうんざりしないのだろうか。他人の衣服や持ち物に目を通すなんてことは俺にはできない。

ヴァランダーは四番目の引き出しを開けた。下から二番目の引き出しだ。そこに探していたものがあった。〈家屋関係書類〉と表紙に万年筆で書かれていた。それを机の上に取り出し、机上の照明の向きを書類に当てて紙をめくり始めた。最初に目に入ったのは、家屋売買契約書で、一九六八年十一月十八日の日付だった。カール・エリクソンと妻のエンマは農業従事者であるところの故グスタフ・ヴァルフリード・ヘナンダーから家屋と土地を購入した。その家屋と土地はヘナンダーの未亡人のラウラと三人の子どもすなわちトーレ、ラーシュ、クリスティーナの所有するところとなったが、エリクソン夫婦はそれを五万五千クローナで買い取った。

カール・エリクソンはイースタのスパルバンケン銀行で購入資金の一部として一万五千クローナのローンを組んだ。

ヴァランダーはメモとペンをポケットから取り出した。それまではよくメモの道具を忘れ、買い物のレジの領収書などの裏に走り書きをしていたが、リンダが小さなメモ帳をたくさん買ってきて、彼の上着やズボンのポケットに突っ込んでくれたおかげで、今では必ずメモの道具が手元にあった。まず今日の日付二〇〇二年十月二十八日と書き、その下に一九六八年十一月十八日と書いた。三十四年前。三十年は一世代である。そこでその家の家屋売買契約書類のすべてをいったん脇に置き、その他の書類に目を通し始めた。とくに目を引くものはなかったが、ていねいに見ていった。人の書類に目を通すことは深い森の中を歩くのに似ている。つまずくこともあるし、転ぶこと、道に迷うこともある。

どこかでマーティンソンの電話が鳴った。細君に違いない。あの夫婦は毎日何度となく電話を掛け合う。ヴァランダーはこれまでも一体あの夫婦はどんな話をするのだろうと不思議に思っていた。結婚している間に、自分とモナは勤務中電話を掛け合うことは一度もなかったと思う。仕事中は仕事をする。話があれば、仕事に出かける前か、家に帰ってからするというのが自分たちのやり方だった。いやもしかして、そのやり方が、結婚が破綻した原因だったのか。めったに互いに電話を掛けなかったことが。

書類をめくっていった。突然失効というスタンプが押された裁判所の古い登記書類が出てきた。一九四九年発行とある。この書類はグスタフ・ヴァルフリード・ヘナンダー宛に発行されていた。ヘナンダーはこの土地家屋の唯一の所有者である寡夫のルドヴィグ・ハンソンからレグスフルト二の十九番地の土地・家屋を買ったとあった。売買価格は二万九千クローナで、このときの取引はスクールップのスパルバンケン銀行で行われていた。

ヴァランダーはこれを書き留めた。この家屋売買は一世代が三十年として、五十三年前だとほとんど二世代前のことになる。思わず笑いが浮かんだ。ルドヴィグ・ハンソンが土地家屋をグスタフ・ヴァルフリード・ヘナンダーに売ったとき、ヴァランダー自身はまだ小さな子どもだった。まだマルメのリンハムヌに住んでいた頃で、その時代の記憶はまったくなかったが。

ヴァランダーは休まず探し続けた。マーティンソンは電話を終えて口笛を吹いていた。バーバラ・ストライサンドの昔の歌のようだとヴァランダーは思った。〈ウーマン・イン・ラヴ〉？　マーティンソンは口笛がうまかった。ヴァランダーは机の中を調べ続けた。いま見つけた書類より古いものは見つからなかった。ルドヴィグ・ハンソンは一九四九年にこの家を売っている。それ以前にこの家でなにがあったのかを示すものは、少なくともこの机の引き出しにはなかった。

他の引き出しも見たが、なにも出てこなかった。部屋の隅にあった棚にも飾り机にもとくに目を引くものはなかった。

マーティンソンがやってきて、部屋の隅の椅子に腰を下ろし、あくびをした。ヴァランダーは見つけたものを彼に話した。ヴァランダーがその書類を手渡そうとしたとき、マーティンソンは首を振った。

「見る必要ないです。ルドヴィグ・ハンソン。聞いたこともない名前ですよ」

「登記書類にしっかり目を通すんだ。明日の仕事だ。とにかく今はこの家のおよそ五十年前までの歴史を語る書類が手に入ったわけだ。そっちはなにか見つけたか？」

「いや、写真のアルバムが数冊だけです。しかし遺骨の女性を物語るものはなにもないと言っていい」

ヴァランダーは家屋の売買に関する書類の入っているフォルダーを閉じて、手に持った。

「近所の人間と話さなければならない。少なくとも一番近い家の住人と。どうなんだ？　カール・エリクソンがとくに親しくしていた近所の人間はいるか？」

「小道に入ってから左手にある赤い木造の家の住人でしょう。ほら、昔のミルク配達台がまだ道路ばたに残っている家ですよ」

ヴァランダーはマーティンソンの言うミルク配達のための台というのがすぐにわかった。その家に住む者が昔父親の絵を買いにきたことも思い出した。ライチョウ入りの絵だったか、ない方の絵だったかまでは思い出せなかった。

「あそこの家にはエーリンというおばあさんが住んでいる」マーティンソンが言った。「確かトルルソンという名字です。カールのところに何度か来たことがある。彼女もまたかなりの高齢のはず。しかし頭はまだはっきりしていると思います」

ヴァランダーは立ち上がった。

「明日にしよう。明日、そのエーリンという高齢の女性と話すんだ」

11

家に帰るとリンダが夕食を作って待っていてくれたのを見て、ヴァランダーは驚いた。週末ではなかったが、ワインを開けたくなった。だが、リンダがすぐにガミガミ言ってそれをやめさせた。ヴァランダーはボトルの口を開けずに、そのままテーブルに置いた。そしてルーデルップの家にもう一度、今度はマーティンソンと一緒に戻った話をした。

「なにか見つけたの？」

「ああ、この約五十年間、あの家を所有していた者たちがわかった。が、まだそれがどういう意味があるのかはわからない」

「ステファンと話したわ。あの近辺で行方不明になった女の人はいなかったと言っていたわ」

「そうだろうな」

二人は黙ったまま食事をし、食後のコーヒーの時間になったときにまた話しだした。

「あの家、買うところだったんでしょう？　まさか家の庭に女性の死体が埋められていたなどと知らずにそのままずっと住んでいたかもしれなかった。夏なんか、裸足で庭の草の上を歩いていたかもしれなかったのよね。まさかそこが誰かの墓地だったなんて知らずに」

「俺はあの手のことを考えているんだ」ヴァランダーが言った。「なんらかの理由で、あの手は地中から出てきた。幽霊を信じるものなら、やってきた警察官の注意を引くためにあの手が地上に突き出したのだと思うかもしれない」

そのときリンダの携帯電話が鳴って、会話が途中で切れた。リンダは言葉少なに相槌を打って電話を切った。

「ステファンよ。ちょっと行ってくる」

ヴァランダーは嫉妬を抑えることができなかった。無意識のうちに顔をしかめた父親を見て、リンダが反応した。

「なに?」

「なんでもない」

「なんでもないことないでしょ。顔をしかめたじゃない」

「歯にものが挟まっただけだ」

「嘘が相変わらず下手ね」

「俺はヤキモチを焼いている哀れな父親だということ。それだけのことだ」

「ちゃんと付き合う女の人を見つけて。今までもそう言ったでしょ。一人ぼっちが好きなわけじゃないでしょ」

「そんなこと、お前に言われたくない」

「はっきり言う人が必要よ、パパには。それじゃね」

リンダは出て行った。ヴァランダーはちょっとの間考えていたが、立ち上がり、ワインボトルを持ってきて口を開けた。グラスを持って居間に移った。ベートーベンの最後の弦楽四重奏曲をかけると、ソファに腰を下ろした。音楽を聴きながら、思いに耽った。ワインを飲んだので、眠くなった。目をつぶると、いつの間にか眠りに落ちた。

突然ぱっと目を開け、はっきりと目を覚ました。音楽はすでに終わっていて、レコードは止まっていた。無意識の世界で、なにかが彼に警告音を発していた。俺がつまずいたあの手。ニーベリはなぜあれがあそこにあったのか、推測してくれた。スコーネ地方の土は動くんだ、家が建つと土地が下がる、低くなるんだ、と。加えて地下水が上がったり下がったりする、この秋の大雨も関係あると思う、それによって地層が押し上げられる、それで手が地上に押し出されたんだろう、と。だが、なぜ手だけが土の表面に出たのだろうか？　さっきリンダと食事をしたとき、自分がなにを言っているかはっきりわかっていただろうか？　人の注目を引くために地表まで出てきた手？

もう一杯ワインを飲んでからニーベリに電話をかけた。ニーベリの自宅に電話をかけることはできればしたくなかった。私生活に入り込まれるのを極端に嫌うからである。ヴァランダーは呼び出し音が鳴る間、じっと待った。

「ニーベリだ」

「クルトだ。邪魔をしたのでなければいいが」

「邪魔したに決まっているじゃないか。用事は何だ？」

「地面から突き出ていた手のことだ。俺がつまずいたあの手のことだが、あんたは土が動くと言ったな。盛り上がったり、下がったりすると。そして地下水の位置も上がったり下がったりすると。だが俺はそれにしてもあの手がいま地表に出てきたというのがどうしても解せないんだ」

「あの手がいま地表に出てきたと誰が言った？　俺は言っていない。あの手は地表に出てから長い時間が経っているかもしれない」

「だが、それならそれで、誰かが見ているはずじゃないか？」

「それを調べるのはあんたの仕事だろう。俺の仕事じゃない。それだけか？」

「いや、もう一つある。誰かがわざわざあの手をあそこに置いたということはあり得ないか？　見つかるように、わざと。あそこら辺の土が最近掘られた形跡はなかったか？」

ニーベリが深く息を飲み込む音が聞こえた。ひょっとして、怒りが爆発する前兆かとヴァランダーは身構えた。

「あの手は土とともに自然に動いてあそこに出たんだ」ニーベリが言った。怒っている様子はなかった。

「それが知りたかっただけだ。時間をとらせてしまってすまなかったな」

ヴァランダーは電話を切ると、またワイングラスに手を伸ばした。

夜中過ぎにリンダが戻った。が、ヴァランダーはグラスを洗い、空になったワインボトルを隠した後、すでに深く眠っていた。

12

翌日の十月二十九日午前十時十五分、道路に雪がうっすら積もっている中、ヴァランダーとマーティンソンはルーデルップへ向かった。数十年前にあの家に住んでいた人間たちについて隣人のエーリン・トルルソンから、もしかするとその家族からも、話を聞くためだった。

その日の朝、出発前に彼らは短時間会議を開いた。リーサ・ホルゲソン署長は法医学調査が終了するまで例の骸骨に関する捜査に予算は振り当てないとはっきり言った。

「冬ですね」車の中でマーティンソンが言った。「雪で道がぐちゃぐちゃになるのが本当に嫌だ。このあいだスクラッチの宝くじを買ったんです。別に大当たりなどしなくていいんです。スペインかリヴィエラに家が持てたらいいな、と思って」

「そんなところでなにをするんだ?」

「ぼろ布で敷物を織るんですよ。リヤマットです。織り機で。そしてスウェーデンの冬の道路のぬかるみから解放されたことを喜ぶんです」

「すぐに退屈するだろうよ。スウェーデンの冬の悪天候から逃げて暑い国でリヤマットを織ったところで、あんたはすぐにこっちが恋しくなるに決まっている」

小道に入り、そこから数百メートル進んでカール・エリクソンの家まで来た。年配の男がちょうど近くの畑でトラクターに乗り込むところだったが、訝しげな顔で二人を眺めた。ヴァランダーとマーティンソンは近づき、あいさつした。男はエーヴェルト・トルルソンと名乗った。カール・エリクソンの隣の土地の所有者だった。ヴァランダーが用事を説明した。

「まさかあのカッレがなあ、そんなことをするとはなあ。信じられん」ヴァランダーが話し終わると、エーヴェルト・トルルソンが首を振りながら呟いた。

「信じられない？　なにを？」ヴァランダーが訊き返した。

「庭に死体を埋めとったんだろ？」

ヴァランダーはマーティンソンの方を見ながら、この男はなにを言っているのだろうと思った。

「あんた、一体なにを考えているんだ？　カール・エリクソンが死体を自分で埋めたと言っているのか？」

「俺の知ったことじゃないがね。隣の人間のことなど、なにも知らない時代だからな。昔は周りの人間のことはだいたいわかったもんだ。だが、今じゃなにもわからんからな」

これはよく田舎にいるごく保守的な人間だ、とヴァランダーは思った。昔は何もかもずっとよかったという方向に話をもっていくのだ。こんな意味のない話に付き合っていられないと思った。

「エーリン・トルルソンに会いに来たのだが？　エーリンはあんたの？」

「ああ、お袋だ」

「エーリンはカール・エリクソンを施設に訪ねていると聞いたのだが」

「お袋は年取っているが、他の人間のことを気にかけるんだ。誰もカッレに会いに行かないから、お袋が行ったんだ」

「友達というわけだ?」

「いや、わしらは隣人だ。土地が隣合わせの。この道路はうちとカッレが作ったものだ。共通の責任でな。あいさつし合うし、なにかあったら手を貸す。だが、付き合いってものではない」

「調べによると、エリクソンはここに一九六八年に移ってきた。三十四年前のことだ。エリクソンはグスタフ・ヘナンダーという男から家を買ったとある」

「ああ、憶えてるさ。うちはヘナンダーと親戚だったからな。親父がそのヘナンダーという男と腹違いのきょうだいだった。ヘナンダーは養子だったらしい。詳しくは知らんが。もしかするとお袋は憶えているかもしれん。お袋に聞いてくれ。親父はだいぶ前にいっちまったからな」

三人はトルルソンの家に向かった。

「グスタフと妻のラウラには三人の子どもがいた」マーティンソンが言った。「男の子が二人と女の子が一人。それ以外にも一緒に住んでいた者がいたかね? 女性は住んでいなかったかね?」

「いいや、いなかったな。誰もがあの家の前を素通りした。あの家の人間は誰とも付き合わなかった。訪ねてくる者もいなかったな」

台所は暖かかった。太った猫が二匹窓辺に寝そべっていて、新参者たちを警戒の目で見た。中年の女が一人台所に入ってきた。エーヴェルト・トルルソンの妻だろう。二人の警察官にあいさつし、ハンナと名乗った。握手したその手にはまったく力がなかった。

「よかったらコーヒーがある。座ってくれ。お袋を呼んでくるから」

十五分後、母親のエーリンと一緒にトルルソンが戻ってきた。それまでヴァランダーとマーティンソンはハンナに話しかけたが、彼女はウンともスンとも言わずまったく会話にならなかった。その十五分間でわかったのは猫の名前で、片方がイェッペ、もう片方がフロリーということぐらいだった。

エーリン・トルルソンはかなり高齢だった。顔には深いシワが傷のように顔中に刻み込まれていた。美しいひとだとヴァランダーは思った。まるで古木のようだった。そう思ったのはこれが初めてではなかった。初めてシワの刻まれた顔が美しいと思ったのは、父親の顔だった。歳をとることによって初めて備わる美しさだった。人生が顔のシワに刻まれていると思った。

ヴァランダーたちはエーリンにあいさつした。息子エーヴェルトの妻ハンナとは異なり、エーリンの握手は力強かった。

「よく聞こえないんだよ。左耳はまったく聞こえない。右は大丈夫、まだ聞こえる。だが、一人一人話してくれ。声が重なると聞こえないから」

「あんたたちの用件はお袋に話しておいた」エーヴェルト・トルルソンが言った。

ヴァランダーは老女に体を傾けた。マーティンソンは書き取る用意をした。だが、エーリン・トルルソンからは役に立つような話は聞けなかった。カール・エリクソンとその妻は秘密を抱いて暮らしているような人たちではなかったと言い、さらにヘナンダー家に関してもとくに話すようなことはないと言う。ヴァランダーはそれよりも一世代前、つまり一九四九年にその農家をヘナンダーに売ったルドヴィグ・ハンソンについてはどうかと訊いた。

「その当時はマルメで働いていたから、ここにはいなかったもんで、知らないね」とエーリン・トルルソンは言った。

「ルドヴィグ・ハンソンは何年ほどここに住んでいたんだろう?」ヴァランダーが訊いた。

エーリンは息子に視線を向けた。エーヴェルトは首を振った。

「さあ。だが、何代もここに住んでいたんじゃないかと思う。それは公文書を見ればわかるんじゃないか?」

話はここまでだとヴァランダーは思った。マーティンソンを促し、コーヒーの礼を言って握手し、エーヴェルト・トルルソンと一緒に家の外に出た。みぞれが雨に変わっていた。

「親父が生きてればよかったんだが。すごい記憶力だったから。それに村の歴史をよく調べていた。だが、ほとんどなにも書き残していないんだ。だが、話はうまかったな。今思えば、テープレコーダーにでも話を残しておけばよかったんだが、なにしろ気が利かないもんでな」

車に乗り込んでから、ヴァランダーは聞き残したことが一つあると気がついた。

「この辺に失踪者というか行方不明になった人間はいるかな？　あんたの代になってからでも、

その前でも？　突然いなくなった人間の話はよくあるものだが、そんな噂を聞いたりしていないか？」

エーヴェルト・トルルソンは少し考えてから答えた。

「そういえば、一九五〇年代に十代の娘が一人行方不明になったという話を聞いたことがある。消息がまったくわからなかったということだ。自殺したのか、逃げ出したのかと、人が噂していたな。十四、五歳だったと思う。エーリンという名前だった。俺のお袋と同じ名前だったよ。そのくらいかな、行方不明と聞いて思い出せるのは」

ヴァランダーとマーティンソンはイースタへ向かった。

「これからはなにもしないで待とう」ヴァランダーが言った。「ルンドの法医学者からなにか言ってくるまで。いま我々にできることは、その骸骨の女性の死は自然死だったと願うことだ。そうであったら、我々としてはその人物が誰かさえ突き止めればいいし、それがわからなくても、大きな違いじゃないだろう」

「これが犯罪であることは明らかですよ」マーティンソンが言った。「それ以外の点では同感です。法医学者の報告を待つしかないですね」

イースタに戻ると、二人はそれぞれルーティンの仕事をした。数日後、十一月一日金曜日、スコーネ地方は大雪に見舞われた。交通注意報が発せられ、警察はこれから発生すると見込まれる交通事故に備えて用意をしていた。大雪は翌日の午後、つまり十一月二日にようやく止んだ。その翌日十一月三日、今度は雨が降り、路上の雪はすっかり消えた。

十一月四日月曜日、ヴァランダーはリンダと一緒に職場へ行った。受付までも来ないうちに、マーティンソンが廊下を走ってくる姿が見えた。手に白い紙がひらひら揺れていた。

それがルンド大学病院の法医学部からの報告であることはすぐにわかった。

13

ルンド大学病院の法医学者スティーナ・ヒュレーンと同僚たちの仕事は手抜きがなかった。骸骨となった姿で発見された女性について詳しく調べるにはまだ少し時間がかかるが、彼らの報告はイースタ署の捜査官たちが推量していたことと一致した。まず第一にこれは今まで知られていなかった殺人事件であること。女性は間違いなく殺害されていた。絞首刑の際にできるような傷が首にあった。首の骨の骨折が死因だった。ヴァランダーは、自殺者が首吊りをすることはよくあるが、首を吊った後、そのロープをナイフで切り、庭に掘った穴の中に自らを埋めることはできないと苦々しくコメントした。

骸骨となったとき女性の年齢がおよそ五十歳だったことも確認事項として記載されていた。死亡時の年齢五十歳。骨には他に傷はなかった。骨の状態から、激しい肉体労働に従事した人間ではないこともわかった。

しかし、報告書の最後に書かれていたことが、ヴァランダーら捜査員にとって最も重要なことだった。それは殺人事件において捜査の中核となるものだった。殺害の時期である。

女性がそこに埋められていたのは五十年から七十年の間であるということ。なぜ法医学者と様々な分野のエキスパートがそういう結論を下したのか、ヴァランダーにはわからなかったが、彼はその結論を信じた。法医学者たちが間違うことはめったになかった。

ヴァランダーはマーティンソンとリンダと一緒に執務室に向かい、三人は机を囲んで腰を下ろした。リンダはこの捜査の一員ではなかったが、好奇心からついてきた形だった。それに、ヴァランダーは彼女の打てば響くような反応を評価していた。ときにはその思いつきが事件解決のきっかけとなることもあった。

「この女性が殺された時期のことだが」とヴァランダーは腰を下ろすなり言った。「この時期はなにを物語っていると思う?」

「この女性はつまり、だいたい一九三〇年から一九五〇年という限定的な期間に死んだことになりますよね」マーティンソンが言った。「その二十年間に失踪した女性を探せばいいという意味では簡単になりました。が、その二十年間が今から五十年以上も前のことという意味では難しくなりましたね」

ヴァランダーは思わず顔が緩んだ。

「うまい言い方だな。新しい表現だ。二十年間という限定的な期間に限って探せばいい、か。限られた時《とき》の間を探す。次に生まれる時は詩人になったらいいよ」

ヴァランダーは急に体に力が湧いてくるのを感じ、思わず体を乗り出した。いま初めて手がかりを摑んだ気がした。

「俺たちも少しは働かねばな。昔の文書に目を通さねばなるまい。我々が生まれる以前、いや、正確に言えばリンダが生まれる以前の記録を調べなければならない。だがこの女性が誰なのか、なぜ殺されたのか。単純に言って、俺は興味が湧いてきた」

「ざっと計算してみたんだけど」リンダが言った。「例えば、真ん中ごろの、一九四〇年にこの女性が殺されたとしてみましょうか。殺した人間が三十歳だったとすると、今が二〇〇二年だからその人間はおよそ九十歳ということになる。九十歳の殺人者。いえ、もしかするとそのときの年齢が四十歳ならいま百歳ということになるわ。つまり、その人間は死んでいるかもしれないってことね」

「そのとおり」ヴァランダーが言った。「だが、犯人が死んでいるかもしれないとしても、我々は追跡しないわけにはいかない。とにかく我々がまずしなければならないのは、この女性の身元を突き止めることだ。親族がいるかもしれない。子どもがいるかもしれない。彼らにとって、なにがあったのかを知ることは大切なはずだ」

「つまり我々は考古学的な仕事をする警察ということですね」マーティンソンが口を挟んだ。

「我々がこの調査をすると言ったら、ホルゲソン署長は何というでしょうかね」

リーサ・ホルゲソン署長はもちろん骸骨の正体は突き止められなければならないと認めた。が、そのために特別の予算を割くことはできない、すでに進行中の捜査がたくさんあるのだからと言った。

「国の統計委員会から厳しく監視されているのよ」ホルゲソン署長はため息をついた。「捜査が成功したことを見せなければならない。今までのように捜査に区切りをつけたことを報告するだけではすまなくなったのですよ」

マーティンソンもヴァランダーもこれには驚いた。少し大袈裟《おおげさ》に言っているのではないかとヴァランダーは思った。それとも彼女が胸に抱いている不満を思わず言ってしまったのか。

「すべての捜査が成功したと報告するということですか？　本当ですか？」ヴァランダーは控えめに訊いた。

「本当ですよ。国の監査機関がそれを発見するんじゃないかと思って冷や冷やしているんです。つまり中止した捜査をすべて成功として報告しているということを」

「それは困ります。一般の人々から責められるのは我々ということになる」

「いや、それは違いますよ」マーティンソンが口を挟んだ。「一般市民は馬鹿じゃない。彼らは我々警官の数が少なくなってきていると知っている。我々に問題があるわけじゃないということはすぐにわかりますよ」

リーサ・ホルゲソンは立ち上がった。会議は終わった。署長は未解決の事件のことをあれこれ話したくなかったに違いない。

マーティンソンとヴァランダーの二人は空いている会議室に入った。その前に廊下でリンダとすれちがった。相棒とパトロールに出かけるところだった。

「どうだった？」

「思ったとおりさ」ヴァランダーが答えた。「仕事が多すぎる。つまり、多すぎるからやらなくていい、ということだろう」

「そこまで言うのはフェアじゃないでしょう」マーティンソンが控えめに言った。

「もちろん不公平だ。だが、警察は公平でなければならないという掟はないからな」

リンダは首を振りながら廊下を渡っていった。

「今の最後の言葉、自分にはわかりません」

「俺にもわからんさ」ヴァランダーがムッとしたように言った。「だが、若者には少し頭を捻るようなことがある方がいいんだ」

会議室に入り、テーブルに向かった。マーティンソンはインターホンでステファン・リンドマンを呼び出した。すぐに資料を持ってリンドマンがやってきた。

「行方不明者。煙に消えてしまった人間ほど気になる存在はない。牛乳を買いに出たまま いなくなったとか、友達を訪ねた後、忽然と姿を消してしまったという人間たちだ。とくに若い女性の失踪は人々の関心を引く。俺自身、一九五〇年代、スンドビベリでダンスパーティーの帰り道ウッラという若い娘が姿を消した事件を憶えている。その娘は見つからなかった。今でも報道された彼女の顔を憶えている」ヴァランダーが言った。

「統計によれば」ステファン・リンドマンが言った。「かなり信憑性のあるものですが、失踪届があった人間のほとんどは数日後、あるいは一週間以内に戻ってくる。見つからない失踪者というものはめったにいないということです」

ステファン・リンドマンはファイルを開いた。

「過去に遡ってみました。法医学者らの推測する時期、一九三五年ごろから一九五五年ごろの二十年間に絞ってみました。この間の行方不明届及び捜索を中止した捜査をみてみましたが、じつに多かった。そこで問題となっている地域で行方不明になった女性に絞ってみました」

ヴァランダーは体を乗り出した。

「それで、結果は？」

「なにもありませんでした」

「なにもないとは？」

ステファン・リンドマンは首を振った。

「まさになにもないんです。問題となっている時期に、その地域で行方不明届の出されている推定年齢の女性は一人もいないんです。マルメ地区にもいない。一人だけ、一九四二年の十二月にスヴェーダーラで行方不明になった女性が一人いたんですが、数年後に戻ってきた。女性はストックホルムから来た兵隊と駆け落ちしたんですが、情熱が冷めると家に戻ってきたということでした。この女性以外には該当者は一人もいません」

ステファン・リンドマンの報告が終わると、三人はしばらく黙り込んだ。

「失踪届は出されていないということか」と、しばらくしてマーティンソンが言った。「しかし、女性が一人庭に埋められていた。殺されていた。いなくなったことに誰も気づかなかったはずがない」

「どこか他所の土地から来たとも考えられますね」ステファン・リンドマンが言った。「その時期にスウェーデン国内で失踪した一定年齢の女性を探せばいいということですね。しかし、その間に第二次世界大戦があり、人の移動が多かった。なかんずく、移民難民に関して言えばすべてが住民登録されていたとはかぎりません」

ヴァランダーは別のことを考えていた。

「俺はこう思う。この女性が誰かはわからない。わかっているのは女性が埋められていた場所だ。何者かがスコップで穴を掘って女性を埋めたんだ。その人間は彼女を殺したのと同一人物である可能性が大きい。その人間は女かもしれない。男とはかぎらない。そこから始めよう。スコップを握ったのは誰か、ということだ。そしてもう一つ、遺体はなぜカール・エリクソンの裏庭に埋められたのか、だ」

「いや、カール・エリクソンの裏庭ではないですよ」マーティンソンが言った。「当時はルドヴィグ・ハンソンの家でしたから」

ヴァランダーがうなずいた。

「そうだ。そこから始めよう。当時あの家の持ち主はルドヴィグ・ハンソンとその家族だった。ただし、すでに親は亡くなっているが、子どもたちはまだ生きているはずだ。そこから始めるんだ。ルドヴィグ・ハンソンの子どもたちから」

「このまま調べを続けますか？　スコーネ地方だけでなく、スウェーデン全体に範囲を広げて？　およそ一九三五年から一九五五年の間に行方不明になった女性を」ステファン・リンドマンが訊いた。

「ああ、続けてくれ」ヴァランダーが言った。「どこかにいるはずだ。失踪したという届けが出された女性がどこかにいるに違いない」

14

三日後、ヴァランダーはルドヴィグ・ハンソンの三人の子どものうち、一人だけ生き残っている子どもがいることを知った。一方ステファン・リンドマンは当該の期間、適合すると思われる失踪者を調べ、少なくとも年齢的に可能性があると思われる女性たちをチェックした。しかしながら、そのうちの一人は失踪当時スウェーデン中部のスンズヴァル郊外の寒村ティムローに住んでいたとわかり、もう一人の女性マリア＝テレサ・アルボーゲもスコーネからは遙かに遠い北部スウェーデンのルーレオで失踪したことがわかった。

この間、マーティンソンは土地家屋の登記書類からルドヴィグ・ハンソンが売却した家屋と土地は十九世紀からハンソン家が所有していたものであることを突き止めた。十九世紀にその土地家屋を買ったハンソンは、最初ハンセンという名前で、スコーネの北に位置するスモーランド地方から移ってきたとわかった。ヴァランダーとマーティンソンは数回にわたってそもそもなぜハンソン家が土地家屋を売却したのかについて検討し議論した。家の売却と裏庭に埋められていた女性は何らかの関係があったのだろうか？

リンダもまた役に立つアイディアを出した。ヴァランダーは不本意ではあったが、なかなかいいと認めざるを得なかった。ルーデルルップのあの家にあった航空写真よりも以前に撮られた航空写真を探してみてはどうかというものだった。あの家の庭の形は変わっているか？　変わったとすれば、いつ変えられたのか？　以前はあったに違いないスコーネ独特の家の作りの一棟がなくなっているが、いつなくなったのか？

　ヴァランダー自身は土地家屋の登記書類と住民登録関係を調べた。そしてルドヴィグ・ハンソンの四人の子どものうちの末っ子がまだ存命であることを突き止めた。一九三七年生まれでクリスティーナという名の女性だった。おそらくルドヴィグと妻のアルマが年取ってから授かった子どもだと思われる。クリスティーナは結婚して名字をフレードベリと変えていた。住所はマルメだった。ヴァランダーは少し緊張して電話をかけた。

　電話に出た若い女性に彼は警察の者だと名乗り、クリスティーナと話したいと言った。女性は少し待ってと言った。

　クリスティーナ・フレードベリは優しい物言いをする女性だった。ヴァランダーは彼女の親の所有していた家の裏庭で見つかった骸骨に関する捜査で話を聞きたいと用件を話した。

「そのことでしたら、新聞で読みました」クリスティーナ・フレードベリは静かに言った。「わたしが子どものときに遊んだあの裏庭で人間の骨が見つかったなんて信じられない思いです。身元はわかったのでしょうか？」

「いいえ」

「お役に立つようなことをお話しできるとは思えませんが」

「全体像がほしいのです。基礎的な情報が必要なのです」

「いつでも、都合のいいときにいらしてください。時間はいくらでもありますから。主人は二年前に亡くなりました。がんで、あっという間に逝ってしまいました」

「最初に電話に出たのは娘さんですか？」

「ええ、レーナです。末娘の。入り口のコード番号は一二二五です」

すぐにその日のうちに会いに行くことに決めた。とくにこれという理由もなしにリンダに電話をかけ、一緒に来るかと誘った。二晩続きの夜勤明けで、家で眠っているところを起こした。だが父親とは異なり、眠っているところを起こされても彼女はめったに腹を立てなかった。二時間後の午前十一時に車で迎えに行った。二人がマルメに向かったとき、天気が急に悪くなり雨が降り、風も強くなった。ヴァランダーはカセットテープで〈ラ・ボエーム〉を聴いていた。リンダはオペラにあまり関心がなかったので、ヴァランダーは音を小さくした。スヴェーダーラまで来たとき、ヴァランダーは音楽を消した。

「ノベルヴェーゲン。街のど真ん中に住んでいるんだ」

「終わったら、街に残る時間ある？　ちょっと買い物したいの。街に行くの、久しぶりだもの」

「街でなにを買いたいんだ？」

「セーターを買いたいの。自分のために」

「自分のため？」

「うん。ちょっと寂しいから慰めに」

「ステファンと付き合ってるんじゃないのか？」

「ええ、付き合っているわよ。でもそれと関係なく寂しいと思うことってあるのよ」

ヴァランダーはなにも言わなかった。リンダの言わんとすることはよくわかった。

車はトライアンゲルンの近くの駐車場に停めた。冷たい風が吹く中、クリスティーナ・フレードベリの住所を探した。ヴァランダーは建物の入り口のコード番号を手の甲に書いていた。

クリスティーナ・フレードベリは建物の最上階に住んでいた。エレベーターはなかった。最上階まで階段を上り切ると、ヴァランダーはすっかり息が切れていた。リンダは厳しい顔で父親を見た。

「運動しないとそのうち心臓発作を起こすわよ」

「俺の心臓にはまったく問題がない。体中にコードをつけて自転車を漕がされたが何の異常も発見されなかった。血圧はいつも上が百三十五、下が八十五ぐらいだから、これまた問題ない。血中脂肪にも問題ない。ま、ほとんど問題ないというべきかな。糖尿病はちゃんとコントロールしている。これら以外にも、年に一回前立線のがんの検査も受けている。これでわかったか？　それとも証明書がほしいか？」

「あんたってほんと、頭おかしいんじゃない？　でも、ま、面白い人と言ってもいいかもね。さ、呼び鈴を押してよ」

クリスティーナ・フレードベリは年齢よりかなり若く見える女性だった。これで六十五歳とはとても信じられない、とヴァランダーは密かに思った。なにも知らなかったら五十歳前後と思ったに違いない。

二人はリビングルームに通された。ソファに腰を下ろそうとしたとき、リンダと同じくらいの年齢の女性が勢いよく現れ、レーナと名乗った。ヴァランダーはこれほど美しい女性をかつて見たことがあっただろうかと思わず目を見張った。母親によく似ていて、声も、話し方までそっくりだった。その笑顔を見て、ヴァランダーは思わず抱きしめたくなった。

「お話、聞いてもいいでしょうか？　興味があるもので」

「ええ、かまいませんよ」ヴァランダーが答えた。

レーナは母親の隣に腰を下ろした。ヴァランダーは彼女の脚に目がいくのを抑えることができなかった。リンダが眉間にシワを寄せるのが目に入った。俺はなぜリンダを誘ったのだろう？　きっとまたいろいろ嫌味を言われることになるだろう。

クリスティーナ・フレードベリはコーヒーを勧めた。ヴァランダーは手帳とペンを取り出した。だが、残念ながらいつもどおり読書眼鏡を家に忘れてきたので、取り出した手帳とペンをまた内ポケットに戻した。

「あなたは一九三七年生まれ、四人きょうだいの末っ子ですね」

「ええ。おまけの子ども。望まれて生まれてきたとは言えないかもしれません。きっと、予定外の子、でしょう」

「なぜそう思うんです？」

「子どもはそういうことを感じるものよ。人に言われなくとも」

「あの家で生まれ育ったのですね？」

「イエスともノーとも言えます。一九四二年の十一月まではあの家に住んでいました。でもその後数年間、母とわたしたち子どもはマルメに移っていたわ」

「なぜです？」

クリスティーナ・フレードベリが一瞬、ほんのわずかに迷ったのをヴァランダーは見逃さなかった。

「父と母の関係が良くなくなって。でも離婚はしませんでした。なにが原因だったのかはわからない。とにかく母とわたしたちきょうだいはマルメのリンハムヌで数年暮らしたのです。一九四五年の春、わたしたちはまた父のところに戻りました。父と母が仲直りしたためです。

わたしは大人になってから母に、あのとき父となにがあったのかと訊きましたけど、母は話したがらなかった。わたしはきょうだいたちにも訊きました。きょうだいたちも知らなかったようでした。突然父と母が不仲になって、母が子どもたちを連れて家を出た、ということ。そして三年後のある日また父と母は仲直りして一緒に暮らすようになった。それからは、両親は死ぬまで一緒に暮らしました。わたしの目にはとても夫婦仲がいいように見えました。戦争中、まだわたしが小さかったころに起きたことで、今ではぼんやりとしか憶えていない。暗い思い出です」

「その三年間、あなたの父親は一人でルーデルップで暮らしていたということですね？」

「牛や馬を飼っていましたから。一番上の兄の話では、父親は下働きの若者を二人雇っていたようです。一人はデンマークからきた移住者。でもその人については誰もはっきり知らないいんです。父はとても無口な人でした」

「お父さんは誰か、他の女の人に出会ったということでは？」

「それはないと思います」

「なぜそんなにはっきり言えるのですか？」

「そうじゃないと知っているからです」

「それは？　もう少し話してもらえませんか？」

「父が愛人を作ったということなら、母は決して戻らなかった。それに、そんなことがあったら、隠しきれなかったでしょうから」

「いや、人はどんなことでも、隠すつもりなら隠せるものだと思いますよ」

リンダが眉を上げて興味を示していることにヴァランダーは気がついた。

「一般的にはそうかもしれません。でも、うちの母に関して言えば、絶対にあり得なかったと思います。母には他の誰とも比べられない直感というものがありましたから」

「わたしを別にすれば、でしょ？」

娘のレーナがそばから口を出した。

「そうね。あなたはおばあちゃんからそれを受け継いでいるわね。あなたにもなにも隠せないわ」

クリスティーナ・フレードベリは確信ありげだった。意識的ではないにせよ、彼女は警察が興味を持ちそうなことは話すまいとしているとヴァランダーは感じた。だが、戦時中の三年間、父親がなにをしていたか、あるいはなにをしていなかったかを、本当に確信を持って言えるのだろうかとヴァランダーは疑問を感じた。

「戦時中に雇っていたという下働きの若者ですが、一人はデンマークから来たと言いましたね。名前はわかりますか？」

「ユルゲンです。憶えています。でも彼はもう亡くなっています。腎臓の病気だったとか。亡くなったのは一九五〇年代ね」

「そうですか。それで、もう一人は？」

「わたしの兄のエルンストによれば、もう一人いたということですが、名前は聞いたことがありません」

「写真があるのでは？　または給料明細書とか？」

「どうでしょう。父は明細書なしで、その場その場で払っていたと思います。写真も見たことがありません」

ヴァランダーはポットから自分でコーヒーを注いだ。

「もう一人の下働きですが、女性だったということはありませんか？」それまで黙っていたリンダが突然質問した。

いつもながらヴァランダーは自分の領域に他の人間が口を出すことに腹を立てた。一緒に来て耳を傾け、学ぶのはいいが、直接に質問したりすることは許せない、まず自分に訊いてからするべきだという考えなのだ。

「それはあり得ません。当時は女が下働きに雇われることはあり得ませんでしたから。父は女性関係の問題は絶対になかったとわたしは確信しています。あの家の庭に埋められていた女性が誰なのか、わたしはまったく知りません。考えるだけでもゾッとします。でも、とにかく父がその件に関係があったとはまったく考えられません。たとえそれがあの家に父が一人で住んでいた時期だったとしても」

「なぜそんなに確信があるのですか？　こんな質問をしてすみませんが」

「父は親切で優しい人でした。他の人に手を上げるなんてことは絶対にしませんでした。兄たちをぶったり、体を揺すったりしたこともなかった。父には腹を立てるという感情がなかったんだと思います。人を殺すには、何らかの激情、怒りがあるのではありませんか？　それが父にはなかったと思うんです」

ヴァランダーは最後に一つ訊きたいことがあった。

「あなたのきょうだいは皆亡くなられていますね。しかし、もしかすると、私が話を聞くべき人間が誰かまだいるのではありませんか？　誰か、当時のことを憶えている人が？」

「ずいぶん昔のことですよね。父母の年代の人間は一人も残っていませんし、わたしのきょうだいも全員が亡くなりました。他の人間ですか？　思いつきませんね」

ヴァランダーは立ち上がり、礼を言って、二人の女性と握手して別れ、外に出た。

街路に出ると、リンダがヴァランダーの前に立ちはだかった。

「よく聞いて。わたし、父親が娘よりも年若い女性の前でよだれを垂らすほどメロメロになるの見たくないわ」

ヴァランダーは素早く反応した。

「なにを言ってるんだ、お前は。俺はよだれなど垂らしていない。彼女がきれいだと思っただけだ。俺が不適切な態度をとったと言うのはやめてくれ。もしそんなことを言うのなら、列車でイースタに帰ってくれ。そして荷物をまとめて出て行ってくれ」

ヴァランダーはそのまま歩きだした。車まで来たとき、リンダが追いついた。

「ごめんなさい。傷つけるつもりはなかったのよ」

「お前にとやかく言われたくないんだ。お前の望みどおりになどなりたくない」

「ごめんなさいって、言ったじゃない」

「ああ、聞いた」

リンダはまだもっとなにか言いたげだった。が、ヴァランダーは手を挙げてそれを止めた。今はこれで十分。この話は続けなくていい、とばかりに。

二人は無言のままイースタへ車を走らせた。スヴァンネホルムを過ぎたとき、初めて話し始めた。リンダはルドヴィグ・ハンソンが一人であの家に住んだ三年の間にあの家でなにかが起きたのではないかというヴァランダーの見方に賛成だった。

ヴァランダーはなにが起きたのか、当時の状況を想像しようとしたが、なにも思い描けなかった。頭に浮かぶのはあの地面からニョッキリと突き出ている手だけだった。

風が強くなった。冬はすぐ近くまできているのだ。

15

翌日の十一月八日金曜日、ヴァランダーは朝早く目を覚ました。全身に汗をかいていた。どんな夢を見ていたのか思い出そうとした。リンダに関する夢だった。前日の衝突と関係することだったかもしれない。だが、なにも思い出せなかった。夢への扉はどれも閉ざされていた。時刻は五時十分前。そのままベッドに横たわり、外の雨の音を聞いていた。もう一度眠ろうとしたがうまくいかなかった。六時になっても眠れなかったので、仕方なく起き上がり、リンダの部屋の前まで行って耳を澄ました。中から軽いいびきが聞こえた。

キッチンへ行ってコーヒーを淹れ、テーブルについた。雨が強くなったり弱くなったりしている。いつの間にか、決めるともなしに、朝一番にあの田舎の家、骸骨が見つかったあの家に行ってみようと思った。なにか、特別にこれという目的があってのことではなかったが、最初に得た印象を確かめるために彼はよく、犯行現場へ出かけるのだ。

三十分後、ルーデルップの田舎家に着いたとき、あたりはまだ明るくなっていなかった。立ち入り禁止を示す紐がまだ張り巡らされていた。ヴァランダーはゆっくり家の周りと庭を見てまわった。その間ずっと、前に自分が気づかなかったもの、今初めて見るものはないか、チェックした。別になにかを探していたわけではなかったが、思いがけないもの、周りから浮いて見えるものはないか、注意して見てまわった。そうしながら、今回の経過を頭の中で反芻した。

かつてここに一人、女がいた。しかし、その姿が見えなくなっても、どこに行ってしまったのだろうと不審に思った者たちはいなかったのだろうか。とにかく、彼らがここを探さなかったのは確かだ。誰も不審に思わなかったのかもしれない。警察も怪しいとは思わなかったのだろう。

ヴァランダーは掘り返された穴のすぐそばに立ち止まった。穴の上には汚れたブルーシートがかけられていた。

女の体はなぜここに、他ではなくまさにここに埋められたのだろう？　庭は大きいのに、誰かがここを選び、ここに埋めようと決めたに違いない。まさにここに。他の場所ではなく、ここを選んで。

ヴァランダーは頭の中でこれらの言葉を繰り返しながらふたたび歩き始めた。遠くからトラクターの音が聞こえてきた。翼を広げて宙に留まっていたトンビが獲物を見つけたのか突然畑に急降下した。ヴァランダーは骸骨が見つかった穴のところまで戻り、あたりを見回した。そのときすぐ近くにあるスグリの茂みが目に留まった。初めはなにが彼の目を引いたのかわからなかった。スグリの茂みの間隔、スグリの生え方なのか。裏庭は典型的な左右対称の形で造られていた。植えられているものはすべて計画された配置である。今はすっかり荒れているが、それでもきちんと造園されたものであることははっきりわかる。その中で、スグリの茂みだけが変なのだ。

ヴァランダーの目には、スグリの茂みが裏庭全体のハーモニーを破っているように映った。

数分後、それが何であるかわかった。左右対称の形が破られているのではない。一つだけ異形なものがあるのだ。なにもかもが東西南北にきちんとバランスよく植え込まれているこの庭で、スグリの茂みだけが無秩序に植えられているのだ。

ヴァランダーはスグリの茂みに近づき、間近に観察した。スグリの灌木数本だけがでたらめに植えられていることは確かだった。だが彼にはそれが他の木と異なる時期に植えられたためなのかがわからなかった。そうは見えなかった。

ヴァランダーは目をつぶって考えた。考えつくのはスグリの茂みはある時点で掘り返され、その後また元に戻されたということ。そのときに植えた人間はおそらく左右バランスよく植えることなどまったく頭になかったに違いない。

もう一つ考えられる、とヴァランダーは思った。スグリを掘り返した人間、その後また元に戻した人間には時間がなかったということ。

あたりが明るくなり始めた。時計を見ると八時近かった。ヴァランダーは苔むした石製の庭椅子に腰を下ろしてスグリの灌木を観察した。自分の気のせいだろうか？　十五分後、彼は確信した。スグリの茂みがでたらめに植え込まれているのには間違いなく理由があるはず。掘り起こしたあと元に戻した人間は仕事がいい加減だった、あるいはよほど時間がなかった、ということ。もちろん、仕事がいい加減で、急いでいたのはスグリを掘り返したのと同じ人間だったからということも十分考えられるが。

携帯電話を取り出し、ニーベリにかけた。ニーベリはちょうど出勤したばかりだった。

「先日は遅くに電話をかけてすまなかった」ヴァランダーが言った。

「あんたが本当に申し訳ないと思っているなら、年がら年中時間もかまわずに俺に電話をかけることはとうの昔にやめているだろうよ。あんたは朝の四時、五時にさしたる理由もなく俺に電話をかけてくる。それも勤務時間中に訊けばいいようなくだらないことで。その上そんな時刻に電話してきても謝りもしないときてる」

「悪かった。これからはそんなことはしない」

「信じられるか！　それで、今度は何の用だ？」

ヴァランダーは今いる場所を言い、なにかが変だという気がすると言った。ニーベリはスグリの茂みがおかしいと聞いて鼻の先で笑うような人間ではない。

「よし、そっちに行く」ヴァランダーの説明が終わるとニーベリは言った。「ただし、他の者は連れずに一人で行く。シャベルはあるのか？」

「いや。だが、きっと物置にはあるだろう」

「いや、シャベルがそっちにあるかどうかじゃない。おれは自分のシャベルは持って行く。おれがそっちに着く前に、あんたが勝手にシャベルで掘っくり返してほしくないから訊いただけだ」

「あんたがこっちに来るまでおれはなにもしないよ」

携帯を切ると、ヴァランダーは車の中に入った。寒くてたまらなかった。聴くともなしにカーラジオを聴いていた。ブヨが媒体となって感染する伝染病についてのニュースが流れていた。

ラジオを消して待った。

きっかり十九分後にニーベリの車が庭に入ってきた。ゴム長靴、オーバーオール、妙な形の古いハンチング帽を耳の下まで引っぱり下げていた。さっそく車のトランクからシャベルを取り出した。

「あんたがあの手につまずいたのが、霜が降りたあとでなかったことに感謝するんだな」

「クリスマス前に地面が凍るなんてことはないだろう？　いや、第一この辺はそれほど寒くなるかな？」

ニーベリはなにやらぶつぶつと呟いた。二人は家の裏手に回った。庭の植え込みを見てすぐにニーベリはヴァランダーの言わんとしたことがわかった様子だった。シャベルの先を地面に食い込ませてなにかを探そうとしているようだった。

「固いな。ということは、人がここを掘ってからずいぶんときが経っているということだ。木の根が地面を固めるからな」

ニーベリは地面を掘り始めた。ヴァランダーはそばに立って、掘り起こされる地面を見ていた。数分もしないうちにニーベリはシャベルをやめ、手で地面の土を払い始めた。そして石のようなものを摘むと、ヴァランダーにそれを手渡した。

それは歯だった。人間の歯だった。

16

二日後、カール・エリクソン所有の家の前庭も裏庭もくまなく掘り返された。ニーベリが見つけた一本の歯に続いて、もう一体の骸骨が見つかった。法医学者スティーナ・ヒュレーン、及び彼女の同僚の法医学者たちの見解では、それは先に見つかった歯の持ち主の骨であり、性別は男性ということだった。この男性もまた五十歳ぐらいで、同じく長期間埋められていたとみなされた。だが、こちらの骸骨の頭部には傷があった。なにか固いもので殴られた跡ではないかと推測された。報道関係者たちは大騒ぎし、新聞には大きな見出しで〈死の庭〉とか〈死のスグリの茂み〉と書きたてた。

リーサ・ホルゲソン署長はもはや、この捜査に予算を割かないわけにはいかなくなった。担当捜査官はヴァランダー、そして検察側は休暇と昇進教育から戻ったばかりの女性検事が担当することになった。署長は時間をかけて慎重かつ徹底的に捜査するようにと言った。庭に埋められていた人物二人の身元が判明するまで、犯人を特定することはできないだろうと。

ステファン・リンドマンが引き続き住民登録書類に目を通し、失踪者をリストアップする作業を担当した。最初は女性、そして今度は男性の、合わせて二人の失踪者である。

市民からも様々な通報があった。たいていは何十年も前に忽然と姿を消した人々に関するものだった。ヴァランダーはそれらの情報を整理しチェックするためにもう一人担当官をステファン・リンドマンの下に配置した。

二週間後、地中から掘り出された男女の身元は依然として不明だった。木曜日の午後、ヴァランダーは関係担当官全員を大きな会議室に集め、全員に携帯電話をオフにせよと命じ、一人ずつ捜査状況を詳細にわたって報告するように求めた。全員が捜査の始めに立ち返り、改めて鑑識からの報告と法医学者からの報告を吟味し、ステファン・リンドマンの非の打ちどころのない報告（ヴァランダーの個人的感想だが）に耳を傾け、四時間後、すべての報告が終わって休憩をとった後、ヴァランダーが総括をした。

彼は全員がすでに了解していることを言った。

捜査には何の進展もない。

骸骨が二体。殺害された中年の男女二人。だが、彼らの身元はまったくわからない。捜査の方向を示唆するものはなにもない。

「過去に通じる扉はすべて閉ざされている」総括した後ヴァランダーが言った。捜査官たちは皆口々に思いを語った。

捜査のための新しい仕事を全員に割り振る必要はなかった。今の捜査を続けること。この骸骨の人物たちの正体がわかるまでは、なにも進展しないと全員が知っていた。

骸骨が発見されてから、ヴァランダーとマーティンソンは辛抱強く人を探していた。戦時中、ルドヴィグ・ハンソンが一人であの土地に暮らしていたころのことを知っている人間である。

だが、探し当てた人物たちは全員がすでに亡くなっていた。ヴァランダーはこの周辺の墓石すべてに尋問をするべきだという奇妙な感じを抱いていた。目撃者や関係者がいるとすれば、墓の中にいるに違いないからだ。いまヴァランダーが同僚の捜査官たちとともに探し回っている答えのすべてを知っている犯人も、きっと墓の中にいるに違いない。

マーティンソンもまた、捜査を助けてくれる人物、それも生きている人物をあてもなく探しているヴァランダーと同じ思いを抱いていた。もちろん二人ともあきらめてはいなかった。いつもの捜査手順に従って捜査し、何度も昔の犯罪捜査記録に目を通し、生き残っているかもしれない人物、そしてなにか過去について話してくれる人物を探し続けた。

ある晩、ヴァランダーが頭痛を抱えて夜遅く帰ってくると、リンダがキッチンテーブルの真向かいに座って彼をまっすぐに見て捜査の具合を訊いた。

「絶対にあきらめないぞ。絶対に」

リンダはなにも言わなかった。父親のことをよく知っていた。

その言葉どおりに違いなかった。

17

十一月二十九日、スコーネ地方に大雪が降った。悪天候は西からやってきてスツールップ空港は数時間にわたって閉鎖された。マルメとイースタの間の道路では、何台もの車が滑って路肩に突っ込んだり側溝にはまったりするほどだったが、数時間後、突如吹雪は止み、雪も止んで雨に変わった。

ヴァランダーはイースタ署の執務室で窓の前に立ち、雪が雨に変わって溶けていく様子を見ていた。電話が鳴った。いつもながら彼はギクッとし、体を硬くした。それから応えた。

「シーモンだが」と言う声がした。

「シーモン?」

「シーモン・ラーソンだ。以前の同僚だよ」

ヴァランダーは驚いた。最初は聞き間違えたかと思った。シーモン・ラーソンはヴァランダーがマルメからイースタに転勤してきたときに働いていた警察官だった。約二十年も前のことである。その時分すでにシーモン・ラーソンはかなり年配だった。ヴァランダーがイースタ署に来てから二年後、ラーソンは引退し、当時の署長から長年の功労を称えられたのをヴァランダーは憶えていた。シーモン・ラーソンは、ヴァランダーの憶えているかぎり、その後一度もイースタ署に顔を見せなかった。引退後はきれいさっぱり警察との関係は断ち切ったように見えた。ヴァランダーは、シーモン・ラーソンはシムリスハムヌの北で小さなリンゴ園を営み、リンゴの栽培に没頭していると聞いたことがあった。

正直言って、ヴァランダーはシーモン・ラーソンがまだ存命していることに内心驚いた。素早く頭の中で数えて、少なくとも八十五歳以上だろうと思った。

「もちろん憶えています。突然の電話で驚きましたが」

「わしはとっくに死んだものと思っていただろう。自分自身ときどきそう思うことがある」

ヴァランダーはなにも言わなかった。

「あんたたちが骸骨を二体発見したと新聞で読んだ」ラーソンが言葉を続けた。「もしかするとわしの知っていることが役に立つかもしれないと思って電話したのだが」

「どういう意味ですか？」

「いや、今言ったとおりだよ。あんたがわしに会いに来てくれれば、もしかすると、いや、言っておくが、本当にもしかするとだけだが、役に立てるような話ができるかもしれない」

シーモン・ラーソンははっきりした明るい声で話をした。ヴァランダーは彼の住所を書きとめた。トンメリラの近くの老人施設だった。すぐに会いに行くと言った。マーティンソンの部屋をのぞいたが、姿が見えなかった。携帯電話が机の上に置いてあった。ヴァランダーは肩をすくめ、一人で行くことにした。

シーモン・ラーソンは痩せた老人で、顔には深いシワが刻まれ、耳には補聴器をつけていた。ドアを開けるとヴァランダーを年金生活者のアパートに通した。がらんとして恐ろしいほどなにもない部屋だった。ヴァランダーは死の玄関に入ったような気がした。二部屋のアパートで、半開きのドアの隙間から、老女がベッドの上に横たわっているのが見えた。シーモン・ラーソンは震える手でコーヒーをカップに注いだ。ヴァランダーは嫌な気分になった。十年、二十年先の自分の姿を見るような気がした。いま目にしているものに嫌悪感を抱いた。ヴァランダーは擦り切れたソファに腰を下ろした。すぐさま猫が彼の膝に飛び乗ってきた。彼は猫を払い除けはしなかった。犬の方が好きだったが猫も嫌いではなかった。猫はときどき彼を見上げていた。

シーモン・ラーソン自身はすぐそばの籐椅子に腰を下ろした。

「耳にはほとんど問題ないのだが、目はよくない。警察官のときに使いすぎたんだろう。話している相手をよく見るために目を酷使したからね」

「私にも同じ悪い癖がありますよ」ヴァランダーが応じた。「悪い癖というか、とにかく癖ですね。話というのは、何ですか?」

シーモン・ラーソンは深く息を吸い込んだ。話をするための勇気が必要なようだった。

「わしは一九一七年の八月に生まれた。暑い夏だったらしい。第一次世界大戦が終わる前の年だった。一九三七年、わしはルンド市で警察官として働き始めた。イースタには一九六〇年代に警察が組織変えをしたときに移り住んだ。だが、わしがあんたに話そうと思っているのは、その前の時代のこと、一九四〇年代のことだ。当時わしはトンメリラの近辺で働いていた。当時は自治体の境界線が今のようにはっきりしていなかった。わしらはときどきイースタ警察の仕事を手伝ったし、イースタ側もわしらを手伝ってくれた。だが、大戦中のある日、ルーデルップ近辺で古い馬車一台と馬が一頭見つかったのだ」

「馬と馬車？　これは、何の話ですか？」

「それを今から話そうとしているのだ。急がせないでくれ。それは秋のことだった。トンメリラ警察にルーデルップに住んでいるという男から電話がかかってきた。ルーデルップは本来ならイースタ署の管轄なのだが、その男はトンメリラ警察署に電話をかけてきたんだ。そして馬が一頭と馬車が一台、道路をうろうろしていると言った。馬車には客席にも馭者席にも人の姿がないと。その朝署にはわし一人しかいなかった。ちょうどそのころわしは車の運転の習いたてだったので、車を運転したくて仕方がなかった。それでイースタ署には知らせずに、一人で車でルーデルップへ行ってみることにした。確かに通報どおり、乗っている人間のいない馬車が一台、道路をうろうろしていた。馬車を止めて客席を見ると、それは当時タッタレと呼ばれていた者たちの乗り物だった。タッタレは差別的な言葉とされて、現在では〈旅する者〉とかロマと呼ばれている流浪の人々のことだ。馬車には人は乗っていなかった。とにかくなにもかもが奇妙だった。馬と馬車はその日の明け方にその付近に現れたらしかった。それより七日前に、その馬車に乗ったロマたちがコーセベリヤで見かけられていた。乗っていたのは五十歳前後の男女だった。男の方はナイフとかハサミを研ぐのを仕事にしていて、信頼できる、穏やかな人間たちだったという。だが、彼らは急に姿を消したらしい」

「姿を消した？　その後、誰も彼らを見かけていないんですか？」

「そうなんだ。わしの知るかぎり。とにかく、この話を知らせたかったのだ」

「了解です。この話は重要だと思う。しかし、当時誰も彼らが突然いなくなったということを警察に知らせなかったんですね。もし通報があったら、きっと過去の記録にも載っていただろうから」

「わしはなにが起きたのかは知らない。馬は誰かが世話をしたんだろう。馬車の方は打ち捨てられたのではないかと思う。当時、ロマの人々はあまりよく思われていなかったからな。それから数年後、わしは土地の人々に彼らは戻ってきたかと訊いたことを憶えている。だが、誰もなにも知らなかった。当時の差別や偏見はひどいものがあったからな。いや、もしかすると、それは今の時代も同じかな？」

「他にもなにかありますか？」

「遠い昔のことだ。このことを思い出せただけでもよかったと思っているよ」

「何年のことか、わかりますか？」

「いや、憶えていない。だが、当時の新聞がずいぶん書き立てたから、調べればわかるのではないか？」

　ヴァランダーは急に焦りを感じた。コーヒーを一気に飲み干して立ち上がった。

「感謝します。電話してくれてよかった。これは有力な情報だと思いますよ。なにかあったら連絡します」

「時間がかからないといいがな」シーモン・ラーソンが言った。「わしはいつ死ぬかわからん年寄りだから」

ヴァランダーはトンメリラの町を出た。スピードを出した。今回の捜査を始めてから初めて、突破口が見つかったような気がした。

18

　マーティンソンが四時間かけて、昔のイースタ・アレハンダ紙の中から〈不思議な馬車と馬〉という記事を見つけ出した。さらにそれから数時間後、彼はマイクロフィルムを拡大した大量の新聞記事を持ってイースタ署に戻ってきた。マーティンソンとヴァランダーはステファン・リンドマンを呼んで、一緒に会議室に閉じこもった。

「一九四四年十二月五日にことは始まった。イースタ・アレハンダ紙はこう書いている。『片田舎にフライング・ダッチマンがやってきた！』という見出しで、乗り手のいない馬車を〈さまよえるオランダ人〉に喩《たと》えている」

　それから一時間、三人はマーティンソンが持ってきた新聞記事をしらみつぶしに読んだ。姿を消した男女の名前はリカルド・ペッテルソンとイリーナ・ペッテルソンと言い、馬車の中に貼ってあったぼやけた写真も新聞の記事に載っていた。

「シーモン・ラーソンの記憶力はなかなかだな」と新聞に目を通し終わるとヴァランダーは言った。「いや、感謝しなければ。彼からの通知がなくても、いずれ我々はこの二人を見つけたかもしれないが、どうだろう。時間がかかっただろうな。俺はこの二人こそあの骸骨の男女ではないかという気がしてならない」

「年齢が合ってますよね」ステファン・リンドマンが言った。「それに場所も。問題は一体なにが起きたか、ですね？」

「記録に目を通そう」ヴァランダーが言った。「この二人に関する記録すべてを集めるんだ。タイムマシーンがあれば、今こそ乗って過去に戻りたいところだ」

「ニーベリはタイムマシーンを持ってるんじゃないですか？」ステファン・リンドマンが軽口を叩いた。

ヴァランダーとマーティンソンが笑いだした。ヴァランダーは立ち上がって窓のそばに行った。マーティンソンは後ろでまだ笑っている。ステファン・リンドマンはくしゃみをした。

「これから数日、これに集中しよう。他の手がかりも捨てるわけではないが、しばらく、他のことはさておいて、この二人を徹底的に調べるんだ。この線は正しいという気がする。この二人ではないとするには、あまりにも多くのことが一致しすぎる気がするんだ」

「当時の新聞を読むと、この二人について人々は口を揃えて、いいことばかり言っている」マーティンソンが続いて言った。「しかし、行間に当時の人々はこの二人についてまったく関心を持っていない、どうでもいいと思っていることがにじみ出ていると思わないか？　まさにミステリーですよ。乗り手のいない馬車を引いてトボトボと歩いていた馬が可哀想なくらいだ。これがスコーネの人間二人の失踪だったとしたら、どんなに大きな記事が組まれたと思います？」

「ああ、あんたの言うとおりだろう」ヴァランダーがうなずいた。「だが、この二人がどんな人間だったのかを知るまでは、もしかするとなにか大きな背景があったのではないかという疑いを捨てることはできない。俺は検察官に電話をかけて、このことを知らせる。そのあと、この二人の調べを開始することにしよう」

三人は直ちに六十年近く前に失踪したリカルドとイリーナ・ペッテルソンについて調べる役割分担をした。ヴァランダーは部屋に戻り、検察官にこのことを報告した。検察官から捜査を進める同意を得ると、もう一度昔のイースタ・アレハンダ紙を熟読した。

この線は正しいという感じが次第に強くなった。今やこれこそ正しい方向だという気がしてならなかった。

19

十二月二日まで彼らは一心に働いた。この間、スコーネ地方の天候は悪く、強風が吹き、ひっきりなしに雨が降った。ヴァランダーは主に署にいて電話で仕事をし、ようやくどうにか使えるようになったパソコンにしがみついていた。十二月二日、リカルドとイリーナ・ペッテルソンの孫を見つけ出した。カッチャ・ブロムベリという名の女性で住所はマルメだった。電話をかけると、応えたのは男で、カッチャ・ブロムベリは留守だった。ヴァランダーは電話番号を伝え、急いで連絡がほしいと言った。用件については言わなかった。

そのまま電話がかかってくるのを待っていると、署の受付から電話があった。

「今受付にあなたを訪ねてきた人がいます」と、ヴァランダーが名前も知らない受付の女性が告げた。

「名前は?」

「カッチャ・ブロムベリと名乗っています」

ヴァランダーは驚いた。

「よし。今そっちに行く」

ヴァランダーは部屋を出て受付まで急いだ。カッチャ・ブロムベリは四十歳ほどの女性で、濃い化粧、ミニスカート、ヒールの高いブーツという姿だった。パトロール警官が何人か、そばを通りかかり、ヴァランダーにガンバレという視線を送ってきた。ヴァランダーは名乗り、握手の手を差し出した。カッチャ・ブロムベリは力強く握り返してきた。

「こっちにくる方が簡単だと思って」

「わざわざどうも」

「そうね、わざわざ来たのだから、礼を言われてもいいわね。無視することだってできたわけだから。それで、用事はなに？」

ヴァランダーはカッチャ・ブロムベリを自分の執務室に案内した。途中、マーティンソンの部屋をのぞいたが、やはり留守だった。ブロムベリはヴァランダーの部屋に入るなりタバコを取り出した。

「いや、できれば吸わないでほしい」ヴァランダーが言った。

「あんた、あたしと話したいんじゃなかったっけ？」

「ああ、そうだ」

「それじゃ、吸うわ。文句言わないで」

ヴァランダーはここで喧嘩してもしょうがないと思った。それに彼はタバコの煙にはそれほど苛立たない。立ち上がって、灰皿の代用となるものを目で探した。

「灰皿ならあるからいいわよ」

カッチャ・ブロムベリは小さな金属製の入れ物を取り出して机の端に置き、タバコに火をつけた。

「あれ、あたしじゃないわよ」

ヴァランダーは眉を寄せた。

「何のことだ？」

「聞こえたでしょ。あれ、あたしじゃないから」

ヴァランダーは耳を澄ました。なにか自分の知らないことをこの女は言っているのだと思った。

「それじゃ誰なんだ？」

「知らないわよ、そんなこと」

ヴァランダーは手帳とペンを取り出した。

「形式的なことからいこうか」

「個人番号一九六二〇二〇二－〇四四五」

警察の厄介になったことがあるとわかる態度だった。住所も訊いてメモをすると、「ちょっと失礼」と言って部屋を出た。マーティンソンはまだ部屋に戻ってきていなかった。幸いステファン・リンドマンは部屋にいた。

「この女のことを調べてくれ」

「今ですか？」

「そうだ」

ヴァランダーは短く説明した。ステファン・リンドマンはうなずいて引き受け、ヴァランダーは部屋に戻った。タバコの煙が部屋の空気を占領していた。フィルターのないタバコを吸っている。ヴァランダーは窓を少し開けた。

「あれ、あたしじゃないから」と彼女は繰り返した。

「その話は後回しだ。今は他の話をしたい」

カッチャ・ブロムベリがさっと身構えたのがわかった。

「他の話？」

「あんたの祖父母の話を聞きたい。リカルドとイリーナ・ペッテルソンのことだ」

「冗談じゃない。あの二人が何の関係あるというのよ？」

彼女はタバコの火を捻り消すと、すぐに次のタバコに火をつけた。ライターは高級品だとヴァランダーは目を留めた。

「様々な理由から、あの二人が姿を消したときの情況を知りたいのだ。あんたが生まれる前のことだ。あんたはそれから二十年後に生まれているのだから。もしかするとあんたはそのころの話を聞いているんじゃないか？」

カッチャ・ブロムベリは〝あんた頭がおかしいんじゃないの？〟と言わんばかりに、大袈裟《おおげさ》に首を振った。

「あんた、そんな話を聞くためにあたしに会いたかったの？」

「そのことばかりじゃないが」

「百年も前のことじゃないの」

「いや、百年も前じゃない。あと少しで六十年というところだ」

カッチャ・ブロムベリはヴァランダーを睨みつけた。

「コーヒーがほしいわ」

「ああ、持ってこよう。ミルクと砂糖は?」

「ミルクじゃなくてクリームと砂糖」

「クリームはないね。ミルクならある。それと砂糖も」

ヴァランダーはコーヒーを取りに行った。コーヒーマシーンがうまく動かず、コーヒー二杯を淹れるのに十分もかかってしまった。部屋に戻ると、誰もいなかった。やられた、と彼は思った。急いで廊下に出ると、洗面所の方から彼女がやってきた。

「ハハ! あたしが逃げたと思ったでしょ」

「あんたは逮捕されたわけじゃない。だから逃げるという言葉は適当じゃないな」

二人は黙ってコーヒーを飲んだ。ヴァランダーは相手の出方を待ちながら、一方でこの女はなにを訊かれると思ったのだろうと想像を巡らせた。

「話してくれるか、リカルドとイリーナのことを?」

ブロムベリが口を開いて話そうとしたとき、電話が鳴った。ステファン・リンドマンだった。

「思ったより時間がかかりませんでした。いま、この電話で言いましょうか?」

「ああ、頼む」

「カッチャ・ブロムベリは暴行事件で二度刑を受けていて、ヒンセベリ女子刑務所で服役した記録があります。さらに彼女は当時結婚していた男と銀行強盗に入ったこともある。現在はリンハムヌのスーパーに数人で押し込み強盗を働いた疑いがかけられている。他にもありますが、続けましょうか？」

「いや、今はいい」

「そっちはどうですか？」

「後で」

ヴァランダーは受話器を置いて、真向かいに座っているカッチャ・ブロムベリを見た。赤いマニキュアを塗った爪を眺めている。赤のニュアンスが一つ一つ違う。

「あんたの祖父と祖母のことだが。なにか聞いているだろう。例えばあんたの親からとか。母親はまだ生きているのか？」

「二十年前に死んだわ」

手を上げて爪を眺めている。

「そうねえ。最後にオヤジの話を聞いたのは、あたしが七歳くらいのときだったかな。そのときアイツは詐欺でムショに入ってた。アイツとは一度もあたしの方から連絡したことはないわ。もちろん、向こうから連絡などまったくない。今生きてるかどうかも知らないわ。あたしには関係ないけどね、どっちだって。わかる、言ってる意味？」

「ああ、わかるよ」

「まさか」

「こっちに質問させてくれれば、もっと早くこの仕事は終わる。あんたの母親からはなにか聞いていないのか、じいさんとばあさんのことを?」

「べつに。そもそも話すことなんてなにもなかったんじゃない?」

「二人は煙のように消えてしまった。まったく跡形もなく。これは話すに値することじゃないか?」

「なに言ってるの! あの人たちは戻ってきたじゃない!」

ヴァランダーは目を丸くした。

「それはどういう意味だ?」

「どういう意味だって?」

「こっちが訊いてるんだ!」

「あの人たち、戻ってきたのよ。馬車と馬を残して、最低限必要なものだけ持って、夜に姿を消したの。二年ほどスモーランドで隠れて暮らしたと聞いたわ。世間があの人たちのことをすっかり忘れたころ、また表に出て暮らしたって。名前を変えて、髪型や外見も変えたんだって。だから盗んだもののことを訊く人もいなくなったんだって」

「盗んだもの?」

「あんた、本当に知らないの?」

「知らないから、あんたに訊いている」

「ルーデルップ近くの農家に押し込みをしたんだって。でも捕まりそうになった。それで持てるものだけ持って、行方不明になったことにして隠れたんだって。リカルドはアルヴィド、イリーナはヘレーナと名前を変えて。あたしはあの人たちに少ししか会ってないけど、あの人たちのこと、大好きだった。おじいちゃんは一九七〇年代のはじめに、おばあちゃんはその後少しして死んだ。ヘッスレホルムにお墓があるわ。もちろん、墓石には偽名が書かれてるけど」

ヴァランダーは黙って話を聞いた。今聞いた話は一言一句本当だろうと思った。疑いはなかった。

一九四四年の十二月に忽然として男女二人が姿を消し、馬と馬車だけが残された迷宮事件は、ほぼ六十年後、こうして迷宮であることに終止符を打ったわけだ。

落胆は大きかったが、同時に気分が軽くもなった。この事件の追及に多くの時間を費やさずにすんだという思いがあった。

「あんた、どうしてこのことが知りたかったの？」

「昔の未解決事件がときどきこうして思いがけず真相がわかることがある。古い農家の庭で骸骨が二体発見されたことがきっかけで、いろいろ調べていたのだ。新聞で読んでいないか？あんたとスーパーの押し込みとの関連はマルメ警察の管轄だから、今回は関係ない」

「あれは、あたしじゃない」

「さっきからあんたがそう言ってるのは聞こえてる」

「もう帰ってもいい？」

「ああ、いいよ」

ヴァランダーは署の出口まで見送った。

「あたし、あの人たちが大好きだった」カッチャ・ブロムベリがもう一度言った。「おじいちゃんもおばあちゃんも。おかしな人たちだったよ、人見知りなのにオープンなところもあって。もっとあの人たちと会いたかったなあ」

ヴァランダーは高いヒールのブーツ姿のカッチャ・ブロムベリを見送った。彼女にはこの先決して会うことはないだろうと思った。だが、きっと忘れられない人間の一人となるだろう。

十二時前、マーティンソンとステファン・リンドマンと少し話をした。ルーデルップ付近で消えたロマの夫婦は関係ないとわかったから、捜査対象からはずそうと言った。その後検察官にもそう伝えた。

午後は休みをとり、町の店でシャツを買い、レストランでピッツァを食べてマリアガータンに戻った。

夜遅くリンダが帰ってきたときにはとっくに眠りについていた。

20

翌日は太陽が燦々《さんさん》と輝く素晴らしい十二月の天気だった。ヴァランダーは早起きして海岸をしばらく散歩し、その後八時過ぎに警察官の自分に立ち返った。彼らは今、シーモン・ラーソンが電話してくる前の段階にまで戻らなければならなかった。

仕事を始める前に、一つ電話をかけるところがあった。電話番号を探し出し、電話をかけた。何度も呼び出し音がなってから、ようやく相手が応答した。

「ラーソンだが」

「こちらはヴァランダーです。先日はありがとうございました」

「いや、どうも」

「あなたの話を調べました。が、あれにはちゃんとした説明がつきましたよ。お望みなら、説明しますが?」

「もちろん、聞きたい」

ヴァランダーはことの顚末を語った。シーモン・ラーソンは黙って耳を傾けた。

「なるほど。そういうことだったのか。いやあ、あんたたちに不必要な仕事をさせてしまったな。悪かった」

「いや、不必要な仕事などというものはありませんよ。あなた自身警察官だったから、ご存知でしょう。調べなければならないことを調べた結果、排除するものが当然出てくるわけですから」

「そうだったかもしれない。だが、わしはもうすっかり年取っているから、記憶力があまり確かではないのだよ」

「あなたの記憶力に問題はないですよ。今回それを証明したじゃないですか」

シーモン・ラーソンは話をしたがっている、もう話すことはないのに電話を切りたくないのだとヴァランダーは思った。隣室でベッドの上に横たわっていた女性のことを思い出した。ようやく話を終わらせて電話を切った。歳をとるということはこういうことか。俺は我慢できるだろうか？　歳をとって誰かと話したいと願う自分に。

朝の九時、三人はまた会議室に集まった。

「シーモン・ラーソンからの電話以前のところに時間を戻そう」ヴァランダーが言った。「今はまったくお手上げ状態に見えても、どこかにきっと解決の手がかりがあるに違いないのだ」

「同感です」マーティンソンが言った。「スウェーデンは小さい国ですが、国民に関する情報はかなりしっかり把握していますからね。六十年前には今のようにゆりかごから墓場まで我々のことがすべてわかる国民総背番号制度ができていなかったとしても。骸骨となったあの二人のことを探していた人間がいるはずです。どこに行ってしまったのかと寂しがっていた人間が」

そのときヴァランダーの頭にある考えが浮かんだ。

「そのとおり。寂しがっていた人間がいたはず。中年の男女二人が急にいなくなったのだから。だが、もし、彼らがいなくなって寂しいと探し回る人間が一人もいなかったとしたら？　どこに行ってしまったのだろうと聞き回る人間が一人もいなかったとしたら？　もしそうだったとしたら、それはそれで一つの仮定が成り立つ」

「彼らがいなくなったということを知らなかったから、誰も探し回らなかったというんですか？」

「ああ、もしかすると。だが、もう一つ考えられる。彼らがいなくて寂しいと思った人間はいたかもしれないが、場所はここではなかった、というのはどうだ？」

「今の話、わかりません。僕にはついていけない」ステファン・リンドマンが言った。

「これは第二次世界大戦中の話ですよね。前にも話に出ましたよね。スウェーデンの中でも南スウェーデン、すなわちスコーネ地方は戦争当事国に囲まれていた。ドイツやイギリスの爆弾を積んだ軍用機が緊急着陸をしたり、難民が四方八方から押し寄せてきていたこと」

「ああ、そのとおり」ヴァランダーが言った。「俺は早まった結論を出したくない。結論を急ぎたくない。言いたいのは、できるかぎりオープンにしておくことだ。経験からこれが結論だと直感することもあるだろう。たくさんの推測が成り立つだろう。また、俺たちが考えもしなかった答えもあるかもしれん。とにかく絞らずにできるだけオープンにしておこう」

「当時、押し寄せる難民のために部屋を貸して金を稼ぐ人々も普通にいたらしいです」

「誰が金を払ったのだろう?」

「組織があったんですよ。金のある人々が金のない人々を助けた。それで農民たちは少しばかり金を稼いだ。税金を払う必要のない金を」

マーティンソンがテーブルの上にあったファイルに手を伸ばした。

「スティーナ・ヒュレーンから追加の報告が来てます。すでに知っていることばかりですがね。唯一新しいことは、女性の歯は虫歯だらけだったが、男の方の歯は穴ひとつないほぼ完璧な歯だったということです」

「当時の歯医者の記録が保管されてるなんてことはないだろうな?」

「いや、それは考えてなかった。スティーナ・ヒュレーンもおそらくそうでしょう。単なる事実の報告ですよ。一方の頭蓋骨の歯には治した跡がたくさんあり、もう一つにはほとんどなかったということ。それもまた我々には意味がわからないなにかを訴えているのかもしれませんが」

ヴァランダーは歯のことをメモしてファイルに閉じた。

「他にもヒュレーンはなにか言ってきたか?」

「とくにありません。男の方は一度、左腕を骨折しているらしい。この男女が誰かがわかれば、左腕を折ったことにどんな意味があるかわかるかもしれませんが、今のところは単なる事実の知らせです」

「この男女が誰かがわかれば、なんて仮定の話をしているわけじゃない。正体がわかったとき、ということだ。それに、歯医者の古い記録があるかどうかも調べなければならない」

　三人は改めて捜査資料に目を通した。まだ調べていないものがたくさんあった。昼食時間になり、これからの計画を立てて会議を終えた。

　ステファン・リンドマンが部屋から出て行くと、マーティンソンがヴァランダーに話しかけた。

「あの家のことですが、どうしましょうか？」

「今はまったく関心がない。もうわかっていると思ったが？」

「もちろんです。ただ、この話は急がずに、もう少し考えてみたら、と言いたい。妻も同じ意見です。あの骸骨の二人の身元がわかったら、もしかするとあなたの気持ちが変わるかもしれませんよね」

　ヴァランダーは首を振った。

「他の買い手を探す方がいい。ここで殺人があった、ここにその骸骨が埋められていたということがわかっているのにこの家を買って住むなんてことは考えられない。たとえこの件が解決しても、俺の気持ちは変わらないよ」

「確かですか？」

「ああ、確かだ」

　マーティンソンはがっかりした様子だったが、なにも言わず、うなだれて部屋を出て行った。

ヴァランダーはミネラルウォーターの瓶の蓋を開け、両足を机の上にあげて瓶の口から直接に飲んだ。

いい家が見つかったのだ。だがそれは二体の骸骨に変わってしまった。長い間地中に埋められていた二体の骸骨に。

まるで日の光が当たって死んでしまったトロルのようではないか。

何とも落ち着かなかった。最後にこんなに不安な気分になったのはいつだったろう。なぜこんな気分になったのか？　がっかりしたせいだろうか？　それともなにか他の理由か？

21

警察官に必要な大事な資質の一つに、忍耐力が挙げられることは昔から知っていた。捜査が立ち往生し、前に進めず後ろにも引けなくなるようなときが必ずある。そんなときには忍耐力が必要だ。問題が解けるのを辛抱強く待つのだ。警察官には気が短い者もいる。集中して素早く仕事をしようとする。が、なにも起きないときにはじっと我慢をしなければならない。忍耐力を失ってはならないのだ。

少なくとも表面上はなにも起きない日が二日続いた。ヴァランダーと同僚二人は資料室に入り込み、暗い土の中をしゃにむに掘り進む動物のように様々な記録を片っ端から読んでいった。ときどきコーヒーブレイクのときに集まっては少しでも関係がありそうな記録を報告し合い、また資料の山の中に戻っていった。

外の天気はまだはっきり冬になったとは言えない、ぐずついた天気が続いていた。寒くて雪がちらつく日があるかと思えば、翌日にはまた気温が零度より上になり、バルト海方面から運ばれてくる雨が降り続いた。

十二月六日、午前九時を少し回ったころ、資料や報告書が山積みされているヴァランダーの机の上の電話が鳴った。驚いて立ち上がり受話器を取った。最初誰の声かわからなかった。とにかくスコーネ地方独特の発音が強く耳に響いた。

しかしすぐにそれは会ったことがある人間の声だとわかった。カッチャ・ブロムベリ。

「あたし、考えたのよ。あんたと話してから、ずっと考えてた。そう、行方不明になった人たちのこと。新聞でも読んだしね。それで、屋根裏にある箱のこと、思い出したんだ」

「ちょっと待ってくれ。何の話だ？」

「おじいちゃんおばあちゃんが残したもの、あたし全部古い箱の中に突っ込んでるのよ。あの人たちが死んでから、一度も蓋を開けたことがなかったけどね。あたしさ、新聞で読んだルドヴィグ・ハンソンという名前に聞き覚えがあるんだ。じいちゃんたちが盗みを働いたのは、その男の家だから。それであたし、屋根裏の箱を開けてみたの。日記のようなもの、手帳かな、があった。ルドヴィグ・ハンソンと名前が書いてあった。それ、あんたたちが見る方がいいと思って」

「手帳？」

「うん。種播きをした日とか、穫り入れをした日とか、書き込んである。それと、買ったものの値段。そして、他にも書き込みがあるのよ」

「例えば？」

「親戚とか、家を訪ねてきた人の名前」

ヴァランダーは急に興味を持った。

「その日記帳、第二次世界大戦のころのことが書かれてるのか？」

「そうよ」
「それは見たい。すぐにも」
「じゃ、今からそっちに行くわ」

一時間後、カッチャ・ブロムベリはふたたびヴァランダーの部屋でタバコを吸っていた。目の前に木製の箱が置いてある。

箱の中に黒革の手帳があった。年号が金色の文字で表紙に書かれている。内側にルドヴィグ・ハンソンと名前が書かれていた。黒革の手帳は一九四一、一九四二、一九四三、一九四四年と、四年連続してあった。木箱の中には他に請求書や領収書も入っていた。ヴァランダーは眼鏡をかけ、手帳の方から見始めた。まず一九四一年の手帳を手に取った。思ったとおり、種播きと収穫、壊れた脱穀機、〈九月十二日馬が死ぬ。死因不明〉などについての書き込みがあった。牛と搾乳した牛乳の量、豚肉や鶏卵の売値なども書かれていた。ときどき酷暑がたまらないと音を上げていた。かと思えば、一九四三年の十二月は〈凍てつくような寒さ〉だったと書き、また一九四二年の七月は雨がまったく降らず、〈秋の収穫はきっとさんざんなものになるに違いない〉と書いていた。

ヴァランダーは読み続けた。人々の誕生日祝いや葬式についても書かれていた。葬式については〈痛々しい〉とか〈長すぎる〉などのコメントも一言加えられていた。この間ずっとカッチャ・ブロムベリはそばでタバコを吸っていた。

最後の年一九四四年の手帳を読み始めた。ここまでは、ルドヴィグ・ハンソンに近づいたようにも、骸骨に関してなにか手がかりになるようなものを発見したようにも思えなかった。

突然ページをめくるヴァランダーの手が止まった。五月十二日の書き込みが目に入った。〈エストニア人たちがやってきた。夫婦と息子が一人。名字はピーラク、名前はエルモーとカーリン、そして息子のイーヴァル。支払いは前払いにした〉とあった。ヴァランダーは顔をしかめた。エストニア人？　誰だ、彼らは？　なにに対して前払いをしたのか？　ゆっくりとページをめくっていった。八月十四日、ふたたびエストニア人たちに関する書き込みがあった。〈再度エストニア人に支払う。彼らはちゃんとした、何の問題もない者たちだ。これはいい取引だった〉。いい取引？　何のことだ？　そのまま先に進んだ。十一月二十一日のところによやく次の書き込みがあった。そしてこれが最後の書き込みだった。〈彼らは帰っていった。最後の掃除はいい加減だった〉。

ヴァランダーはその後、箱の中にバラバラにあった紙類に目を通したが、とくに目を引くものはなかった。

「この手帳四冊、少し預かってもいいかな？　箱は持って帰ってくれ」

「なにか役に立ちそうなもの、あった？」

「ああ、もしかすると。一九四四年にエストニア人がハンソンの家にいたようだ。五月十二日から十一月の末まで」

ヴァランダーはカッチャ・ブロムベリに礼を言い、手帳はそのまま預かった。これが答えだろうか？一九四四年にハンソンの家に住み込んだエストニア人家族？　しかし、彼らは旅立っている。死んではいない。ルドヴィグ・ハンソンが彼らを殺したとは到底思えない。

マーティンソンの部屋に行くと、ちょうど彼は昼食に出かけるところだった。ヴァランダーは出かけるのをちょっと待ってくれと言って、書類と記録の山に埋もれていたステファン・リンドマンを呼び出した。三人はマーティンソンの部屋に集まった。ヴァランダーが説明し、マーティンソンは手帳をめくった。

説明し終わるとヴァランダーは黙り、マーティンソンの反応を待った。

「どうかな。これだ、というひらめきはないですね」

「だが、我々にとって、これは最初の具体的なケースと言っていい」

「しかし、これは三人でしょう。夫婦と息子、家族ですよね。だが、我々の見つけたのは二体の骸骨だ。ニーベリはこれ以外にはないと確信してますよね」

「もう一体はどこか別の場所に埋めてあるとか？」

「当時彼らが非合法に、あるいは秘密裏にそこに滞在していたとすれば、見つけるのは簡単ではないですよ」

「ああ。だが、我々は彼らの名前を知っている。母親はカーリン、父親はエルモー、息子はイーヴァル、家族の名字はピーラク。俺はとにかく調べてみようと思う」

マーティンソンは立ち上がった。昼食が待っていると言わんばかりだった。

「私だったら、住民登録から調べますね。もちろん、彼らがその短い期間、滞在の登録をしていたとは思えませんが」

「だが、そこ以外には俺も思いつかない。手始めにやってみるよ」ヴァランダーが言った。

ヴァランダーはまた署から外に出た。俺もなにか食べるべきだ。すべきことが多すぎる。

車に乗ったとき、一瞬、またもや不安感が戻ってきた。だが、その後、肩をすくめると彼は車を出し、エストニア人家族の行方を探しに出かけた。

22

税務署の女性事務官は親切に対応してくれた。だがヴァランダーが用件を話すと、残念そうに首を振ってこう言った。

「見つけるのは難しいと思いますよ。第二次世界大戦中にバルト諸国からスコーネにやってきた人々の行方を探しているという人は今まで何人も来ました。ま、警察が来たのは初めてですけどね。たいていは親族の人たちです。でも、ほとんど見つけることはできませんでした」

「なぜですかね？」

「偽名で住民登録した人が多かったためでしょうね。こっちに来たとき、必要な書類を持っていた難民はほとんどいなかったのでしょう。でも最大の理由は何と言ってもバルト諸国は戦時中も戦後も、大変だったためでしょう」

「スコーネにやってきた難民のうち、住民登録をした人々は何割ぐらいだったのかわかりますか？」

「ルンド大学で何年か前にそのことを論文に書いて発表した人がいました。それによれば七十五パーセントほどの人が登録していたということでした」

女性はそう言うといなくなった。ヴァランダーは椅子に腰を下ろし、窓の外を見た。頭の中ではすでにこの先どう捜査を進めるかを探っていた。難民としてやってきたエストニア人が住民登録していたかどうかというところから捜査を進めることができるようには思えなかった。

一瞬ではあったが、何もかもやめてどこかへ行ってしまいたいと思った。車に乗ってスコーネを離れ、もう一生戻らないぞ、と。だが、そんなことをするにはもう遅すぎる。そんなことはわかっていた。せいぜいできることと言えば、ウステルレーン地方に家を見つけ、犬を飼うことだ。もしかするとその上、一生の同伴者となる女性を見つけることができるかもしれない。リンダは正しい、と彼は思った。自分は本当にぼんやりとした年寄りになりつつあるのだ。

腹が立って、そんな考えを打ち消した。それから背中を壁に預け、目を閉じた。

誰かに名前を呼ばれて目が覚めた。目を開けると、すぐそばにさっき受付にいた女性事務官が手に書類を持って立っていた。

「わたし、悲観的すぎたかもしれません。もしかすると、お探しの家族を見つけたかもしれませんよ」

ヴァランダーは飛び上がった。

「本当ですか？」

「ええ、そのようです」

事務官は机に向かった。ヴァランダーはその真向かいに腰を下ろした。事務官は手にした書類を読み上げた。近眼かもしれない、とヴァランダーは思った。だが、眼鏡をかけてはいない。

「ピーラク一家すなわちカーリン、エルモー、そして息子のイーヴァルはデンマークから一九四四年の二月にスウェーデンにやってきました」と女性事務官は続けた。「最初はマルメにいたのですが、そのうちルドヴィグ・ハンソン宅に部屋を借り、そこで住民登録をしました。同じ年の十一月、デンマークに向けて出国しました。デンマークに移住することになったからと。そのようにここに書いてあります」

「どうしてそんなに詳しく知っているんですか？」

「移民に関して、当時は特別に詳しい記載が求められていたからです。出国を届け出したのは息子でした」

「え？　今の話、もう一度繰り返してくれますか？」ヴァランダーは当惑した。

「はい、両親の出国の届け出をしたのは息子のイーヴァルでした」

「彼自身はどうしたのです？」

「イーヴァルは残ったのです。そして滞在許可を得ました。その後、彼はスウェーデン国籍を取得しました。正確に言いますと一九五四年に」

ヴァランダーは息を呑んだ。はっきりさせなければならないと思った。一九四四年二月、三人のエストニア人がスウェーデンにやってきた。夫婦と息子一人。同年の十一月に夫婦はデンマークに移り、息子がスウェーデンに残った。そして両親が出国したことを届け出たのは息子だった、ということ。

「そのイーヴァルという息子がまだ存命かどうか、わかりますか？　もしそうだとしたら現住所などわかるでしょうか？」

「ええ、わかりますよ」と女性事務官はごく自然に応えた。「何十年も前から、彼はイースタに住民登録をしています。現住所はエークウッデンと登録されています。旧刑務所近くにある老人施設ですね」

ヴァランダーはその施設がどこにあるか知っていた。

「つまり、彼は生きているということですね？」

「ええ。今八十六歳ですが、生きていますよ」

一瞬、ヴァランダーは宙を睨みつけた。それからうなずいてあいさつすると、税務署を出た。

23

イースタの町の出口にあるガソリンスタンドで車を停め、ソーセージを一本食べた。税務署で得た情報の意味、その重大さがじつは彼自身まだよくわかっていなかった。いや、そもそも重大であるかどうかもわからなかった。

プラスティック・カップ入りのコーヒーを飲み干して立ち上がった。

エークウッデンという施設はトレレボリ方面に向かう道路脇に立っている、庭の広い古い建物である。そこからは海が一望でき、イースタ湾に打ち寄せる波まで見える。ヴァランダーは車を停めると、門の中に入った。老人が数人、砂利道でペタンク遊びをしていた。ヴァランダーは建物の中に入り、入り口近くで編み物をしていた二人の老婦人たちにうなずいてあいさつをし、〈事務局〉という表示の出ているドアをノックした。三十歳ほどの女性が顔を出した。

「イースタ警察から来たヴァランダーという者です」

「ああ、知っています。あなたの娘さんのリンダと同じ学校に通っていたので。マリアガータンのお宅にも一度行ったことがあるわ。とっても怖かった」

「え？　私が？」

「ええ、あなたが。ものすごく大きい人に見えたので」

「私は取り立てて大きい方じゃありませんがね。リンダがイースタに戻ってきたこと、知ってるかな？」

「ええ。街で偶然に会ったので。警察官になったということ、知ってます」

「だが、リンダのことは怖いとは思わなかった？」

女性は笑った。胸に名札がついている。ピアと書かれていた。

「訊きたいことがある。イーヴァル・ピーラクという男がここに住んでいると聞いてきたんだが」

「ええ、イーヴァルならここに住んでいるわ。三階の部屋です。廊下の突き当たりよ」

「今、いるかな？」

ピアは驚いた顔で彼を見上げた。

「ここに住んでいるお年寄りたちが外に出かけるということはめったにないわ」

「親族は来るのかな？」

「イーヴァルを訪ねてくる人はまったくいません。家族がいなくて寂しいんじゃないかしら。両親はエストニアに住んでいる、いいえ、住んでいたとか。以前、両親は死んでしまって、親戚もいないとイーヴァルが言うのを聞いたことがあるわ」

「それで、健康状態は？」

「頭ははっきりしているわ。でも体の方は動きがゆっくりになってきている。八十六歳です。なぜ彼に会いたいんですか？」

「お決まりの個別訪問の仕事でね」

ピアはこの説明を信じていないとヴァランダーは感じた。少なくとも額面どおりには。だが、彼女はそれ以上は訊かなかった。階段まで案内し、三階まで一緒にきた。

イーヴァル・ピーラクの部屋のドアが斜めに開いていた。ピアがノックした。

窓辺の小さなテーブルに向かって白髪の年取った男が独りトランプのソリティアをしていた。男は顔を上げると、笑顔になった。

「お客さんよ」ピアが言った。

「それはうれしいな」

その発音に外国のアクセントは聞き取れなかった。

「それじゃ、わたしはこれで」

ピアはそのまま廊下を歩いていった。室内の男は立ち上がり、ヴァランダーを迎えて握手をした。微笑んでいる。目は澄んだ青い目で、握手したその手は頑丈だった。

ヴァランダーは、これはすべて見当違いだと思った。目の前に立っている男はあの二つの骸骨の謎を解いてくれはしないだろう。

「あんたの名前が聞き取れなかった」イーヴァル・ピーラクが言った。

「クルト・ヴァランダー、警察の者です。だいぶ前の話ですが、第二次世界大戦中、あなたは両親と一緒にルーデルルップの近くのルドヴィグ・ハンソンという男の家に住んでいたことがありますね。そこに半年ほど住んでから、あなたの両親はデンマークに渡った。しかしあなたは一緒には行かず、スウェーデンに残った。間違いありませんか?」

「こんなに時間がたった今、あのころのことを訊かれるとは思わなかった」

イーヴァル・ピーラクはその青い目でヴァランダーを見た。ヴァランダーの言葉に驚いたと同時に悲しみを感じたように見えた。

「間違いありませんか?」

「両親は十一月のはじめ、デンマークへ旅立った。戦争は終わりかけていた。デンマークには両親の友人が何人かいた。大勢のエストニア人が住んでいたんです。私の両親はスウェーデンにはあまりなじめなかったようだった」

「なにがあったか、話してくれますか?」

「その前に、訊きたい。なぜあんたはこのことにそんなに関心があるのか?」

ヴァランダーはここでは骸骨の話をしない方がいいだろうと思った。

「ルーティンワークです。とくに何ということはない。それで?」

「両親は一九四五年の六月にエストニアに戻った。ターリンにある自宅に。家は半分壊されていた。が、父と母は自分たちの手でそれを修復したんです」

「あなたはスウェーデンに一人残った。なぜです?」

「帰りたくなかったから私はスウェーデンに残ったのです。まったく後悔はない。この国でエンジニアになったのだから」

「あなた自身の家族は?」

「ない。年取った今、それは悔いている」

「両親があなたに会いにスウェーデンに来ることはなかった?」

「私の方からエストニアへ行きました。戦後、エストニアという国が苦難の道を辿ったのはご存知と思うが」

「親御さんたちが亡くなったのはいつ?」

「母は早くも一九六五年に、そして父は一九八〇年代のはじめに」

「家はどうなりました?」

「父方の叔母がすべて処理してくれた。私は葬式には行きました。親の形見は少しだけ持ち帰った。だが、ここに入所したとき、それも始末しました。ご覧のように、ここは狭いものでね」

訊きたいことは他になにもなかった。ここにきたのは無意味だった。目の前の男は終始落ち着いた穏やかな目でヴァランダーの目をまっすぐに見ながら話をした。

「それじゃどうも。ありがとう。これで失礼します」

ヴァランダーは庭に出た。老人たちはまだペタンク遊びをして遊んでいた。ヴァランダーは立ち止まって彼らを見ていた。急に胸に不安なものを感じた。最初、それがなんだかわからなかったのだが、次第に数分前まで話をしたあの青い目の老人と話したことになにかがあるのだと気づいた。

不安の原因がわかった。あの老人の答えはまるで何度も練習したもののようだった。なにを訊いても答えはすぐにきた。少し早すぎた。少し正確すぎた。

気のせいだろう、と思った。自分は幽霊のいないところで幽霊を見たと思っているのかもしれない。

イースタ署に戻った。食堂にリンダがいて、コーヒーを飲んでいた。目の前にジンジャークッキーが数枚あった。ヴァランダーはテーブルの向かい側に腰を下ろしてクッキーを食べた。

「どう?」リンダが訊いた。

「よくない。行き詰まってしまってる」

「夜は家で食べる?」

「ああ、たぶん」

リンダは立ち上がり、食堂を出て行った。ヴァランダーはコーヒーを飲み干し、自室に戻った。

午後の時間がゆっくり過ぎていった。

帰宅しようとしたとき、机の上の電話が鳴った。

24

　電話の相手が名前を言う前にすぐに誰かわかった。女性の声は老人施設の受付のピアに違いなかった。

「どこに電話をかけていいのかわからないんです」

「どうした？」

「イーヴァルがいなくなったんです」

「え？　何だって？」

「イーヴァルがいなくなったんです。施設から逃げ出したのか」

　ヴァランダーは机に向かって椅子に腰を下ろした。動悸が早くなっている。

「ゆっくり話しなさい。少しずつでいい。なにが起きた？」

「一時間前の夕食の時間、イーヴァルは降りてこなかったの。それで、わたし、イーヴァルの部屋に行ったんです。部屋は空っぽで、上着もなかった。それでわたしたちみんなで施設の中、庭、そして下の海岸まで探したんです。でもどこにもいないんです。そしたらミリアムが車がないと言い出して」

「ミリアムとは？」

「わたしと同じように施設で働いている若い子です。イーヴァルが車に乗って行ってしまったんじゃないかって言うんです」

「なぜそう思うのか?」

「ミリアムは普段から車に鍵をかけないの。イーヴァルは昔は車の運転が大好きだったと、いつもミリアムに言っていたんですって」

「車の種類は?」

「ダークブルーのフィアット」

ヴァランダーはメモをした。それから黙って考えた。

「施設の建物の中にも庭にもいないことは確かか?」

「ええ、全部探しました」

「なぜきみはイーヴァルが逃げ出したのだと思うのか?」

「それはあなたに訊けばわかると思ったんです」

「もしかすると私はイーヴァルの居場所がわかるかもしれない。確かじゃないが、もしかすると、と思うところがある。もし見つけたら、一時間以内にきみに電話をする。だが、もし私が彼を見つけることができなかったら、これは警察の捜査が必要な事件になる。組織的な捜索が必要になるかもしれない」

そう言ってヴァランダーは受話器を置いた。そのまま身じろぎもせず座っていた。自分は正しかったのか? 感じた不安は理にかなうものだったのか?

ヴァランダーは立ち上がった。午後五時三十五分。外はすでに暗かった。風が次第に強くなった。

25

まだその家までは距離があったが、窓の一つからかすかに明かりが見えた。もはや疑いの余地はなかった。思ったとおりだった。イーヴァル・ピーラクはかつて両親と一緒に滞在していた家にいるのだ。

ヴァランダーは道路端に車を停めてエンジンを切った。その家の窓からのかすかな灯りを除けば、あたりは漆黒《しっこく》の闇だった。運転席の下に取り付けている懐中電灯を手に、彼は歩きだした。強い風が顔に当たる。その家まで来ると、居間の明かりが二つ灯されているとわかった。台所の窓が一つ壊されている。イーヴァル・ピーラクは庭の椅子を窓の下に置き、そこから家の中に入ったのだろう。ヴァランダーはその窓から中をうかがったが、ピーラクの姿は見えなかった。ヴァランダーはピーラクと同じところから中に入ることにした。そこは台所だった。心配する必要はない。家の中にいるのは人生がいつ終わるかわからない年寄りだ。

庭の椅子の上に立ち、窓から中に入った。そのまま台所に下り立ち、耳を澄ました。一人で来たことが悔やまれた。ポケットに手を入れて携帯電話を取り出そうとした。そのとき、さっき懐中電灯を座席の下から取り出そうとしたとき、携帯を座席の上に置いたことを思い出した。どうしようか。携帯を取りに戻ってマーティンソンに電話をかけて応援を頼むか？　それともこのまま携帯なしでピーラクと話をするか？　やっぱり応援を頼もう。そう決めてまた台所の窓から外に出て、車の方に歩きだした。

それが直感的な反応だったのか、それとも背後の音を聞いたためか、わからなかったが、彼は後ろを振り向こうとした。が、その前に後ろ首になにか硬いものが当たって、彼は意識を失い地面に倒れた。

目が覚めたとき、彼は椅子に座っていた。ズボンと靴が泥まみれになっていた。頭が割れそうに痛い。

目の前にイーヴァル・ピーラクが立っていた。片手に拳銃を持っている。昔のドイツ製の軍隊用の拳銃だとわかった。イーヴァル・ピーラクの目はさっき見たとおり青かったが、その顔は笑っていなかった。疲れて見えた。がっくり疲れた、年取った男の顔だった。

ヴァランダーは考えた。イーヴァル・ピーラクは俺を外で待ち構えていて、殴り倒したのだ。そして意識を失った自分を引きずって家の中に入れた。時計を見る。六時半。つまり、自分が気を失ったのはほんの短い時間だったのだ。

今の状況を考えた。自分に向けられている拳銃は危険なものだ。たとえそれを握っているのが八十六歳の老人であろうとも。イーヴァル・ピーラクを甘く見てはいけない。この男は自分を殴り倒した。また少し前には車を盗んでここルーデルップまで運転してきたのだ。

ヴァランダーは恐怖を感じた。落ち着け、落ち着くんだと自分に言い聞かせた。静かに話しかけるんだ。ピーラクの話を聴くこと。責める言葉は言わない。ただ静かに語りかけ、相手の話を聴くのだ。

「あんたはなぜここに来た？」イーヴァル・ピーラクが訊いた。

その声は悲しそうに聞こえた。エークウッデンの老人施設で聞いた声と同じものだった。だが、緊張も孕んでいた。

「私がなぜここに来たのか、それともそもそもなぜ私があなたの住んでいるところに行ったのか、ということですか？」

「あんたはなぜ私に会いに来た？　私は老人だ。それも、死ぬまでもうあまり時間のない老人だ。私は不安になりたくない。私は一生不安を抱えて生きてきたのだ」

「私はただ、過去になにがあったのか知りたかっただけです」ヴァランダーは落ち着いてゆっくり話し始めた。「ひと月ほど前、私はこの家を物件として見に来たのです。買ってもいいと思いました。ですがそのとき、庭でなにかにつまずいたのです。人間の手でした」

「嘘だろう」イーヴァル・ピーラクが言った。

彼の声が突然甲高い、興奮した調子になった。ヴァランダーは驚き、息を詰めた。

「あんたら警察はずっと私を追いかけてきたじゃないか。六十年もの間、私を追ってきた。なぜそっとしておいてくれない？　もう死ぬことしか残ってない老いぼれの私を」

「いや、ずっと追いかけてきてなどいない。あなたと会ったのは偶然なのです。あの骨が誰なのかを知りたかっただけなのです」

「嘘をつけ。あんたらは私を刑務所に送りたいのだろう。私が刑務所の中で死ねばいいと思っているのだろう」

「いいですか。すべての犯罪は二十五年で時効になるんです。あなたが何と言おうと、そんなことは起きませんよ」

イーヴァル・ピーラクはそばの椅子を引き寄せて腰を下ろした。ピストルの銃口は相変わらずヴァランダーの頭に向けられている。

「なにもしないと約束します」ヴァランダーが話を続けた。「私の体を縛ってもいい。だが、そのピストルはしまってくれませんか」

ピーラクは応えなかった。銃口はヴァランダーの頭を狙ったままだ。

しばらくして彼はこう言った。「私はずっと恐れていた。あれ以来ずっとだ。あんたたちが私を見つけるんじゃないかと」

「あなたは今まで、一度でもこの家に来たことがありますか？」

「いや、一度も」

「一度も？」

「そう、一度も来たことがない。私はヨッテボリのシャルメーシュ工科大学を卒業してエンジニアになった。その後一九六〇年代の半ばまでウルンシュルズヴィークにある工場で技師として働いた。それからヨッテボリに引っ越して数年間エーリクスベリ造船所で働いた。その後マルメに落ち着いた。だが、一度もここには戻らなかった。そう、決して。一度も。そしてエークウッデンに移り住んだのだ」

イーヴァル・ピーラクは問わず語りに話し始めた。長い彼の人生の始まりから。ヴァランダーは少し体を動かした。自分の頭に狙いを定めている銃口から少しでも離れるように。

「なぜ私をそっとしておいてくれなかったのだ？」

「ここの庭に埋められた人たちが誰なのかを調べなければならなかった。それが仕事なんです。警察の」

イーヴァル・ピーラクは突然笑いだした。

「私は絶対に見つからないと思っていた。見つかるとしても、私が死んでからのことだろうと。だが、今日、あんたは私の部屋の戸口に現れた。そして矢継ぎ早に質問をした。一体なにが起きたのか、話してくれ」

「骸骨が二体見つかったのです。二人とも五十代、二人とも殺害された人間とわかった。だが、わかったのはそれだけでした」

「ずいぶん少ないな」

「もう一つわかったことがあります。女性の歯はひどい状態でした。だが、男性の歯はほぼ完璧でした」

イーヴァル・ピーラクはゆっくりうなずいた。

「あいつはケチだった。自分自身をのぞいて、誰に対してもひどくケチな男だった」

「あなたの父親のこと、ですか？」

「他に誰がいると言うんだ？」

「答えがほしいときに質問をするのが私の仕事です」

「あいつはどうしようもないほどケチだった。ケチで悪意に満ちていた。あいつは母の歯が口の中で腐るまで歯医者に行かせなかった。あいつは母のことをまるでゴミのように扱った。あいつは夜中に母をゆすり起こして裸で床の上に立たせ、自分はクズだ、何の価値もないものだと何百回も朝まで繰り返し言わせた。母はあいつを心底怖がっていて、あいつが近くに来るだけで全身が震えていた」

イーヴァル・ピーラクは急に口をつぐんだ。ヴァランダーはなにも言わずに待った。銃口は相変わらず彼の頭に向けられていた。この男は相当体力があるとヴァランダーは思った。だが、集中力が弱まるときが来るだろう。そのときが来たら、飛びかかって銃を取り上げるのだ。

「あれから私は何度も母のことを考えた。なぜ母は黙って家を出て行かなかったのだろう、あの男を捨てて、出て行くべきだった、と。私はそうしなかった母を愚かだとも哀れだとも思った。愚かだと軽蔑し、哀れだと同情した。この二つの感情は相反するもの。一人の人に対してこんなに相反する気持ちを抱いたなんて、どういうことなのか。今でも私にはわからない。だがわかっているのは、もし母が家を出ていたら、あんなことは起きなかったに違いないということだ」

イーヴァル・ピーラクの言葉の一つ一つに重い苦しみが感じられた。だが、まだヴァランダーには相手の話がどう進むのかわからなかった。

「ある日、母はもう耐えられないと思ったのだろう。台所で首を吊ってしまった。それで私もなにかがぷつんと切れてしまった」

「父親を……殺した？」

「夜だった。私は母が、立っていた椅子を蹴り倒した音で目が覚めたのだと思う。だが、父親は眠り続けていた。私はハンマーであいつの頭を叩き割った。そして庭に穴を二つ掘った。夜が開ける前に私は二人の遺体を埋めた。地面は元どおりになった」

「だが、スグリの灌木を何本か、おかしな具合に植えた」

イーヴァル・ピーラクは首を傾げた。

「それであんたは見つけたのか、あの二人の骨を？」

「それからどうしました？」

「何事もなかったようにすべてがそのまま進んだ。私は両親がスウェーデンから旅立ったと言った。誰も疑わなかった。まだ戦争の最中だったし、なにもかもが混乱していた時代だった。難民となって身分証明書もなにもなく、あっちこっちへ逃げ惑う人々が大勢いた時代だった。私はその後シューボーへ引っ越し、戦後はヨッテボリに移りエンジニアの勉強をした。勉学中は港で積荷を運ぶ仕事をして金を稼いだ。当時は腕も強かった」

銃はまだヴァランダーの頭に向けられていたが、ピーラクの注意が散漫になってきているような気がした。そっと、足の位置を変え、機会がきたら相手に飛びかかることができるように身構えた。

「私の父親は人間じゃなかった。あの男を殺したことはまったく後悔していない。だが、罰は十分に受けた。あいつの顔や姿がいつでも、どこにいても見えるんだ。そしてあいつの『お前は俺から逃れることができない』という声が聞こえるのだ」

イーヴァル・ピーラクは突然激しく泣きだした。ヴァランダーは一瞬迷ったが、やるなら今だと思い、椅子から立ち上がるとピーラクに飛びかかった。だが、老人の強さは想像以上だった。パッと横に飛び跳ねると、拳銃の底でヴァランダーの頭を殴った。強打ではなかったが、ヴァランダーが意識を失うには十分だった。

目を覚ますと、ピーラクの顔が覗き込んでいた。ヴァランダーはすぐにピーラクが激怒しているとわかった。銃口がピタリと頭に向けられている。

「なぜそっとしておいてくれないのだ！　恥も秘密もそのまま墓場まで持っていくつもりだったのに。なぜそうさせてくれないのだ？　それだけが私の願いなんだ。それなのにあんたは何もかもぶち壊しにしてしまった」

イーヴァル・ピーラクは興奮の極地に達しているとヴァランダーは思った。すぐにも彼は銃を撃ち放すだろう。もう一度彼に飛びかかっても無駄に違いない。

「わかった。なにもしません。あなたがやったのだということはわかったが、私はなにも言わないと約束します」

「遅すぎる。あんたを信用するとでも思っているのか？　私に飛びかかったではないか。年寄りだから簡単に押さえられると思ったのだろう？」

「私は死にたくない」

「誰でもそうだ。だが、誰もがしまいには死ぬのだ」

イーヴァル・ピーラクは一歩前に出た。両手で銃をしっかり摑んでいる。ヴァランダーは目をつぶりたかったが、怖くてできなかった。リンダの顔が脳裏に浮かんだ。

イーヴァル・ピーラクは銃を撃ち放った。だが、弾はヴァランダーに当たらなかった。いや、そもそも銃口から弾が出なかったのだ。ピーラクが引き金を引いたとき、拳銃そのものが爆発したのだ。古い拳銃の金属の一部が勢いよくイーヴァル・ピーラクの頭部に当たり、深く大きな穴を開け、ピーラクは即死した。

ヴァランダーはしばらく動けなかった。自分は助かったのだという喜びが全身に湧いてきた。だが老人は死んでしまった。彼が両手で握っていた拳銃は最後の瞬間暴発して銃の持ち手を殺してしまったのだ。

ヴァランダーはようやく立ち上がると、車まで力なくゆっくり歩いた。マーティンソンに電話をかけてことの次第を話した。

風の強い外に座って、待った。頭は空っぽ、体も力が抜けていた。死ななかったというだけで十分だった。

最初のパトカーの青い光が見えたのは十四分後のことだった。

26

二週間後、クリスマスの数日前のこと、リンダは父親とともにルーデルップの家まで行った。最後にもう一度その家に行くべきだとしつこく父親に言ったのは彼女だった。そうしてからマーティンソンに鍵を返し、また改めて家探しを始めたらいい、と。

その日は快晴の寒い日だった。ヴァランダーは無言でハンチング帽を深く額まで下げてかぶっていた。二人は庭を一回りした。リンダはイーヴァル・ピーラクの自爆した場所を見せてくれと言い、あと一歩というところまで死が迫ったときなにを思ったかと訊いた。ヴァランダーはそのときの場所を指差し、もそもそと口の中でなにか呟いた。だが、リンダが訊き返すと、ヴァランダーはただ首を振っただけだった。なにも言うことはなかった。

その後二人は一緒にイースタに戻り、ピッツァリアでピッツァを食べた。食事を始めたとき、急にヴァランダーは気分が悪くなり、トイレに駆け込んだ。突然のことだった。

席に戻ったヴァランダーにリンダが心配そうに言った。

「具合悪いの？」

「いや。だがもしかすると今初めて、俺はあのときもう少しで死ぬところだったのだということがわかったのかもしれない」

リンダにとってもそうだったのかもしれない。二人はなにも言わず、しばらくそのまま座っていた。食事が冷たくなった。後で振り返り、ヴァランダーはあのときほどリンダが身近に感じられたことはなかったと思った。

翌日の朝早くヴァランダーはイースタ署に向かった。マーティンソンの部屋のドアをノックしたが、まだ来ていなかった。どこかからクリスマスの音楽が聞こえてきた。ヴァランダーはマーティンソンの部屋に入り、机の真ん中に鍵束を置いた。

署を出てイースタの町の中央まで歩いた。雪が降っていたが、地面はまだ凍ってはおらず、ぬかるみになっていた。

ヴァランダーは街で一番大きな不動産屋の前で立ち止まった。店のウィンドーには端から端までシムリスハムヌからイースタまでの間にある物件がびっしりと貼り出されていた。

ヴァランダーは鼻をかみながら、コーセベリヤの近くにある家の広告を興味深げに眺めた。不動産屋のドアを押して中に入ったその瞬間、イーヴァル・ピーラクのことはすっかり頭から消えた。将来もしかするとまたその記憶は戻ってくるかもしれない。が、すでに過去のことになったことは間違いなかった。

ヴァランダーは次から次へと家の紹介記事と写真を見ていった。

外のウィンドーに貼り出されていたコーセベリヤの近くにある家はだめだった。土地が狭く、隣家が近すぎた。続けてカタログをめくって見ていった。住みたい家、昔の農家はいくらでもあったが、値段が高すぎた。貧しい警察官は街のアパートに住めということかと彼は自嘲的に思った。

だが彼はそれで家探しをやめるつもりはなかった。必ず気に入った家を見つけて、犬を飼うつもりだった。来年はきっとマリアガータンから引っ越すと心に決めていた。

ヴァランダーが初めて不動産屋の店に入った翌日、イースタの街とその周辺の茶色の畑は一面の雪に覆われた。

その年のクリスマスはじつに寒かった。バルト海から氷のような風がイースタを含むスコーネ地方に吹きつけた。

思いのほか早い冬の到来だった。

著者あとがき

私はこの物語をかなり前に書いた。いきさつはこうである。

当時オランダで、犯罪小説を一冊買ったら、おまけの本を一冊プレゼントするというサービスが一ヵ月間行われたことがあった。私はなにか書いてくれないかと頼まれた。より多くの人が本を読むようになればいいと、私はこのサービスに賛成し、引き受けた。

そのようないきさつで、この本はオランダで出版された。

それからかなりの年月が経ったあるとき、BBCがこの作品をケネス・ブラナーが主演するヴァランダー・シリーズの原作として使いたいという申し入れをしてきた。できあがった作品を観て、私はこの本にはまだ時代性があると思った。

さて、今回、ヴァランダー作品のすべての目録《レジスター》を作成すると決まったとき、私は改めてこの〝オランダの本〟を発行するチャンスを得た。

この作品は、今回人物・地名・文化索引とともに出版されるが、年代的にはヴァランダー・シリーズの最後の本『苦悩する男』より以前に書かれたものであることをここにお断りしておく。

これはクルト・ヴァランダー・シリーズ最後の出版物である。このシリーズはこの本をもって終了する。

二〇一二年十月　ヨッテボリにて
ヘニング・マンケル

ヴァランダーの世界

I　始まりと終わり、そしてその間になにがあったか？

地下室の奥の方に埃まみれの日記帳が何冊かある。どれも古い日記帳だ。私は一九六五年ころから日記を書いてきた。毎日書いていたときもあるし、不規則だったときもある。内容は警句や箴言のようなものから、翌日忘れないようにという単なるメモまで様々だった。何ページも白紙が続いていることもよくあったし、ときには一ヵ月まったくなにも書かなかったときもあった。かと思えば、毎日几帳面《きちょうめん》に書いていたときもあるという具合だった。

一九九〇年の春もそんな調子だった。私は長期間アフリカに行っていた。当時私は一年のうち半分はアフリカで過ごしていた。帰国してすぐに私は、留守にしていた半年の間に人種差別《レイシズム》が不気味に広まっていることに気づいた。それまでもスウェーデンは社会に蔓延するじつに不愉快なこの病《やまい》と無関係ではなかったが、私はこのときそれまでにないほど劇的にレイシズムが強まっていると感じた。

数ヵ月後、私はレイシズムについて書く決心をした。じつは他に書く予定のものがあったのだが、レイシズムはそれより重要だと思ったのである。

いや、これは他のなにより重要だと思ったと言い直そう。

どのような物語にしようかと考えているうちに、犯罪小説が自然だろうということに行き着いた。単純に、私の考えでは人種差別は犯罪であるからだ。そう考えたとき、当然のことだがそれにはその犯罪を捜査する人間、犯罪のエキスパート、警察官が必要だということになった。

一九九〇年五月、私は日記にこう書いた。残念ながらその走り書きは私以外の者には到底読めないものなのだが。「この春一番の陽気。野原を歩き回る。にぎやかな鳥のさえずり。これから私が書こうとしている警察官は、良い警察官でいることは非常に難しいということがわかっていなければならない。犯罪は社会の変化に応じて変わっていく。任務を果たそうとするならば、彼は彼自身の生きている社会でなにが起きているのかその実態を知らなければならない」

当時私はスコーネに住んでいた。そう、〝ヴァランダーの世界〟のど真ん中に。トルンネルプ村のはずれの大きな土地付きの農家だった。中庭からは海まで視界が広がり、家の庭からは教会の塔がいくつも見えた。散歩から戻ると、私は電話会社の分厚い電話帳を取り出した。その中からクルトという名前を選んだ。短くて、珍しくはないがありふれてもいないちょうどいい名前だったからだ。名字は少し長いものにしようと思い、じっくり時間をかけてページをめくっていった。そしてヴァランダーという名前に落ち着いた。

これもまたありふれた名前ではなく、かといって、それほど珍しい名前でもない。

これで私の作り出す警官の名前が決まった。クルト・ヴァランダー。年齢は私と同じ、一九四八年生まれということにした。(読者の中には、私が書いたシリーズ作品において必ずしもこの生年に統一されていないと指摘する人もいるが、人生において全部が間違いなく統一されていることなどあるものだろうか?)

どんな作品も伝統から離れてはあり得ない。自分の作品は文学上の伝統からまったく自由であると主張する作家は嘘をついている。無人の国《ノーマンズランド》から芸術家は生まれない。

シリーズ最初の作品『殺人者の顔』をどう書くかを考えていたとき、私は最もよく描かれた、そして最も根本的なことを扱っている〝犯罪物語〟は、ギリシャの古典劇であることに気がついた。その伝統は二千年も前の、例えば『メディア』のような作品である。これは夫に対する嫉妬から自分の子どもたちを殺す女の物語で、犯罪の鏡に映し出される人間の姿を描いている。人と人の間にある矛盾、人の内面にある矛盾、そして個々の人間と社会の間にある矛盾、さらに夢と現実の間にある矛盾まで余すところなく描いている。ときにこれらの矛盾は暴力となって噴出する。例えば人種間の争いがそれである。そしてこのような暴力は古代ギリシャの作家たちの描いた人間の姿に通じるものである。

古代ギリシャの作家たちの作品はいまもなお我々にインスピレーションを与える。当時と今の唯一の違いは、当時は警察システムが存在しなかったということ。争いは他の方法で解決された。人間の運命を決めたのは往々にして神々だった。しかし大きく見ればほぼそれだけが当時との違いである。

偉大なるデンマーク人／ノルウェー人作家、アクセル・サンデモーセはこう言っている。勝手に引用すると、「書くに値することは二つしかない。一つは愛、そしてもう一つは殺人である」。彼はひょっとすると正しいかもしれない。これにもう一つ、金《かね》を加えたら、サンデモーセは三位一体を創生したかもしれなかった。この三つは現在も過去も、おそらくは未来においても文学において常に扱われる題材である。

『殺人者の顔』を書いたとき、私はヴァランダー刑事を主人公とする作品をシリーズで書くようになるとはまったく思っていなかった。だが、本が出版され、しかも様々な賞を受けたとき、ひょっとすると私は書き続ける題材を創り出したのかもしれないと思った。それでもう一冊ヴァランダーを主人公としたものを書いた。それが『リガの犬たち』である。これはベルリンの壁崩壊後の世界はどうなるかを題材にしたものである。私はラトヴィアの首都リガへ旅をしていた。数週間の滞在の後、この国について書くべきだという思いが脳裏を離れなかった。それはじつに特殊な時代だった。ロシア人とラトヴィア人の間の緊張はまだ爆発してはいなかった。ラトヴィアの警察官と話をしたいと話すと、私は薄暗いビアホールにこっそり案内された。この本に描かれたラトヴィアの雰囲気の大部分は、政治的な緊張が張りつめていたあの時代を私が体験したままに書いたものである。

二作目を書いた時点でもまだ、クルト・ヴァランダーを主人公にしたこの本がシリーズになることは思っていなかった。

一九九三年一月九日、私はモザンビークの首都マプートの小さなアパートで三作目に取り組んでいた。『白い雌ライオン』という題名で南アフリカ共和国の状況を書こうとしていた。その数年前にネルソン・マンデラが刑務所から釈放されていたが、南アフリカは依然として内戦がいつ勃発するかわからないという緊張状態にあった。そうなったら南アフリカは完全に混沌《カオス》に陥る。最悪のシナリオはネルソン・マンデラの暗殺であることは明らかだった。そうなったら、血で血を洗う戦いになる。

この本を書こうとしていたとき、私はひどく具合が悪くなった。具合が悪いまま私はマプートで医者にもかからず家の中でゴロゴロしていた。憔悴し、顔色も悪く、よく眠れないまま。マラリアに罹《かか》ったのかもしれないと思った。だが検査してもらっても、寄生虫はいなかった。ある日、私は友人に言われた。

「顔が真っ黄色だよ！」

そのあと私は南アフリカのヨハネスブルグへ運ばれたのだが、その過程はまったく憶えていない。そこの病院で私は黄疸《おうだん》に罹っていると、しかも長い間放っておいたのでかなりひどい状態であると診断された。

私は入院し、夜になるとベッドで本のあらすじを考えた。黄疸が治って元気になったら、マプートに帰る、そのときには物語の筋書きはおおよそできている、と計画していた。そして実際、私の記憶が正しければ、まず私は最後のページを書いた。そこに向けて物語を展開するのだ！　というわけだった。

その年の四月十日、すでに私は書き上げた原稿を出版社に送っていたが、非常に不運なことに私の予感は正しかったことが確認された。狂信的人種差別制度信奉者《アパルトヘイト》が聖金曜日（キリスト教で復活祭前の金曜日）に南アフリカ共産党書記長でＡＮＣ（アフリカ民族会議）でマンデラの次に有力な政治家だったクリス・ハニを射殺した。マンデラの賢明な対処で内戦にはならなかった。が、私は今でも思う。あのとき撃たれたのがネルソン・マンデラだったらどうなっていたかと。

ヴァランダー・シリーズは事件を予測すると言われることがある。私もそう思う。ある意味、未来を予測していると言えると思う。ソ連が崩壊し、東ヨーロッパの国々が解放されたとき、スウェーデンや西ヨーロッパ諸国が新しいタイプの犯罪に巻き込まれるということは、私には当然のことに思えた。また、実際にそうなった。

『笑う男』は私有財産に関する最悪の犯罪を扱ったものだが、これは人々が所有するモノが盗まれることを扱ったものではない。私はここで人間の体から臓器が盗まれ、その臓器が移植のためにさらに転売されることをテーマにした。

この本を書いたとき、私はきっとこれからはこのような犯罪は増えるだろうと思った。現在では、これは一つの産業になっている。そしてその規模もどんどん大きくなっている。

ヴァランダーはなぜ様々な国で、様々な文化圏で人気を得たのだろうか？　なぜ彼はたくさんの友人を得たのだろう？　言うまでもないことだが、私はそれが不思議でならなかった。これという理由も、当然ながら、見つからない。だが、一部、それが理由かもしれないと思えるものもある。

以下、最も近いかもしれないという理由を書いてみる。

すでに最初から、野原を散歩したあの春の日から、私は主人公は私のような人間、そして私の書いたものを読む、実際には私の知らない読者のような人間にしようと決めていた。その男は常に変化するのだ。精神的にも肉体的にも。私自身が限りなく変化していくように、主人公もまた変化する。

それはいつの間にか私が〈糖尿病シンドローム〉と呼ぶところに発展することになる。三作目の後、私は友人で医者の、私が発表した三作とも読んでいたヴィクトリアに訊いた。「さて、この人物が〝よくある病気〟に罹るとしたら、あなたならどんな病気を思いつく?」

するると彼女は一瞬のためらいもなく答えた。

「糖尿病ね」

次の作品で、彼は糖尿病に罹っているということになった。これで彼はいっそう人気者になったのかもしれない。

ジェームス・ボンドが悪漢を追跡している最中、突然立ち止まってインシュリン注射を打つなどということは誰にも考えられないだろう。だが、ヴァランダーにはそれができる。それによって、彼は糖尿病、あるいは類似の病気に罹っているどこの誰にでもなれるのだ。病気はリユーマチでも痛風でも、不整脈でも高血圧でもいい。彼の場合はそれが糖尿病で、薬でなんとか抑えてはいるものの、ずっとそれに罹っている。

クルト・ヴァランダーがたくさんの読者を得たのには、もちろんそれなりの理由もある。しかし、彼がどんどん変化する、その変動性が決定的な要因だと私は思う。その理由は単純である。私は自分自身が読みたいものを書くということ。一ページを読めば重要人物のすべてがすぐにわかるとか、これから先、千ページも、主人公に何事も起きないとわかるような本は、私自身が読みたくないからだ。

著作の世界において、人は友人を得る。今でもロンドンのベイカー・ストリートにシャーロック・ホームズ宛の手紙が来るそうだ。私はどうかと言えば、手紙も電子メールも電話も様々な国の読者から送られてくる。スウェーデンのヨッテボリ、ドイツのハンブルクの路上で話しかけられたこともある。たいていは優しい問いかけで、私はできるかぎり応じる。

また質問の多くは女性の読者からで、ヴァランダーの孤独に応えようというものだ。そんな手紙には私はほとんど応えない。手紙を送ってくる人たちも、私の返事を期待してはいないと思う。人にはやっぱり分別がある。どんなに望もうとも創作上の人物と暮らすことはできないと知っている。必要なときに取り出せる、想像上の友人にすることができるのだ。芸術の責務はいろいろあるが、その一つは人々に友人を与えることだと私は思う。私は絵画の中の人物たちにいつか現実の世界で会いたいものだと思ったことがある。本や映画に登場する人物がじつに生き生きとしていて、しまいには街角にひょいと現れるのではないかと期待してしまうこともある。ヴァランダーはそんな街角に現れるかもしれない人物の一人なのだ。だが実際には決して現れはしない。少なくとも私の前には現れたことがない。

一度、私は答えに窮《きゅう》したことがある。一九九四年のことだ。スウェーデンはEU（欧州連合）に加入するか否かの国民投票を行うことになっていた。ストックホルムのヴァーサガータンを歩いていると、一人の年配の男性が私の横で足を止めた。非常に穏やかにていねいな口調で『あなたは私が思うところの人に間違いないでしょうかな？』と訊いた。私は『おそらくそうでしょう』と応えた。すると男性は次の質問を発した。

「クルト・ヴァランダーはEU参加に賛成でしょうか、反対でしょうか？」

彼は真剣だった。ふざけているわけでは決してなかったと私は思う。その問いかけは純粋なものだった。しかし、私はどう答えたらいいかわからなかった。そんなことは考えたこともなかったからだ。私は素早くスウェーデン警察はEU加盟をどう考えるかに思いを巡らせた。しまいに私はこう答えた。

「彼はきっと私と正反対の投票をするでしょう」

そう答えて、私はその穏やかな男性に続けて質問をするチャンスを与えずに足早に立ち去った。

あのとき私はEU参加にノーと投票した。ヴァランダーはイエスと投票したということになる。そうしたに違いないと私は確信している。

いつも訊かれる問いにヴァランダーはどんな本を読んでいるかというものがある。

これはいい質問である。というのも答えるのが難しいからだ。私が読むような本を読んでいると思うこともあるが、あまり確信はない。

残念ながらヴァランダーはあまり本を読まないのではないかと思う。読むとしても詩などは読まないだろう。だが、例えば歴史本は読むような気がする。歴史上の事実が書かれた本とか、歴史を題材にした小説とか。それと、シャーロック・ホームズは昔から大好きだったのではないかと思う。

これから私が話すことは、信じられない、嘘だろうと言う人たちもいると思う。だが、これは本当のことである。作り話ではない。実際に起きたことだ。

およそ十五年前、私はヴァランダーを主人公とする物語を一つ書き始めていた。およそ百ページも書いたころ、それは私がだいたいこれは本として成立するかどうかを判断する目安なのだが、私は書くのをやめた。

それでもそのあと二、三ページ書いたのだが、私は書くのをやめ、書いたものをすべて燃やした。パソコンの中のファイルを削除し、それだけでなく、その後まもなくパソコンを買い替えたとき、古い方のパソコンのハードディスクを破壊した。私が書いたその百ページほどの文章はこれで完全になくなったと言っていいと思う。

私がそれを書き続けなかったのは、内容があまりにも不快だったからである。とても続けられなかった。テーマは児童虐待だった。いうまでもなく今私はそれを最後まで書くべきだったと思っている。子どもに対する暴力は現在世界で最も唾棄《だき》すべき犯罪の一つである。スウェーデンも例外ではない。だが当時の私には書けなかった。不快すぎた。

真否を疑う人々もいると思う。私は確かにひどく残酷な話をそれまで書いてきた。正直言って、残酷で恐ろしいできごとを書くのは私にはじつに不愉快なことだった。だが私は実際に世の中で起きていることの方が私が書くことなどよりもっとひどいと知っている。現実の酷さに比べたら私の書くことなどたかが知れているのだ。それでも現実を伝えるために、過酷なこと、不愉快なことを私は書かなければならないのだ。

『白い雌ライオン』の後、ヴァランダー人気は定着し、私はこれを利用して書き続けようと思った。同時に私は、自分が作り出したこの人物に用心しようと思った。これからは、全オーケストラを意識してこの人物を動かすこと、この人物に独奏させないことに気をつけなければならないと思った。大切なのはまず物語全体を考えること。それも例外なしに、常に。その次に、その物語にヴァランダーが適切な道具であるかを見極めること。

私は一定期間を置いて自分にこう言い聞かせた。さ、なにか別のことをしよう。私はヴァランダーとは関係ない作品を書いた。犯罪をテーマとしない戯曲を書いた。その後またヴァランダーに戻り、彼に自由に行動させた。その後、またなにか別のものを書き、そしてまたヴァランダーに戻った。

いつも心の中から声がした。「いいか、適切なときにやめるのだぞ」。私はいつも自戒していた。いつかヴァランダーをつかまえて、「さて、今度はなにを書いたらいいものか？」と言うようになったらおしまいだと。

話の筋《ストーリー》が中心ではなく、ヴァランダーの独壇場物語になってしまったら、それはもうやめるときだ。今日私は真実の名において、本の扱うテーマよりもヴァランダー個人の方が重要になったものは一つもないと胸を張って言える。

ヴァランダーが話の筋の邪魔になることはなかったはずだ。

もう一つ、私が気をつけていたことがあった。それは、習慣《ルーティン》で書かないこと。それをしたら、危険な罠に落ちてしまう。それは読者に対して、また私自身に対しても敬意を欠くことになる。読者は高い金を払って書くことに疲れた作家の空っぽの本を買うことになり、私自身、熱意もないのに書かなければならないから書くということに陥る。

だから私はまだ面白いうちにやめることにした。最後の本を書こうという決心は次第に固まった。それから二年ほど経って、私は最後の文章にピリオドを打った。

いや、本当のことを言うと、最後のピリオドを実際に打ったのは私の妻のエヴァだった。私は最後の言葉を書き、妻にピリオドを打ってくれと頼んだ。妻はそうした。それで〝一巻の終わり〟となった。

そして、今は？　別の本を書いている今は？　私はクルト・ヴァランダーがいなくて寂しいと思わないか、とよく訊かれる。そういうときは正直に答える。

「彼がいなくて寂しいと思うのは私じゃない。読者たちでしょう」

私がヴァランダーのことを思い出すことはない。ヴァランダーは私の頭の中にある存在だ。テレビドラマや映画でヴァランダー役を演じた三人の俳優は、それぞれの解釈で素晴らしく演じてくれた。私は心から楽しんだ。

それでも、私はヴァランダーの不在を寂しいと思うことはない。また、私は中途半端にホームズを死なせたサー・アーサー・コナン・ドイルの失敗を繰り返すつもりもない。彼の最後のシャーロック・ホームズ作品はよくなかった。それはおそらくドイルが心の奥底でこれを書くと後悔するぞとわかっていたのに書いてしまったからではないかと私は思う。

ときどき街で呼び止められ、ヴァランダーをもう一作書かないかと訊かれることがある。また、ヴァランダーの娘のリンダのことはどうするつもりだ、とも言われる。彼女も警察官になったではないか、と。あなたはいつかリンダを主役にして作品を描くと言わなかったか？　十年前にリンダを主役にして『霜の降りる前に』を書いたではないか、と私は胸の内で答える。

私はリンダ・ヴァランダーを主役にした作品を一つ、あるいは二つ書くかもしれないと思っている。が、それは確実にそうするということではない。私の年齢では可能性が狭まってくる。これからは足りない時間がさらに足りなくなる。やめること、やってはいけないことを厳密に決めなければならない。自分のしたいことを最優先に、残された時間——それがどのくらいあるのかは誰も知らないことだ——を使うしかない。

だが私はヴァランダーのことを書いた何万、何十万という行の一行たりとも後悔していない。ヴァランダー・シリーズはスウェーデン及びヨーロッパの一九九〇年代、二〇〇〇年代の時代を色濃く反映している作品だと思う。スウェーデンという国の苦悩を描いた作品、それがヴァランダー・シリーズだ。このシリーズがこれからどれだけ生き延びるかは、まったく別の要因によるだろう。世界でなにが起きるか、そして本を読むということにどんな変化が起きるか、である。

時代はいろいろな意味で揺れ動いている。ヴァランダー・シリーズ最初の作品『殺人者の顔』は、たぶん半分ほどはHaldaというメーカーの古いタイプライターで書いた。今日私はタイプライターのキーを打つという感覚さえ憶えていない。

書籍の世界は劇的に変化している。それは今までもそうだった。別に新しいことではない。変わったのは書籍の出版と販売の方法である。書籍そのものではない。音で聴く本の登場。確かにこれからは大勢の人々が読書タブレットを持ってベッドに行くだろう。だが、実際の紙からなる本は消滅しないだろう。時代に逆行するつもりはないが、将来人々はまた本に戻るに違いないと私は思っている。

私が正しいか、間違っているかは未来が見せてくれるだろう。

いずれにせよクルト・ヴァランダーに関する私の説明はここで終わる。ヴァランダーはまもなく引退する。ユッシという名前の黒い犬とともに黄昏《たそがれ》の国に移り住むようになる。彼がこれからどれほど生きるか、私は知らない。それは彼自身が決めることだ。

ヘニング・マンケル

Ⅱ　クルト・ヴァランダーの物語

以下、ヴァランダー・シリーズが発刊された順序に紹介する。書名の上の数字は、本書後半で挙げる人物、場所、文化的参考事項などがどの作品に登場したかを示す作品番号である。（　）内は発刊年月ではなく、物語中の事件発生のときを示す。

1　殺人者の顔　*Mördare utan ansikte*　（一九九〇年一月～八月）

なにかがいつもと違う。

隣家の馬がいつものようにいななかない。

スコーネの丘陵の冬。夜中に目覚めた農家の男は隣家との境目まで行ってみる。そこで彼の目に映った光景は恐ろしいものだった。家の中の床に隣家の主人ヨハネス・ルーヴグレン老人が顔を叩き割られて転がっている。妻のマリアは首を紐で締められたまま椅子に座っていて、寝巻きが血飛沫《ちしぶき》で真っ赤だった。

マリアはその後病院で息を引き取ったが、死の直前に言った「外国の」という言葉がマスメディアに漏れてしまう。

この事件担当の捜査官、イースタ警察の刑事クルト・ヴァランダーは電話で匿名の脅迫を受ける。イースタの町の移民逗留所が放火されソマリアからの難民が殺されて、脅迫は単なる脅しではないことがわかる。老人夫婦殺害事件の捜査は時間との競争となる。手段を選ばぬ敵との戦いが始まる。

顔のない殺人者との戦いだ。

2 リガの犬たち *Hundarna i Riga* （一九九一年二月～五月）

二人の男はスーツにネクタイ姿だった。彼らはもはや逃れられない結末から互いを護るかのようにしっかり身を寄せ合って横たわっていた。

二体は救命ボートの中で発見された。この男たちは何者なのか？ どこから来たのか？ なぜ遺体はスコーネの南海岸に流れ着いたのか？ イースタ警察の捜査官ヴァランダーは同僚と共に答えを探した。

ボートはバルト海の向こう側の国から来たことがわかり、ヴァランダーはラトヴィアの警察官、強い近視でチェーンスモーカーの中佐兼犯罪捜査官カルリス・リエパの協力を得て捜査に乗り出す。

リエパが殺害され、ヴァランダーは事件の解決のためラトヴィアの首都リガへ飛ぶ。そこで彼は自分の手に負えない、大きな歴史の動きに飲み込まれる。過去の暗雲がラトヴィアの空を厚く覆っているのだ。ヴァランダーがラトヴィアの友人たちとともに戦っている相手はラトヴィアの警察なのか、それとも警察もまた大きな陰謀の一部なのか？

3　白い雌ライオン　*Den vita lejoninnan*　（一九九二年四月〜六月）

男は仕事を請け負った。彼の名前はヴィクトール・マバシャ。南アフリカのトランスケイ州の掘っ立て小屋に住んでいる。

マバシャは一人の男の暗殺を引き受けた。名前は告げられていない。わかっているのは政府の高官であること。デクラーク大統領だろうとマバシャは思っている。

だがそれはマバシャの思い違いだった。彼が殺せと命じられたのは南アフリカの次期大統領だった。

南アフリカ解放の英雄ネルソン・マンデラがその人である。

不動産業者ルイース・オーケルブロムは一軒の家を査定するためにイースタの町から車を走らせた。が、彼女は道を間違え、来てはいけないところに来てしまった。

全能の神様、助けて、というのが彼女の最後の心の叫びだった。

ヴァランダーは、ルイース・オーケルブロムはなにかの事件に巻き込まれたと直感した。そしてまもなく彼はかつてないほどの大きな規模の事件の捜査に当たることになる。

世界規模の政治的陰謀事件である。

ヨーロッパとアフリカを覆う悪の勢力。

4　笑う男　*Mannen som log*　（一九九三年十月〜十二月）

道路の真ん中に椅子が一脚置かれている。その椅子に人間のサイズの人形が一体座っている。弁護士は急ブレーキをかけた。車を止めて降りる。それが彼の最後の瞬間だった。

刑事クルト・ヴァランダーはデンマークのスカーゲンの海岸を歩いている。ようやく決心がついた。警察官を辞めるのだ。

古くからの知人で弁護士のステン・トーステンソンが訪ねてくる。父親がブルースアルプの路上で不可思議な死に方をしたと話す。

辞職届を出す予定のその日、新聞を開くと先日会ったばかりのステン・トーステンソンが死んだという記事が目に飛び込んできた。殺されたという。ヴァランダーは辞職の決心を翻し、復職する。

殺人犯の追跡の中、ヴァランダーは経済犯罪を数多く発見する。それらの背景に一人の男がいることがわかる。エレガントな装いをした自信たっぷりな男、最終決定を下すことに慣れている男。

いつも微笑んでいる男である。

5　目くらましの道　*Villospår*　（一九九四年六月〜九月）

少女が一人、一面黄色い菜の花畑で燃えていた。晴れ上がった青空を背景に松明《たいまつ》のように全身火となって燃えていた。それからまもなく元法務大臣がイースタで殺され頭皮が剝ぎ取られているのが見つかった。怪しげな商売をする画商もまたビャレシューで同じ手段で殺された。

記録的暑さのその夏、多くのスウェーデン人はスウェーデンチームが決勝戦まで進んだサッカーのワールドカップでブロリン、ダーリン、ラヴェリなどの有名選手の活躍を観るためにテレビの前に釘付けになっていた。その間にスコーネ地方で連続殺人が発生していた。

ヴァランダー刑事はいつ終わるとも知れぬ一連の恐ろしい事件の捜査を指揮していた。今すぐにもまた事件が起きるかもしれない。だが手がかりはどれも目くらましのように思えてならなかった。

6　五番目の女　*Den femte kvinnan*　（一九九四年九月〜十二月）

誰もいない暗い部屋で、変身の装いをしている者がいた。カセットバンドからドラムの音が聞こえる。男は最後の線を顔に描き入れた。ナイフの刃が研ぎ澄まされているのを確かめてから、音もなく部屋を出た。

戦士がふたたび戦いに向かう。

濠の中のポールは鋭利な刃物のようだった。渡り鳥を見るために外に出た男は数本のポールに突き刺されて死んでいた。ツグミの群れが男の頭の上を南へ飛んでいく間に、恐ろしい死に方をしていた。

花屋の主人が森で発見された。痩せ衰え、木に括り付けられて絞殺されていた。初老の男たちはなぜ殺されたのか？　なぜこんな方法でこの男たちは殺されたのか？　そして、次に殺されるのは誰か？

刑事ヴァランダーはこれまで一度もこれほど残忍な手口を見たことがなかった。細部にわたるまで計算し尽くされていた。犯人は犠牲者の行動だけでなく、警察の次の捜査まで計算に入れて動いていた。

ヴァランダーはこれにはなにかパターンがあるに違いないと思った。過去にこれの原因となりうるできごとがあるのではないか？　殺された男たちが関係したこと、犯人を死刑執行人にした何らかの共通のできごとがあるのではないか？

それはなにか？

犯人を冷酷な殺人者に仕立てた原因はなにか？

7　背後の足音　*Steget efter*　（一九九六年六月～十月）

殺人者は木陰に隠れていた。

野原で野外パーティーを開いていた若者たちはカツラをつけ、十八世紀の衣装姿だった。夏至の日の前夜である。若者たちは夏至を祝ってパーティーを開いている。木陰の男は待機する。まもなくパーティーが終わるはず。

イースタ警察署は夏はひまである。ただ一人、そののんびりした雰囲気を破ったのは、娘が帰ってこないことを心配した母親だった。娘から、ヨーロッパを友達と旅行中という葉書を受け取ったが、それが変だと言う。

突然、イースタ署の警察官たちはショックを受ける。同僚警官がアパートで殺されたのだ。彼の部屋でロールプレーをしていた若者たちの写真が見つかる。捜査を担当するヴァランダーは、信頼していた同僚が隠していた秘密を暴くことになった。

若者たちの正体がわかったとき、楽しい夏の雰囲気は一変する。冷血な殺人者がイースタの街のどこかに潜んでいるのだ。動機はわからない。が、犯人は知っているはずのないことを知っているのだ。

ヴァランダーは背後にいる殺人者の正体を突き止められるか？

8　ファイアーウォール　*Brandvägg*　（一九九七年十月〜十一月）

路上で青色の現金自動支払機《ATM》の前に男が一人倒れていた。手に握っている白い紙には銀行口座の残金が九千七百六十五クローナと印刷されていた。

それより数日前、イースタでタクシー・ドライバーが襲われ、殺された。犯人は十代の少女二人。二人とも犯行を後悔している様子はまったくない。
ある晩遅く電気が消えた。スコーネ地方の大方が停電しているらしかった。イースタの町外れの変電所に異常があるらしい。変電所の中に黒焦げになった人間の死体があった。死体と言ってもそれはもうミイラに近い姿だった。

クルト・ヴァランダーは様々なできごとが絡みあっていることに気づく。複数の人間が、目的をもち、計画を練ってことを起こしているのだ。彼らは現代社会がいかに脆弱《ぜいじゃく》であるかを知っている。その脆弱さを極限まで利用しようとしているのだ。

9 ピラミッド *Pyramiden*

① ナイフの一突き Hugget（一九六九年六月〜九月のできごと）

マルメはいま夏。クルト・ヴァランダーは二十一歳。マルメでパトロール警官として働いている。だが彼は街の中を見てまわるパトロールの仕事に満足していない。もっと上に行きたいと思っている。ある日、隣人が銃で撃たれて死んでいるのを発見。これは殺人か、それとも自殺か。ついにヴァランダーは犯罪捜査の仕事を任されるようになる。だが捜査はとんでもない結末を迎える。

② 裂け目　Sprickan　（一九七五年十二月のできごと）

クリスマスイブの夜、クルト・ヴァランダーはマルメ警察署から家路につく。この年のクリスマスは彼がマルメで働く最後で、翌年はイースタ警察署で働くことになっている。帰宅の途中、その日何度もマルメ署に電話をかけてきた食料品店をのぞいてみることになっていた。店のドアを押して中に入ったとたん、なにかがおかしい、なにかがとんでもなくおかしいとわかった。動き、行動に最大限に気をつけなければ、マルメ警察署の警察官としての最後のクリスマスを迎えることができなくなるだけでなく、命そのものが危なくなる。

③ 海辺の男　Mannen på stranden　（一九八七年四月〜五月のできごと）

タクシーの運転手がイースタ警察に連絡してきた。客が一人、乗車中に死んだと言う。調べた結果、客は心臓麻痺が死因ではなく、毒殺であることがわかった。捜査を始めたヴァランダーは、男性客がイースタ駅からその目的地までそのときのみならずそれまで数回タクシーに乗って行っていたとわかった。そして、男が殺害された理由を知るには、彼がなぜその海岸の地スヴァルテに何度も行ったのかを知らなければならないと悟る。

④ 写真家の死　Fotografens död　（一九八八年四月のできごと）

シーモン・ランベリはイースタの町で写真屋を二十五年も営んできた。町じゅうの人間が彼の顧客だった。クルト・ヴァランダーもその一人で、モナとの結婚写真を撮ってくれたのもランベリだった。今、彼は叩き殺されていた。アトリエの一番奥の部屋で、ヴァランダーはランベリの仕事はすべてが他愛のない記念写真ばかりではないことを知る。他にも、殺された理由となりうる秘密があるのだろうか？

⑤ ピラミッド Pyramiden（一九八九年十二月～一九九〇年一月のできごと）

小型機のパイパー・チェロキーが一機墜落し、炎上した。パイロットと旅客が一人死亡。クルト・ヴァランダーは登録されている小型機はすべて無事であることがわかった。ということは、炎上したのは無登録無許可の飛行機であろう。墜落事故の調査の最中、イースタの商店街の一店が火事だという知らせが入る。エーベルハルズソン姉妹の手芸用品店だった。姉妹の焼死体を調べてみると、驚いたことに二人とも後ろ首に拳銃の弾がぶち込まれていた。

10 霜の降りる前に *Innan frosten*（二〇〇一年八月～十一月）

八月のある晩、イースタ署の署員は奇妙な電話を受ける。マレボー湖のあたりで燃えている白鳥を見たというのだ。

クルト・ヴァランダーは実際に自分の目で確かめるために湖に出かける。このとき彼はあと数週間でイースタ署の実習生として働き始めることになっている娘のリンダを同行させる。湖の近辺に焼かれた白鳥の姿はなかった。だがそれから二、三日後、興奮した農家の男が通報してきて、飼っている仔牛が焼き殺されたと言う。動物虐待を愉しむ人間が近くにいるとみられた。

数日後、スコーネ地方の旧道を調べて地図を作成する女性文化地理学者が姿を消した。同じころリンダの親友がいなくなった。この二つの失踪事件はガイアナのジャングルに、そしてキリスト教の〈最後の日〉を説く教祖に結びつく。リンダの警察官としてのキャリアはまだ始まらないうちに危うくなる。

11　苦悩する男　*Den orolige mannen*　（二〇〇七年一月〜二〇〇九年五月）

冬のある日、引退した海軍司令官ホーカン・フォン＝エンケが、いつものようにストックホルムの街中《まちなか》にある森リリヤンスコーゲンを散歩している途中で失踪した。クルト・ヴァランダーにとって、これは身内の問題だった。というのも彼の娘リンダがホーカンの息子とつきあっていたからだった。のち、二人の間に女児が生まれる。その後、ホーカンの妻ルイースも同様に跡形もなく姿を消してしまうと、ヴァランダーはこの事件に否応なしに巻き込まれる。

追跡するうちに、この二人の失踪はソ連がまだ崩壊前でアメリカと冷戦を繰り広げていた時代に関係していることが次第に明らかになる。当時は政治的な事件や東ヨーロッパからのスパイや暗殺者は珍しくない時代だった。失踪事件を追跡するうちにヴァランダーはいつの間にか国際政治上極秘の事件に近づいていた。いや、もしかすると彼は知らぬうちにスウェーデン史上最悪のスパイ事件とみなされているヴェンネルストルム事件よりもさらに深刻なできごとに近づいてしまったのかもしれなかった。

ヴァランダーは途方もなく大きな事件に巻き込まれていく。同時に、彼の身の上にも黒い雲が覆い被さってくる。

12 手 *Handen*（二〇〇二年十月〜十二月）

秋のある日、クルト・ヴァランダーはついにイースタの町から田舎に引っ越す機会を得る。だがその夢はとんでもない悪夢に変わる。その家の裏庭で人の手の骨を見つけ、その手の本体の骸骨が一体、そしてさらにもう一体が発見される。法医学者の鑑定で、これらの骸骨はおよそ五十年地下に埋められていたことがわかる。この二体の素性は？　この二人の人間が失踪したという記録がまったくないのはどういうわけか？

この謎を解くため、ヴァランダーとイースタ署の警察官たちは過去に遡って失踪者を調べる。その追跡によって、過去の悲劇が浮上する。どちらが犯人でどちらが犠牲者かはとうてい言えるものではなかった。

Ⅲ　ヴァランダー、そして彼の家族と周辺の人々

【家族】

クルト・ヴァランダー　本人

クルト・ヴァランダーはマルメのクラーグスハムヌで生まれ、そこで育った。姉のクリスティーナとの関係は疎遠である。十八歳のとき、警察官になる決心する。父親はそれを決して受容できなかった。ヴァランダーはモナと結婚し、まもなく娘のリンダが生まれて、一家はマルメからイースタのマリアガータンに引っ越す。最後の事件『苦悩する男』の少し前までヴァランダーはマリアガータンに住み続ける。引っ越した先は父親の住んでいたルーデルルップの近くの田舎家である。

ヴァランダーはモナと争いの絶えない関係を続けるが、一九八〇年代、『ピラミッド』の最後の作品「ピラミッド」の中で離婚する。ヴァランダーは最初の作品『殺人者の顔』で魅力的な女性検事アネッテ・ブロリンに強く惹かれるが、モナ以降、彼がひたすら愛したのは、リガの事件で出会った故リエパ中佐の妻バイバだった。彼女とは最後まで結婚はしなかったが、モナの他に彼が愛した唯一の人だった。

ヴァランダーは父親とは最後まで仲がギクシャクしてうまくいかなかった。彼はそのことに良心の呵責《かしやく》を覚えていた。娘のリンダが彼の最も親しい人間で、父と娘はしばしば夏休みを、そしてクリスマスを一緒に過ごした。

クルト・ヴァランダーはイースタ警察署の刑事で、犯罪捜査官として働いてきた。彼の部署では彼が一番古く、最も経験のある警察官である。警察官としてのヴァランダーは必ず事件を解決するという強い信念と直感の人である。機能する社会には機能する警察官が絶対に必要で、それは民主主義の土台であると彼は確信している。ヴァランダー・シリーズ全編を通して、現代は対応しきれないほどの重荷を警察官に押し付けているというヴァランダーの苦悩が描かれている。第一作の『殺人者の顔』でヴァランダーはすでにこのような思いを吐露《とろ》している。

ヴァランダーはいま胎動している新たな社会に対する不安と焦燥を抱えているのは自分だけではないと感じた。我々はまるで楽園を失ったように悲しんでいる、と彼は思った。一昔前、自動車泥棒や金庫破りを捕まえに行くと、向こうはハンチング帽をひょいと上げてあいさつしたものだが、そんな時代をあたかもなつかしんでいるかのようだ。しかし、古きよき時代は間違いなくもう終わったのだ。いや、待て。あの時代は本当によい時代だったのだろうか。我々がそう思い込んでいるだけではないのか。

ヴァランダーは仕事熱心でしばしばプライベートライフを犠牲にする。近しい友人はほとんどいなかったし、モナとの結婚生活が破綻した主な原因は警察官の職務をすべてに優先させたためと言ってよかった。娘のリンダさえ、仕事人間の父親にときに愛想を尽かした。

リンダ以外にヴァランダーに近い人間といえば、先輩警察官であり彼が尊敬するリードベリだった。『リガの犬たち』の少し前にリードベリが亡くなると、ヴァランダーはかつてないほど孤独になった。競馬馬の調教師ステン・ヴィデーンが残された唯一の友人と言えた。

仕事以外にヴァランダーが情熱を感じたのはオペラだった。若いころ、彼はオペラに関係する仕事につきたいと思った。今は車の中で、あるいは家でオペラを聴くことで満足している。

若いとき、ヴァランダーはマルメのピルダムスパルケン公園で暴漢にナイフで心臓のすぐ近くを刺されたことがあった。そのときの経験から〝死ぬのも生きることのうち〟というモットーをもっていつも死を覚悟して生きてきた。だが『白い雌ライオン』でヴァランダーは職務上で人間を二人殺してしまう。このことで彼はひどく落ち込み、疾病休暇をとってデンマークのスカーゲン海岸に引っこみ警察官を辞めるべきではないかと悩む。落ち込みはひどく、疾病休暇は一年以上にもなり、愛するオペラさえも聞くことができない状態が続いた。

クルト・ヴァランダーとアルコールとの関係は複雑である。インスタント食品、そして女性との関係もまた同様である。早くも第一作の『殺人者の顔』で、同僚警察官のペータースとノレーンは酔っ払い運転をしていたヴァランダーを路上でストップさせる。でたらめな食生活、睡眠不足、そして運動はまったくしなかった。『背後の足音』では肝臓の調子が悪く、ついに糖尿病という診断が下る。『苦悩する男』では警察官としてあるまじきことに職務上の拳銃をレストランに忘れてくる。認知症の始まりか。

モナ

クルトとモナはデンマークとスウェーデンの間の海峡を行き来するフェリーボートで出会ったと『ピラミッド』の中の「ナイフの一突き」にある。編み物をしていたモナの隣に彼が腰を下ろした。当時モナはマルメ市内のスードラ・フーシュタスガータンに住んでいて、美容院で働いていた。

モナの両親はスタファンストルプに住んでいる。一九七〇年の暮れ、モナとクルトは結婚し、リンダが生まれたあと一家はイースタのマリアガータンに引っ越す。一年後の夏、一家はデンマークのスカーゲンで夏休みを過ごす。のち、ヴァランダーはその数週間は彼の人生で最も幸福なときだったと振り返る。

モナとクルトの関係は最初から激しいものだった。モナは感情的で、すぐクルトを責める。彼女は夫が常に仕事を家庭より優先させることに我慢がならなかった。クルトとの結婚生活についてモナは娘のリンダに『霜の降りる前に』で次のように言っている。

「あの人はわかっていないのよ。なんでもないとき、いつ激怒が爆発するか、なんに腹を立てるのか見当もつかない人と暮らすのはどんなに怖いことか。でもあんなふうに彼が怒るのは家でだけだと思うの。他の人たちは彼のことを頼りがいがあって、やさしくて立派な、でもちょっと変わり者の警察官だと思っているでしょうよ。職場ではどんなに怒っても、それはきっと理由のあることでしょう。でも、家ではあの人は乱暴なテロリストよ。そんなあの人が怖いし、私は嫌いよ」

二人の関係は悪化し、『ピラミッド』の中の「ピラミッド」で、モナはヴァランダーから離れ、マルメに戻る。離婚したいというモナにヴァランダーは激怒し、頬を平手打ちする。彼はリンダがまだ小さいころも一度モナを殴ったことがある。

ヴァランダーはモナと離婚したことから決して立ち直れなかった。一方モナはその後何度か結婚している。『ピラミッド』の中の「ピラミッド」で、モナはヨーアンという男と再婚している。土木関係の仕事をしていて、掘削機を二台所有している男だ。彼とリンダはうまくいかなかった。『背後の足音』ではモナはゴルフ狂いのクラース＝ヘンリックという男と付き合い始め、結婚しようとしていた。それを聞いてヴァランダーは激怒し、そのあと落ち込む。『霜の降りる前に』でモナは彼女にとって四番目の男オーロフと結婚した。この本でリンダは母親がリンハムヌにある彼らの新居で裸に近い格好で真っ昼間酒を飲んでいる姿を発見する。モナはまた『苦悩する男』でも酒の力を借りてルーデルップに引っ越したクルトを訪ねてくる。

モナはグループサウンズのスプートニクスが大嫌いだが、ジョッシュ・ホワイトとフランスのシャンソン歌手エディット・ピアフは好みの歌手だ。ヴァランダーにピアフのレコードをプレゼントしたこともある。

リンダ・ヴァランダー

リンダ・カロリン・ヴァランダーはクルト・ヴァランダーとモナの一人っ子である。両親が一緒になってから二年後の一九七〇年代の初めに生まれた。リンダが三歳になったころ、ヴァランダーはスウェーデン南部の町イースタの警察署に転勤し、一家はイースタに引っ越しをする。モナとクルトの関係は非常に不安定で、二人の仲をなんとかつないでいたのは娘のリンダだった。モナが出て行ってから、リンダはしばらく父親と一緒にマリアガータンのアパートで暮らし、モナは一人でマルメに戻った。

リンダは二度自殺を図った。最初は腕にカッティングをして自殺を試みたのだが、すぐに父親に見つけられ、病院に運ばれて命を取り留めた。すぐに見つけたのはよかった、さもなければ間違いなく死んでいたとクルトは後で医者に告げられる。この事件の後、リンダは父親を避けるようになり、クルトはなぜ娘が自殺を図ったのかまったくわからないままになった。娘が自殺を図ったことは、モナとクルトの間で大きな問題となり、二人の離婚の原因の一つにもなった。

二度目にリンダが自殺を図ったのも、十代のころのことだった。落ち込んでいたリンダは、母親に会いにマルメに行き、退屈な田舎町から大都会のマルメに引っ越して母親と暮らしたいと懇願した。モナが断ると、リンダはそのまま飛び出してマルメの街を歩き回る。気がつくとそこは高速道路の上にかかっている高架橋だった。橋の手すりにつかまって上り、飛び降りようとしたとき、アニカという名前の警察官に呼び止められ、思いとどまった。

リンダはいろいろ複雑な思いはあっても、父親クルトに最も近いところにいる人物である。会えばいつも遅くまで話をする。二人でノルウェーのノルドカープへ行って休暇を過ごしたこともあるし、『ピラミッド』の中の「ピラミッド」では親子でヴァランダーの父親の家へ行きクリスマスを過ごしてもいる。『背後の足音』ではクルトとリンダはゴットランド島で一週間夏休みを過ごしている。親子は仲がいいのだが、それでもリンダは父親の激しい感情の爆発を恐れている。リンダはまだ小さいとき夜中に目を覚まし、両親がお金のことで喧嘩をしているのを、そして母親が鼻から血を流しているのを見たことがあった。父親が母親を殴ったのだとすぐにわかった。

リンダはたまに父親の機嫌がいいときは安心できたが、彼の馬のいななきのような笑い声はどうしても好きになれなかった。父親を形容するのにぴったりの表現、それは鈍感という言葉だと思っている。

リンダはまた父親に落胆してもいる。というのも彼は仕事をすべてのことに優先し、約束を忘れてしまったり、約束の場所に現れなかったりするからだ。『霜の降りる前に』ではそんな父親にリンダはしっぺ返しをする。クリスマスを一緒に過ごすという約束をすっぽかし、ボーイフレンドのティミーと一緒にスペインのラス・パルマスに出かけたのだ。

『ファイアーウォール』でリンダは父親に警察官になるつもりだと打ち明けるが、それ以前は様々な職業を試してみた。『ピラミッド』の「海辺の男」の中で彼女は高校を中退してストックホルムに一人引っ越す。クングスホルメンに住み、レストランで働く。『笑う男』では家具修理の見習いに入り、その後ストックホルム郊外の成人学校に数年通う。『目くらましの道』では女優になることを夢見て、友人のカイサと一緒に一度だけ芝居を小屋にかけたこともある。

だがしまいに彼女は警察官になる決心をし、ストックホルムの警察学校で学んだ後、イースタの警察署で実習生として働くことになる。『霜の降りる前に』はその彼女が制服を受け取り、勤務スケジュールを受け取るところで終わる。それは二〇〇一年九月十一日で、テレビは航空機が二機、世界貿易センターに突っ込むところを映していた。イースタ署で彼女の指導官はマーティンソンになった。

リンダには、ほとんどいつもボーイフレンドがいる。それも一定期間付き合うと次のボーイフレンドに替わる。最初の安定した関係をもったボーイフレンドの名前はトルビューン・ラッケスタッド。その後、市の清掃員でゴミ収集車を運転するルドヴィグと付き合う。何度も登場する彼女のボーイフレンドにケニア人のヘルマン・ムボヤがいる。ヴァランダーは彼に関しては複雑な気持ちを抱いている。『白い雌ライオン』でヴァランダーはムボヤをカモフラージュに使う。『霜の降りる前に』でリンダはステファン・リンドマンに恋していると気づく。彼はそのころイースタ署に転勤してきていた。（ステファン・リンドマンは『タンゴステップ』で主人公となった若手の警察官だが、この作品はヴァランダー・シリーズには含まれない独立作品である）。

リンダには決して多くはないが、親しい友人が何人かいる。また、ストックホルムの警察学校に通っているときに新しく数人の友人ができる。スンズヴァル出身のマティアス・オルソン、アルヴィズヤウル出身のリリアン、ルンド出身のユリアがこの時代にできた親しい友人である。『霜の降りる前に』でリンダは小中学校時代の友達セブランとアンナ・ヴェスティンとも旧交を温める。

リンダはヴァランダーの同僚のアン＝ブリット・フーグルンドが好きではない。が、一方ヴァランダーの苦手な、彼の姉、リンダにとっては伯母のクリスティーナ・ヴァランダーとはウマが合う。リンダから見ると、クリスティーナはクルトとは正反対の性格だった。クルトは目を向けるところすべてに問題を見つけるのに対し、クリスティーナは何でもそのまま受け止める性格のようだ。

『苦悩する男』でリンダはついに一緒に子どもをもうけてもいいと思える男に出会う。ファイナンス関係の仕事をする資産家のハンス・フォン＝エンケである。リンダより二歳年下だが、ヴァランダーと同じほど仕事に生きる男である。二人の間にはクラーラという二歳の娘がいる。一家はスコーネのリーズゴードにある大きな邸宅に住む。

クリスティーナ・ヴァランダー

クリスティーナ・ヴァランダーはクルト・ヴァランダーの姉である。クルトは姉とはある種の緊張関係にあり、めったに連絡をとらない。クリスティーナはストックホルムのヤーデットに夫と十代の息子と住み、美容院を経営している。

離れて住んでいるが、クリスティーナはクルトよりは父親と近しい関係を保っている。『殺人者の顔』では、動転している弟クルトに代わって、認知症に罹《かか》った父親にホームヘルパーを派遣するよう手配したのも彼女である。

父親とは異なり、リンダはこの伯母とは気が合う。彼女は物事をシンプルに考える。複雑な解釈はしない。クリスティーナは弟とは正反対の性格だった。リンダはクリスティーナに親しみを感じ、ストックホルムへ行くときは彼女の家に泊まることもある。

ヴァランダーの父親

ヴァランダーの父親（訳注：全編通して名前なし、常にヴァランダーの父親と記される）はスコーネの通称ウスターレーンと呼ばれるトンメリラの東からシムリスハムヌまでの風光明媚な地方にある村々の一つ、ルーデルップに住んでいる。家は白い石灰壁の古い農家で、『ピラミッド』の中の「ナイフの一突き」には、父親は一人でマルメから移ってきたと記されている。画家だが、描くのは森の上に燦然《さんぜん》と輝く夕日の絵のみ。それにはたまにライチョウを描き込むこともある。父親の描く絵は、『笑う男』の中で旅をして絵を買い込む男たち――ヴァランダーは彼らを〝シルクライダー〟と呼ぶ――によって安値で大量に買い上げられてきた。ヴァランダーはしばしば、目撃者の家や容疑者の家の壁に父親の絵がかけられているのを目にする。

ヴァランダーの父親は二十世紀の初頭、ノルシュッピングの郊外にあるヴィクボーランデットという地方で生まれ育った。十代のときに家を出て船で働いた。あるとき船が寄港したブリストルというイギリスの港町で、彼は生涯立ち直ることができないほど決定的な経験をした。街のパブで彼の飲んでいたビールのグラスに突き当たった者がいた。ビールがこぼれたが、その男は謝りもしなかったし、新しいビールを彼のために買おうともしなかった。ヴァランダーはこの屈辱的な経験が父親に一生人と交わらず、田舎家で同じ絵を繰り返し描かせる原因となったのだと思う。

『ピラミッド』の中の「ピラミッド」で、父親はピラミッドを見るためにエジプトへ行くと決める。そしてエジプトに着くと彼はさっそく一番大きなクフ王のピラミッドに登ろうとして捕まり、留置所に入れられる。ヴァランダーはエジプトへ飛び、大金を払って父親を釈放させる。『殺人者の顔』では、父親がパジャマ姿で泥畑をうろうろと歩いていると近所の人の通報があり、ヴァランダーが駆けつける。

ヴァランダーと父親はかなり複雑な関係である。父親はヴァランダーの仕事、すなわちヴァランダーが警察官であることを拒絶し続け、絶対に警察に訪ねてこない。『目くらましの道』で彼は初めて息子の職場を訪れた。後にも先にもこれが最初で最後である。そして自分はアルツハイマーになったと息子に告げる。

ヴァランダーは父親の家にもっと頻繁に行くべきだと思い、常に良心の痛みを感じている。だが、父親が職場に電話をかけてくると、彼は受付のエッバに電話をつながないように頼む。それを知った父親は声の調子を変えて別人を装い、別人の名前を言って電話をつながせる。ヴァランダーはしばしば、母親はよくこんな親父に我慢できたものだと思う。『目くらましの道』でヴァランダーは父親とローマへの一週間の旅に出発する。この旅はヴァランダーが思ったよりずっとうまくいった。一週間で父親と息子は一度だけ口争いをした。ヴァランダーが日に焼けたがるのを父親がばかばかしいと言ったときである。

『白い雌ライオン』でヴァランダーの父親はイェートルード・アンダーソンと再婚する。ホームヘルパーで、彼を週に二、三回訪ねてきていた女性である。二人は父親が心臓発作でアトリエで倒れるまで仲良く暮らす。クルトとイェートルードが父親の死後アトリエを片付けると、サイン入りの絵が三十二枚も出てきて、ヴァランダーは二枚引き取った。ライチョウ入りのとライチョウなしのと。ヴァランダーの父親はイースタの墓地に埋葬された。のち、父親の家を買い取って住んでいる陶芸家夫婦は、父のアトリエだった外の小屋からときどき唸り声が聞こえるという。

【友人】

バイバ・リエパ

モナ以外にヴァランダーが愛した女性はバイバ・リエパである。『リガの犬たち』でヴァランダーはバイバに初めて会う。彼女の夫カルリス・リエパ中佐が銃殺された後のことだった。ヴァランダーはバイバに一目惚れする。バイバはエンジニアの資格を持っていたが、当時はリガの工科大学で科学的な文献の翻訳を仕事にしている。

ラトヴィアの首都リガから帰国した後、ヴァランダーはバイバと連絡を取り合う。電話をかけたり、手紙を送ったりしながら、ヴァランダーは常にバイバのことを思っている。『笑う男』でヴァランダーはバイバにクリスマスをイースタで過ごさないかと誘う。『目くらましの道』では、二人はデンマークのスカーゲンで夏休みを一緒に過ごす。ヴァランダーはバイバに結婚を申し込むが答えはノーだった。まだ夫の突然の死から立ち直っていないこと、もう一度警察官と結婚する気にはなれないことがその理由だった。その後ときどき二人は思い出したように連絡を取り合っているが、次第に疎遠になっていく。

『ファイアーウォール』でバイバは一年ぶりにヴァランダーに電話をかけてくる。『霜の降りる前に』ではバイバは付き合う人ができたと連絡してくる。ドイツ人のヘルマン。リューベック出身のエンジニアで、リガ市の水道システムを改善するためにやってきた専門家だった。

『苦悩する男』でヴァランダーは思いがけずバイバの訪問を受ける。バイバはがんに罹《かか》ったと語る。その後ヴァランダーは彼女の友人リリヤ・ブルームスからバイバの死の知らせを受ける。そしてリガの中央部にある聖堂での葬儀に参加する。

「二人は教会に着き、中に入った。外の強烈な太陽の明るさとは対照的な暗闇があった。目が暗さに慣れるまでちょっと時間がかかった。

次の瞬間、ヴァランダーはこのバイバ・リエパの葬式は自分の葬式の予行演習なのだと思った。そして怖くなった。すぐにこの場を離れたいと思った。リガになど来るんじゃなかった、自分はここにはまったく関係がないと思った。

だがウォッカのおかげでなんとかその場に留まることができた。隣の席に座ったリリヤが涙を流し心から悲しんでいるのを見ても、自分も泣きだすことはしなかった。棺はまるで人のいない孤島のようだった。海に投げ出された隠れ家、かつて彼が愛した人がついに得た安息所。

葬式の儀式が終わるとすぐに、ヴァランダーは教会を離れまっすぐ空港へ行き、イースタに戻った。

ステン・ヴィデーン

ステン・ヴィデーンはヴァランダーの最も古い友人の一人である。シャーンスンド城遺跡近くで競走馬の調教を仕事にしている。ステンは縮れ毛で、痩せた顔、唇の近くに赤い湿疹がある。大酒飲みで独身。ときどき厩舎《きゅうしゃ》で馬の世話をする若い女性たちと関係を持つ以外は一人暮らしだ。以前そんな女性たちの一人と結婚していたことがある。一緒に調教場を経営していた父親が死んでからは妻とも別れ、以来独身である。

初めてモナと出会った夏、ヴァランダーはステン・ヴィデーンと一緒にスペインへ独身最後の旅行に出かける。

友達とおれは古い車を買って美人のスペイン娘《セニョリータ》と遊びまくろうと思っていた。スペインは南へ行くつもりだったのだが、フランスからスペインに入ってすぐ、バルセローナの手前で早くも車が動かなくなってしまった。おかしくないさ、なにしろ五百クローナもしないポンコツだったからな。車はその辺の村に乗り捨てて、おれたちはバスでバルセローナに向かった。その後の二週間のことはほとんど憶えていない。友達はおれよりももっと憶えていないだろう。なにしろ二人とも朝から晩まで飲みまくっていたからな。

酒以外にも二人には共通の強い関心事があった。オペラである。オペラの世界で一緒に働きたいと思っていた。ステン・ヴィデーンはテノールの世界的な歌手として、そしてヴァランダーは彼を売り出す興行師として。だがそんな夢はいつの間にか指の間からこぼれ落ちてしまい、友情もまたほぼ消えてしまった。『殺人者の顔』で彼等は十年ぶりに再会する。二人はまた友達付き合いを始め、それは全ヴァランダー・シリーズを通して続く。

『ファイアーウォール』でステン・ヴィデーンは競馬馬の訓練所を売り払って引っ越そうと思う。馬の世話をする仕事は重労働で、儲けも少ない。それで訓練所を売り払ってしまう。ヴァランダーにはなにも言わずに。だが、新しい経営者が引っ越してくる寸前に、彼は後悔し、契約書の中に契約を無効にする条文を見つけて、契約を破棄し、厩舎に戻ってくる。新しい馬も数頭買う。だがヴィデーンはその後思ってもいなかったニュースに打ちのめされる。がんが見つかったのだ。

『霜の降りる前に』でステン・ヴィデーンは死亡する。ヴァランダーは夜ベッドに就こうとしたときに知らせを受ける。リンダはめったにないことだが父親の目に涙が浮かぶのを見る。だがヴァランダーはなにも語らず、自分なりのやり方でヴィデーンを見送る。

【同僚】

エーヴェルト・リードベリ

犯罪捜査官エーヴェルト・リードベリはヴァランダーの友人、同僚であり、ヴァランダーがイースタ署に転勤してきたときには彼の指導官でもあった。仕事熱心で、一見細かいことにこだわるうるさいタイプのように見える。が、彼がいれば犯罪現場の捜査は徹底的に行われることは間違いなかった。

初めてヴァランダーがリードベリに会ったのは『ピラミッド』の「裂け目」で、ヴァランダーは夏から仕事を始める予定でイースタ署に初めてやってくる。リードベリは無口な人付き合いの悪い男だと聞いていたが、ヴァランダーは会うなり好感をもつ。彼同様、リードベリは人と調子を合わせない、自分のやり方というものをもっている捜査官だったが、ヴァランダーは事件捜査の間、端的、的確に事件を説明し分析するそのやり方に敬意をもった。

『ピラミッド』の「海辺の男」では、リードベリは背中の痛みのために仕事を休んでいた。ヴァランダーとリードベリはこの時点で十年ほど一緒に働いていた。リードベリの健康状態は次第に悪くなり、『ピラミッド』の中の「ピラミッド」でリードベリは会議の最中、会議室のテーブルの上に顔面から倒れる。

『殺人者の顔』ではリードベリはリューマチを患《わずら》い、杖をついて現れる。まもなく定年退職する彼は、イースタ署で最年長で、経験豊かな警察官だった。だが、予定どおりに退職する前に彼は病気で倒れる。署内では、リードベリの具合の悪さは足のリューマチのせいだと言われていたが、ある日受付のエッバがヴァランダーにリードベリはがんを患っていると耳打ちする。ヴァランダーはその後直接リードベリから前立腺がんの治療のため投薬と放射線治療を受けるので入院すると聞く。一九九〇年の夏、リードベリの容態は悪くなり、ヴァランダーは彼の家を訪ねてバルコニーでウィスキーを傾けながら人生と仕事について語り合う。このときリードベリは、お前は優秀な警察官だと初めてヴァランダーに言葉で伝える。『リガの犬たち』が始まる少し前に、リードベリはがんで死亡する。彼の死後ヴァランダーは孤独感を深める。

だが、父親はもう聞いていなかった。ふたたびイーゼルに向かい、キバシオオライチョウのくちばしを塗っていた。ヴァランダーは古い手押しぞりに座り、しばらく黙って父親を見ていたが、しばらくして父親と別れた。自分には話し相手が誰もいない、と彼は思った。四十三歳。自分には信じられる人間がいない。リードベリが死んだとき、彼はこれほど寂しくなるとは思ってもいなかった。彼にはもはや娘のリンダしかいなかった。

警察官という職業を通して、ヴァランダーは常にリードベリのことを思う。様々なシチュエーションで、リードベリならどうしただろう、どう考えただろう、どう行動しただろうと。リードベリはイースタの町の西にあるニーヤ・シルコゴーデン墓地に埋葬された。

マーティンソン

マーティンソンはイースタ署の捜査班で一番若い警察官である。また新しいＩＴ技術に長けている者でもある。警察内で上のポジションを得ようとする野心家でもある。だが衝動的で、そのうえときどき仕事がいい加減だとヴァランダーは見ている。

マーティンソンの生まれはトロルヘッタン。まだ三十歳にもなっていない。政治的に活動していて人民党《フォルクパティーエット》の党員でもある。家族は妻と二人の子ども。娘と息子だ。イースタの東側の戸建てに住んでいる。『五番目の女』の中で、ビーガン（完全菜食主義者）で自然観察クラブのメンバーである娘のテレースは、父親が警察官であるという理由でいじめに遭う。マーティンソンはそのことで職業を変えようかと悩む。彼が警察官をやめようかと思い悩むのはこれが初めてではなかった。ヴァランダーはやめるなと今までマーティンソンを三度説得したことがある。

マーティンソンの息子のダーヴィッドの夢は警察官になること。『背後の足音』でヴァランダーはダーヴィッドに会い、警察官という職業についてのダーヴィッドの質問に答え、彼に警察官の制帽を被らせてあげる。

『霜の降りる前に』でリンダがイースタ署で実習を始めたとき、彼女の指導官になったのはマーティンソンだった。ヴァランダーはリンダに彼は優秀な警察官だと説明する。『ファイアーウォール』でヴァランダーはマーティンソンが背後で画策していることを知り、怒る。マーティンソンを友と思っていたからだ。

「マーティンソンの懐中電灯を持ってくれるか?」ヴァランダーがハンソンに言った。

「なぜだ?」

「ただそうしてくれればいいのだ」

マーティンソンが懐中電灯をハンソンに渡した。ヴァランダーは一歩足を踏み出して、マーティンソンの顔を一発大きく殴った。ただ、距離を測りかねてその一撃はマーティンソンの顔をかすったにすぎなかった。

「なにをする!」とマーティンソンが叫んだ。

「お前こそ何だ!」ヴァランダーが叫び返し、マーティンソンに飛びかかった。

二人は泥の中を転がった。ハンソンが間に割って入ろうとしたが、彼も足を滑らせて倒れてしまった。懐中電灯の一つが消え、もう一つは泥の中に落ちた。

ヴァランダーの怒りは爆発したときと同じほど急に冷めた。

カール・エヴァート・スヴェードベリ

カール・エヴァート・スヴェードベリはおよそ四十歳。頭が薄くなっている。イースタ生まれイースタ育ちで、市内のリラ・ノレガータンに住んでいる。スヴェードベリにとってイースタの町はどこよりも大事で、イースタの町の境界線の外に出るなり、心細くなるというほどのイースタっ子である。仕事はのろくて熱意がないと見られがちだが、実際には非常に几帳面《きちようめん》な警察官である。スヴェードベリはヴァランダーを尊敬していて、常にヴァランダーに忠実だ。

スヴェードベリは子どものころから暗闇が怖かったとヴァランダーに明かす。警察官になったらそれが解消できるかと思ったのだが、実際には解消できなかった（今でも暗闇が怖い）。彼はまたアブを極端に恐れる。

スヴェードベリの友人はごくわずかで、同僚が知っている彼の親族といえば二人のいとこだけだ。そのうちの一人はイースタ病院で働く助産師のイルヴァ・ブリンクである。スヴェードベリは独身で、毎週金曜日の夜、警察署にあるサウナに入るのを楽しみにしている。同僚の知るかぎり女性と付き合ったことはなさそうだ。女性警察官と一緒に働くことも苦手で、新人女性警察官のアン＝ブリット・フーグルンドに対する態度も常にぎこちない。

『背後の足音』でスヴェードベリはリラ・ノレガータンのアパートの自室で殺害される。この背景には警察官として働いてきた全期間スヴェードベリが隠してきた秘密がある。葬式はイースタ中央にあるサンタ・マリア教会で行われ、ヴァランダーは棺を担ぐ仲間に加わり、アン＝ブリット・フーグルンドは追悼文を読み上げる。

アン＝ブリット・フーグルンド

アン＝ブリット・フーグルンドは『笑う男』でイースタ警察署で働き始める女性警察官である。仕事に就くとまもなく彼女は分析能力と細かい点に気がつく能力があることで頭角を現す。ヴァランダーはすぐに彼女の能力を理解するが、同僚たちの中にはスヴェードベリとハンソンのように若い女性警察官というだけで一緒に働くのは難しいという態度を示す者たちもいる。だがアン＝ブリット・フーグルンドはへこたれない。スヴェードベリが殺害されたとき、彼を偲《しの》ぶ追悼文を書き、教会で読み上げるという難しい仕事をやってのける。

アン＝ブリット・フーグルンドの出身はイースタ自治体の近くのスヴァルテという小さな村だが、幼いときにストックホルム郊外に引っ越し、そこで育った。イースタに職を得ると、大型機械の組み立てを主な仕事とするエンジニアの夫と二人の子どもとともにイースタ郊外の海の見える高台にある石灰石の白壁の家に移り住む。夫は常に仕事で家を空けるので、殺人事件捜査の重責を担う警察官の仕事と二人の子どもを育てる仕事の両方を一人でこなす苦労がある。彼女はしばしば隣家の女性に子どもたちを見てもらう。

ヴァランダーとアン＝ブリット・フーグルンドは仕事を一緒にしていく中で信頼関係を築いていく。そしてヴァランダーはいつの間にかアン＝ブリット・フーグルンドの指導官《メンター》のような役割を担うようになる。ちょうどリードベリがヴァランダーにとって指導官であったように。『笑う男』でヴァランダーはアン＝ブリット・フーグルンドの家に食事に招かれる。そこで大いに酒を飲み、帰宅の途中酔っ払ってゲロを吐く。

『ファイアーウォール』でアン＝ブリット・フーグルンドはいつも留守の夫に我慢ができなくなり、離別する。

父親とは異なり、リンダ・ヴァランダーはアン＝ブリット・フーグルンドをそれほど評価しない。『霜の降りる前に』ではアン＝ブリット・フーグルンドもリンダを避け、二人の間には冷たい空気が流れる。

オーヴェ・ハンソン

オーヴェ・ハンソンは知る人ぞ知る賭け事師である。とくに競馬に狂っている。職場でもほとんどの時間机上でどの馬に賭けたらいいかの検討に余念がない。ヴァランダーを苛立たせる要因である。

ハンソンはアン＝ブリット・フーグルンドがイースタ署の捜査班に加わったことが気に食わない。理由は彼女が女性であるということ。

『目くらましの道』でハンソンは夏の間、署長代理を務める。ヴァランダーはハンソンが署長代理を務める間はきっと仕事は少なくなるだろうと予想する。

『霜の降りる前に』でハンソンはイースタ署から移動するが、しばらくして、トンメリラの郊外にある親の家屋を売却するために署にやってくる。田舎に家を探していたヴァランダーはその家を見にいくが、買う気にはなれない。

スヴェン・ニーベリ

スヴェン・ニーベリはイースタ署の鑑識官で、気難しさで知られる男である。すぐに怒りを爆発させるが、鑑識官としてのニーベリは優秀で正確。犯罪現場での彼の目の鋭さに捜査班は何度も助けられ、彼の仕事のおかげで捜査を正しい方向に進めることができた。

ニーベリがイースタ署に転勤してきたのは、『白い雌ライオン』のときである。それ以前はマルメで働いていたが、イースタへの移動命令を喜んで受諾した。ニーベリの生まれはヘッスレホルム、母親はエークシューに住んでいる。『苦悩する男』でニーベリはヘリェダーレンとイェムトランドの境目の森の中に古い家を買った。退職したらそこに移り住むのを楽しみにしているとヴァランダーに話す。森の中で静かに暮らし、狩猟をし、警察で鑑識官として働いたメモワールを書くつもりだと言う。

ヴァランダーはニーベリの手腕を高く買っている。このいつも不機嫌な鑑識官が辞めたら寂しくなると思う。『手』の中で二人は次のような会話を交わす。

携帯電話を取り出し、ニーベリに電話をかけた。ニーベリはちょうど出勤したばかりだった。

「昨日は遅くに電話をかけてすまなかった」ヴァランダーが言った。

「あんたが本当に申し訳ないと思っているなら、年がら年中時間もかまわずに俺に電話をかけることはとうの昔にやめているだろうよ。あんたは朝の四時、五時にさしたる理由もなく俺に電話をかけてくる。それも勤務時間中に訊けばいいようなくだらないことで。その上そんな時刻に電話してきても謝りもしないときてる」

「悪かった。これからはそんなことはしない」

「信じられるか！　それで、今度は何の用だ？」

ペータースとノレーン

ペータースとノレーンはイースタ警察のパトロール警官で、しばしば犯罪発生の現場に真っ先に駆けつける。

『殺人者の顔』で二人はヴァランダーがレンナルプの犯行現場に駆けつけるときに、車で先導する。移民逗留所で火事が起きたとき、ヴァランダーの知らせを受けて真っ先に駆けつけたのもこの二人である。

モナとの話し合いに失敗したヴァランダーは、かなり酔っ払っているにもかかわらず、車で帰ることにする。

ペータースとノレーンは、スヴァンネホルムからスリミンゲに向かってよたよたと走ってくる車を見つけた。近くのハーゲホルムの移民逗留所はすべていつもどおりと確認してきたところだった。二人とも普段なら車の見分けがついただろうが、夜のこんな時間にヴァランダーが車を走らせていようとは思いもつかなかった。ナンバープレートに泥が跳ね上がっていて、番号の確認ができなかったこともある。車を停めて、窓ガラスをノックし、中の男が窓を下げて顔を見せたときになって初めて、相手はイースタ警察署長代理だと気づいた。

誰もなにも言わなかった。ノレーンの懐中電灯はヴァランダーの血走った目を照らし出した。

「異状ないか？」ヴァランダーは訊いた。

ノレーンとペータースは顔を見合わせた。

「はい、異状ありません」

「それはよかった」と言って、ヴァランダーが窓を上げ始めたときだった。

ノレーンが足を一歩前に踏み出した。

「車から降りてください。いま、すぐに！」

ノレーンは上司の車を運転し、ヴァランダーはペータースの運転するパトカーに同乗する。二人のパトロール警官はこの事件について口を閉ざした。上司のためにしてはいけない職務違反をしたのだった。

オットー・ビュルク

オットー・ビュルクは、シリーズの中の『ピラミッド』の「海辺の男」から『目くらましの道』までの間、イースタ警察署署長を務める。年齢は五十歳を少し過ぎたところで、出身はヴエストマナランドである。

署長として、ビュルクは常にストックホルムにいる彼の上司たちの評価と報道機関がイースタのことをどう伝えるかばかりを気にしている。イースタ警察には何一つ落ち度がないと見せるために懸命だ。親切な人間だが、頭がいいとは言えない男だ。中位のスケールの警察区で、中位のスケールの署長だとヴァランダーは思っている。クルトはビュルクの用心深い、規則ばかり気にするやり方に苛立ち、しばしば彼を脅かす。

署長を退任し、マルメに引っ越すことになったとき、ビュルクは記念のプレゼントとして釣り道具のキャスティングロッドと花束を贈られる。

リーサ・ホルゲソン

リーサ・ホルゲソンは『目くらましの道』でビュルクが引退した後、イースタ警察署署長になった人物である。隣県スモーランドからの転任で、着任後わずか三週間で自分の仕事の仕方を署員に示し、それまでのやり方を一掃してみせた優秀な署長だ。彼女が女性であるという理由で、多くの署員は最初懐疑的だったが、彼女は早い段階で警察官としての高い能力を示す。

ヴァランダーはリーサ・ホルゲソンの誠実さ、勇敢さ、そしてどんなことにも明確な指示を与えるその能力に目を見張る。

エッバ

エッバはイースタ警察署の受付で働く女性である。『ピラミッド』の「海辺の男」の中でエッバは「受付でいつも署で働く全員の健康状態に目を配っている」。

エッバはいつもヴァランダーがちゃんと眠っているか、ちゃんと食べているかと心配する。ヴァランダーはそれを彼女の母性本能のなせる業と見ている。クルトに関することなら個人的なことから仕事に関連することまで嫌な顔一つせずに手伝ってくれる。彼がなにか良いことをしたときには、ハグして、自家製の梨のジャムをプレゼントしたり、急な記者会見のためにクルトが清潔なワイシャツが必要だとわかると彼のアパートまでシャツを取りに行くことまでしてくれる。

『殺人者の顔』で、エッバはイースタ署で三十年働いてきたとわかる。『ファイアーウォール』で彼女は引退し、年金生活に入る。エッバの後、イレーヌという三十歳ほどの女性が受付係に入る。イレーヌはイースタ署でみんなに好かれるが、ヴァランダーは彼女になかなか慣れない。自分に必要なものをすぐに察知してくれるエッバがいなくなって残念と思っている。

アネッテ・ブロリン

アネッテ・ブロリンはストックホルムで働く検事だが、イースタのペール・オーケソン検事が講習を受けている期間、彼の代行を務める。アネッテは既婚者で、夫と二人の子どもがいるが、ヴァランダーは次第に彼女に近づき、いつの間にか一方的に恋心を抱くようになる。ハメンフーグの古くからの有名レストランで一緒に食事をしたり、ヴァイキング時代の船を形どった巨石遺跡アーレステーナルや、ファルスタボー半島やヴァイキング時代からの石の城グリミンゲヒュースなどの観光地巡りをしたりした。コペンハーゲンへオペラを聴きに行ったとき、ヴァランダーはアネッテ・ブロリンに愛していると告白するが、彼女は黙り込む。離婚して自分と結婚してくれないかと彼女に申し込むが、はっきりノーと断られる。

『リガの犬たち』ではまだアネッテ・ブロリンはイースタにいるが、ヴァランダーの気持ちは次第に冷めてしまう。『目くらましの道』ではアネッテ・ブロリンはストックホルムに戻って弁護士をしている。

ペール・オーケソン

ペール・オーケソンはイースタの非常に優秀な検察官である。ヴァランダーとはウマが合い、互いに認め合っている。二人はプライベートではまったく付き合いがないが、仕事の上では信頼できる相手だと思っている。オーケソンはヴァランダーの直感を評価している。オーケソンは妻とともにイースタ病院近くの住宅地に住んでいる。『殺人者の顔』では彼は特別許可をもらって仕事を休んでいる。その彼の代理がストックホルムから来た検事アネッテ・ブロリンである。オーケソンは『白い雌ライオン』と『笑う男』に検察官として登場する。『目くらましの道』ではオーケソンは国連の難民援助の仕事に就きたいと、妻に相談する前に独断でウガンダへ行くと決める。ヴァランダーはオーケソンが自分のしたいことを実行する姿を見て、羨ましく思う。

『五番目の女』では、オーケソンは国連の仕事で今度はスーダンへ向かう。『背後の足音』ではウガンダに移り、そこでは国際航空コミッションのために働く。『ファイアーウォール』ではオーケソンはふたたびスーダンに戻り、国連の仕事を続ける。

ペーター・エドラー

ペーター・エドラーはイースタの町の消防署署長である。そばかす顔で、スモーランド地方の方言を話す。趣味は凧揚げ。ヴァランダーはこの消防署長に関しては良い評判しか聞いていない。いつも落ち着いている。不安というものを感じさせない男である。

ペーター・エドラーは『ピラミッド』の中の「ピラミッド」で、モスビー海岸に不時着して燃え上がった小型飛行機の消火作業に携わっている。また、『殺人者の顔』では彼の消防隊チームが移民逗留所への放火を素早く鎮火させた。『白い雌ライオン』でヴァランダーのアパートが襲撃されそうになったときも、ペーター・エドラーが駆けつけている。

『目くらましの道』で少女が菜の花畑で自身に火をつけたときに駆けつけたのもエドラーと隊員たちだった。『苦悩する男』でヴァランダーがようやく引っ越した家の台所の調理プレートをつけっぱなしで出かけ、ボヤを出したときに状況を救ってくれたのもまたペーター・エドラーである。

Ⅳ　人物索引

凡　例
名字が先、名前が後にくる
末尾の（　）内の数字は作品番号

アニタ：アメリカン・エキスプレスの店舗従業員。（8）

アマンダー、サーラ：イースタ自治体の社会福祉行政機関で働く。イースタ警察署の元職員の娘。（11）

アムトマニス：リエパ中佐の上司の一人。（2）

アリソン：エリック・ヴェスティンの弟子。カナダ人の青年。（10）

アルビンソン、シェル：イースタ郵便局の職員。（7）

アルフレッド：カーターの運転手兼用心棒。（8）

アルフレッドソン、ハンス：スウェーデン警察本庁のコンピューターエキスパート。（8）

アルフレドソン：スクールップにあるスパルバンケン銀行下の住宅斡旋会社の客。（10）

アルボーゲ、マリア＝テレサ：一九三〇年代から行方不明と記録された人物。ルーレオ在住だった。（12）

アルムクヴィスト、リネア：マルメのローセンゴードでヴァランダーの上の階に住んでいた年金生活の女性。（9①）

アレキサンダーソン、ベングト：ユーラン・アレキサンダーソンの息子。（9③）

アレキサンダーソン、ユーラン：エレクトロニクス企業の社長。（9③）

アロセニウス：スウェーデン海軍司令官。（11）

アンダーソン、イェートルード：ヴァランダーの父親の家事を手伝っていた女性。その後彼と結婚。（3、4、5、6、7、8、10、11）

アンダーソン、エーリン：ラーシュ・アンダーソンの妻。（9①）

アンダーソン、エルヴィラ：イェートルード・アンダーソンの姉妹。以前、国語の教師をして

いた。(10)

アンダーソン、オッレ：南部電力会社勤務。変電所に死体を発見。(8)

アンダーソン、シェスティン：アランダ空港の旅券審査所の審査官。(3)

アンダーソン、スヴェン：スメーズトルプ教会の庭師。(5)

アンダーソン、スヴェン：社会民主党政権の防衛大臣であった。潜水艦事件調査委員会の委員長。(11)

アンダーソン、ブリェ：社会民主党政権の防衛大臣。(8)

アンダーソン、ベーリット：オッレ・アンダーソンの妻。(8)

アンダーソン、ラーシュ：小学校一年生からのヴァランダーの友人。マルメでタクシー運転手をしている。(9①)

アンダーソン、レベッカ：ストックホルムの警察官。イッテルベリの部下。（11）

アンダソン、ヴァンニャ：ユスタ・ルーフェルトの店の店員。（6）

アンダソン、ヒューゴ：ヴェルナモの学校の警備員。元警察官。（7）

アンデル、アンナ：フランス人尼僧の宿舎にたまたま泊まっていた、テロリストによって殺された五番目の女性。（6）

アンデル、イヴォンヌ：アンナ・アンデルの娘。四十七歳。イースタのリレガータンに住む。（6）

アンデルセン：アジア系のデンマーク人。（8）

アンデルセン夫人：コペンハーゲンのアパートの住人。そこの二階にトルゲイル・ランゴースも住んでいた。（10）

アントン：クルト・ヴァランダーがまだ子どものとき、父親の描く絵を買いにきていた〝シル

イェルンベリ、ハンス：グスタフ・イェルンベリの孫。（3）

イェンス：クリスティーナ・ヴァランダーの夫。透析研究者。（9①）

イサベル：ドイツのオラニエンブルクでヴァランダーとレストランで出会った女性。（11）

イッテルベリ：ストックホルム警察の刑事。（11）

イネセ：バイバ・リエパの友人で協力者。（2）

イャルモ：配管工。ときおりアルコール中毒症状になる。（11）

イレーヌ：エッバが引退した後、イースタ警察署の受付で働く女性。（8）

イングヴェ：年金生活者。マルメの病院の警備員だった。ランダール家の隣人。（8）

インドヤン、アナヒト：ストックホルムの法医学者。アルメニア人。（11）

ヴァランダーの母親：マルメのやすらぎの郷に眠っている。（11）

ヴァルデーン、ヒルダ：ランベリのアトリエの清掃人。（9④）

ヴァルデマールソン：スツールルップ空港の警察官。（5）

ヴァルマン、クヌート：ある夕刊紙がクルト・ヴァランダーを間違って書いた名前。（2）

ヴィーベリ、エリック：検査技師。イースタの町の西側にサマーハウスを持っている。（5）

ヴィカンダー、ハンス：ストックホルム、ウステルマルム警察の犯罪捜査官。（5）

ヴィクステン、フランス：コペンハーゲンのネーデルガーデに住む元ピアノ教師。以前は王立劇場でピアノを弾きながら音楽稽古をつけるコーチ、コレペティートルをしていた。（10）

ヴィクトルソン、レナート：イースタの検察官。（8）

ヴィスランダー、アンダシュ：シーモン・ランベリと一緒にバス旅行をした牧師。（9④）

ヴィスランダー、ルイース：アンダシュ・ヴィスランダーの妻。シーモン・ランベリと一緒にバス旅行をした。（9④）

ヴィックベリ：ジャーナリスト。（7）

ヴィックベリ、ステン：運送会社経営者。ヴァランダーの父親と小競り合いになる。（4）

ウィットフィールド：カーターの精神的指導者《メンター》。市場アナリスト。（8）

ヴィットベリ：マルメのパトロール警官。（9①）

ヴィデーン、ステン：ヴァランダーの旧友。競走馬の訓練所を経営している。（1、3、4、6、7、8、9⑤、10、11）

ウィリアム：スウェーデン公安警察の警察官。（11）

ヴィルマルク、エルフリダ：郵便配達人。（9⑤）

ヴィンベリ：イースタのノルドバンケン銀行の課長。（8）

ウーストルム：漁師。以前、〈バイロン〉という名の漁船を所有していた。（2）

ヴェーデルフェルト、リネア：グースムに住むイーサ・エーデングレンの母親の幼友達。（7）

ウェーバー：ステン・ホルムグレンとヤコブソンの東ドイツの連絡係。（2）

ヴェスターベリ、オーヴェ：ハンス・イェルンベリの旧友。建設会社経営。（3）

ヴェスティン、アンナ：リンダの友人。一人暮らし。医学生。（10）

ヴェスティン、エリック：アンナ・ヴェスティンの父。アンナがまだ小さいときに家を出る。（10）

ヴェスティン、ヘンリエッタ：アンナの母。ため息と泣き声で音楽を作る。（10）

ヴェルネル、トルビューン：マーリン・スカンデールと結婚するはずだった男。結婚記念写真を撮ってもらっている間に殺害された。(7)

ヴェングレン、ステン：イェーヴレの犯罪捜査官。(6)

ヴェンストルム：マルメの警察官。(9①)

ヴェンネルストルム、スティーグ：空軍の大佐。ソ連のスパイ。一九六三年六月、ストックホルム中心部のリクスブロン橋で逮捕される。(11)

ウスターダール：引退した元司令官。通関の警備船勤めだった。(2)

ウステンソン：運転手。(8)

ウッドマルク、ハンス＝オーロフ：地質学教授。(11)

ウピティス：バイバの仲間。ジャーナリスト。(2)

ウリエ、トロンド：ノルウェーのローランドからきた、フランス・ヴィクステンの弟子。（10）

ウルリーカ：ステン・ヴィデーンの厩舎《きゅうしゃ》で働く十七歳の少女。（3）

ヴレーデ：弁護士連盟の事務員。（4）

ウンデルシュルド：イースタ署の警察官。（10）

エークマン：イースタ署のパトロール警官。（10）

エークルンド、アントン：バス運転手。（9④）

エーデングレン、イーサ：ロールプレー参加者。スコルビーに住む。（7）

エーデングレン、ベーリット：イーサ・エーデングレンの母親。（7）

エーデングレン、ユルゲン：イーサ・エーデングレンの弟。十九歳で自殺。（7）

エーデンマン、アン＝ルイース：イースタ署の警察官。(11)

エーベル、ヘルマン：東ドイツの秘密警察シュタージで働いていた元東ドイツ情報員。ヴァランダー同様、イタリアン・オペラの愛好者。(11)

エーベルハルズソン、アンナ：妹のエミリアと一緒にイースタの町で手芸用品店を営む。(9)(5)

エーベルハルズソン、エミリア：姉のアンナと一緒にイースタの町で手芸用品店を営む。(9)(5)

エーリン：一九五〇年代、ルーデルルップの村の家から逃げ出した十代の少女。(12)

エールランダー、ターゲ：社会民主党党首。一九四六年から一九六九年までスウェーデン首相。(11)

エーロフソン：イースタ警察の警察官。(8)

エデーン、リカルド：シシフォス社の代理人。この会社はマルメヒュース県の県庁に対して詐欺行為を働いた。（4）

エドムンソン：イースタ警察の警察官。（7）

エドラー、ペーター：イースタの消防隊長。（1、3、5、9⑤、11）

エドリング、ハンナ：ルイース・フォン＝エンケの親戚。スウェーデン西部で洋品店を数店営む。（11）

エナンデール、ダーヴィッド：ティネス・ファルクの主治医。（8）

エマヌエリス：リガ警察の班長。（2）

エマヌエルソン、ツーレ：スヴェンスタヴィークの元郵便配達人。（6）

エミルソン：イースタのホテル・コンティネンタルで働くウェイター。（7）

エリカ：ヴェステルヴィーク近くにあるカフェ経営者。（7）

エリクソン、エンマ：カール・エリクソンの妻。一九七〇年代に死去。（12）

エリクソン、カール：マーティンソンの妻のいとこ違い。ルーデルップのヴレッツヴェーゲンにある古い民家を売ろうとしている。（12）

エリクソン、シーヴ：データコンサルタント。かつてティネス・ファルクとしばしば一緒に働いたことがある。（8）

エリクソン、ホルゲ：バードウォッチャー。元自動車販売業者。（6）

エリクソン、ルート：スヴェン・ティレーンと同じ会社の事務所で働いている。（6）

エリックソン、スツーレ：エリック・スツーレソン。現在の名前はハンス・ローゴードだが、スツーレ・エリックソンと名乗ることもある。（5）

エル＝サイード：イースタ警察で初めての外国をバックグラウンドとする警察官。（8）
エルムベリ：イースタでガソリンスタンドを営む男。（2）
エルンスト、オットー：仕立て屋。（8）
エレン：クリシャンスタの作業療法士。（2）
エングボン、ペーター：ルンドでのアンナ・ヴェスティンのハウスメイト。物理学を専攻している学生。（10）
エングマン：イースタ警察署の実習生。（3）
オーグレン、ルーネ：南部電力会社の中央変電所で働く。（8）
オーケソン、ペール：イースタの検事。国連の仕事でスーダンの援助のためスウェーデンを離れる。（1、3、4、5、6、7、8、9④、9⑤）

オーケルブロム、トーマス：農業従事者。焼かれた仔牛の飼い主。（10）

オーケルブロム、マリア：ルイースとローベルト・オーケルブロムの娘。（3）

オーケルブロム、マルガレータ：ルイースとローベルト・オーケルブロムの娘。（3）

オーケルブロム、ルイース：不動産業の会社を夫のローベルトと経営。（3）

オーケルブロム、ローベルト：ルイース・オーケルブロムの夫。（3、7、11）

オーベリ、フレドリック：ニルス・ヴェランダーに服を注文する。（1）

オーロフ：モナの新しい結婚相手。（10）

オーロフソン、ティラ：イースタの動物愛護協会の活発なメンバー。（9⑤）

オーロフソン、ヒルディング：南部電力会社の社員。（8）

オスカーソン、マーティン：マルメ県庁の会計監査主任。（4）

オッペンハイマー、アーネスト：ドイツ生まれ。鉱山関係の投資家。オールフ・ベッスムに自社で働くよう呼びかける。（10）

オッペンハイマー、ミカエル：アーネストの甥。飛行機事故で死亡。（10）

オッレ：タクシー運転手。（9①）

オバディア、モーリス：ハーデルベリの用心棒の一人。ベルギー人。元兵士。（4）

オリバー：元々は南アフリカ出身。（9②）

オルソン、マーティン：イースタのノルドバンケン銀行の支店長。（8）

オルソン、マッツ：消防士。フレンネスタッドとフルップの教会の火事の消火に当たる。（10）

オルソン、マティアス：警察学校時代のリンダの親友。スンズヴァル出身。ノルシュッピング

の交通警官。(10)

オルソン、マルガレータ：ルンドの集合住宅に住む。アンナ・ヴェスティンがその一室を借りる。経済専攻の学生。(10)

オルロフスキー：イースタのホテル・コンティネンタルの食堂の主任。(7)

カーター：アンゴラの首都ルアンダに住む。元世界銀行のエコノミスト。(8)

カーリン：かつてモナが働いていた美容院の主人。(9①)

カールハンマル、ツーレ：以前ホルゲ・エリクソンに雇用されていた男の一人。スヴァルテに住む。(6)

カールマン、アニカ：カタリーナ・タクセルの知人。(6)

カールマン、アニタ：アルネ・カールマンの妻。(5)

カールマン、アルネ：裕福で影響力をもつ画商。夏至祭パーティー時、自宅の庭で殺されていた。（5）

カールマン、エリカ：アルネとアニタ・カールマンの娘。（5）

カーレーン、エリサベス：ヘルシングボリのコールガール。（5）

カイサ：リンダの女友達。一緒に演劇をしていた。（5）

カタリーナ：ハンスが幼少のころにフォン＝エンケ家で働いていた家政婦の一人。（11）

カッレ：イースタ署の警察官。（1）

ガブリエルソン、ソルヴェイ：ヴァランダーの講演会の聴衆の一人。（8）

カルレーン、アニタ：ハーデルベリの秘書の一人。（4）

カルンス、ユリス：イースタ付近の海岸に打ち上げられたゴムボートの中で見つかった男たち

クラース＝ヘンリック：ゴルフプレイヤー。ヴァランダーの離婚した妻モナと結婚する男。（7）

クラーストルム、アルネ：ファニー・クラーストルムの夫。（11）

クラーストルム、グンナー：アルネとファニーの息子。（11）

クラーストルム、ファニー：元ウェイトレス。海軍高官のプライベートパーティーでよく給仕をした。オーロフ・パルメを憎む海軍将校たちの生き証人。（11）

クライン、ヤン：ボーア人。ネルソン・マンデラ暗殺首謀者。（3）

クラフチック、ローター：チェコ人。スウェーデンに政治亡命の申請をしている男。（1）

クリスティーナ：ステン・ヴィデーンの厩舎で働く若い娘。（3）

クリツィンガー：ヤン・クラインを弁護する弁護士。（3）

クリフトン、ジョン：エリック・ヴェスティンの偽旅券に使われた名前の一つ。（10）

グルンクヴィスト：イースタ署の犯罪捜査官。スヴァルトマンと組んで働く。あだ名は、〝ペンキ屋〟。（10）

グルンデーン、トーレ：ヘッスレホルムに住む。マルメの銀行で働いてきた。（6）

クロッパー、ヘニング：ヴェンネル・ファン・デル・メルヴェ、ハンス・ドゥ・プレイスとともに一九一八年に『兄弟の絆《ブローダーボンド》』の前身を立ち上げる。（3）

グンネル、リネア：エーベルハルズソン姉妹の隣人。（9⑤）

ケチェメティ、イストヴァン：イースタのハムヌガータン沿いにあるピッツァリアの経営者。ハンガリア出身。（7、8）

コーゲ、ヴァルデメール：シムリスハムヌのタクシー運転手。（4）

コクレイン＝パトリック：大佐。ミカエル・オッペンハイマーが死亡したときの飛行機のパイロット。(10)

コズロフ：リガ警察の部隊長。(2)

コノヴァレンカ、ミラ：アナトリ・コノヴァレンコの妻。(3)

コノヴァレンコ、アナトリ：元ＫＧＢに雇用されていたスパイ。現在雇われ暗殺者。(3)

サーガ：ヴァランダーが十三歳のときに両親からもらった犬。三年後、自動車事故で死んだ。(11)

サーゲ、ツーレ：ウェイター。ヴァランダーがレストランに忘れてきた拳銃を署に届ける。(11)

サッカリアス：ルンドでのアンナのハウスメイト。チェスプレーヤー。(10)

サビーネ：ヴェラの娘。十二歳。(2)

シェール、ロネ：コペンハーゲンの警察官。(7)

シェルベリ、アルツール：ニクラスゴーデンの職員。(11)

ジェロニモ：ステファン・フレードマンのオルター・エゴ(別人格)。(5)

シコシ・ツィキ：南アフリカの殺し屋。(3)

シパース、ジュディス：ジョージ・シパースの妻。(3)

シパース、ジョージ：ヘンリック・ヴァーヴィの補佐。(3)

シバンデ、ハリー：南アフリカ、ダーバンの殺人捜査課。黒人警察官。(3)

シモヴィック一家：シーモン・ランベリ殺害事件の証人。(9④)

シャールナ、ルーネ：ステファンス・ハスラーの父親。(1)

シューグレン：マルメ在住弁護士。（5）

シューステン、ヴァルデマール：ヘルシングボリ警察の中年犯罪捜査官。熱烈なレジャーボート愛好者。（5）

シュンネソン：マルメ警察の鑑識課の刑事。（9①）

ジョーンズ、ジム・ウォレン：カリフォルニアの牧師。信徒たちを連れてガイアナの山の中まで移住する。（10）

ジョゼ：アンゴラでカーターの用心棒の一人。（8）

スィズ：リガの若い軍曹で警察官。のち、リガでのヴァランダーの運転手を務める。（2）

スヴァルトマン：イースタ署の警察官。グルンクヴィストと一緒にパトロール。コンビで〝ペンキ屋〟のニックネーム。（10）

スヴァルトマン、ローサ：スヴァルトマンの妻。（10）

スヴァンベリ、ツーレ：ラーシュ・マグヌソンを駆け出しのころに手ほどきした編集長。（5）

スヴァンルンド：マルメ署の警察官。駆け出しのころヴァランダーと一緒にパトロールした。（9①）

スヴェード：レスタルプにサマーハウスを買ったマルメの歯医者。（10）

スヴェードベリ、カール・エーヴァート：イースタ署のヴァランダーの同僚。（1、2、3、4、5、6、7、8、9③、9⑤、10）

スヴェンソン、スヴェン・〝ダッゲン〟：ランズクローナからきたパトカーの無線係の警察官。（9①）

スヴェンソン、ソフィア：十四歳の少女。街で酔っ払っているところをヴァランダーに見つかる。（8）

スカンデール、ラーシュ：獣医。マーリン・スカンデールの父親。（7）

スコーグルンド、レナート：ユスタ・ルーンフェルトが私立探偵をしていたころの調査対象だったと思われる。同姓同名のフットボールのプレイヤーではない。（6）

スタファンソン、マグヌス：マルメ署の警察官。（4）

スタントン、リチャード：カーターが旅券に使った偽名の一つ。（8）

スチュアート：ヴィクトール・マバシャを雇う。（3）

スツーレソン、エリック：ハンス・ローゴードの洗礼名。（5）

スティーヴ：ANC（アフリカ民族会議）の一員。過激派。マチルダとミランダ・ンコイの親しい友人。（3）

スティーグストルム、ペーテル：ヘンリエッタ・ヴェスティンに自分の作ったスウェーデンの四季を謳った詩に曲をつけてほしいと思っている。（10）

ストリズ、スティーグ：一九八五年九月十九日、スヴェードベリを法務オムブズマンに訴える。（7）

ストリズ、ニルス：スティーグ・ストリズのきょうだい。少なくとも一回スティーグに暴力を振るっている。（7）

ストルッサー：空軍将軍。〝委員会《コミッティー》〟のメンバー。（3）

ストルム、ヴァルフリド：一九六〇年代から様々な右翼団体で活動してきた男。（1）

ストルム、クルト：マルメ署の元警察官。現在はファーンホルム城の警備員。（4）

ストルムグレン、ニッセ：スティーグ・グスタフソンと一緒にヨットで航海したことがある。船大工。（3）

ストルムベリ、ラッセ：医者。（4）

ダーヴィッドソン：ルイース・オーケルブロムの父親。サーカスのコントーション（関節をはずしたりして縛られた縄から抜け出る芸）芸人。（3）

ダーヴィドソン、オーケ：メドボルヤルガルデで殴られる男。（6）

ターデマン、アニタ：ランネスホルム城に夫と一緒に住む。夫は株のブローカー。（10）

ダールベリ、アイナ：シグフリード・ダールベリの妻。（11）

ダールベリ、シグフリード：ヴァランダーの父親の隣人

タクセル、カタリナ：整髪用品のショップの経営者。ルンドの町の中央部に住む。（6）

タクセル、ヘドヴィグ：カタリナ・タクセルの母親。（6）

タルボス、ジョージ：ストックホルムのアメリカ大使館で働いていたアメリカ人。北欧諸国とソ連の関係に関するエキスパート。現在ベルリンに住む。（11）

ツンボリ、アンデシュ：一九八三年から一九八五年までスウェーデン社会民主党政府の防衛大臣。(11)

ディートマー、クラウス：東ドイツの秘密警察シュタージで働いていた化学者。(11)

ティチカ：セブランのいとこ。(10)

ティミー：リンダの元ボーイフレンド。(10)

ティレーン：イースタ警察の新米警察官。(5)

ティレーン：自動車販売員。(8)

ティレーン、スヴェン：イースタの北地域に燃料オイルを配達する。その中にホルゲ・エリクソンがいた。(6)

テーンベリ、ローベルト：建築労働者。(7)

デクラーク、ウィレム：南アフリカ大統領。（3）

デビア、サミュエル：南アフリカ、ダーバン警察殺人課の犯罪捜査官。（3）

デビアス：秘密結社のメンバー。ダイアモンドで有名なデビアス一族の代表者。（3）

テングブラード、クラース：ストックホルム警察の警察官。（3）

ドゥ＝プレイス、ハンス：一九一八年、南アフリカでヴェルネル・ファン・デル・メルヴェ、ヘニング・クロッパーとともに『兄弟の絆《ブローダーボンド》』という秘密結社の前身を立ち上げた。（3）

ドゥネール・ベルタ：ドゥネール夫人。グスタフ・トーステンソンの秘書。（4）

ドゥルチェ・ダ・シルヴァ、カルメン：一九八〇年代のはじめ、アルフレッド・ハーデルベリと結婚していた。（4）

トーステンソン、グスタフ：弁護士。息子のステン・トーステンソンとともに弁護士事務所を

運営している。（4、5）

トーステンソン、ステン：弁護士。グスタフ・トーステンソンの息子。ヴァランダーがモナと離婚するときに依頼した弁護士。（4）

トーステンソン、レナート：グスタフとステン・トーステンソンの先祖。三十年戦争のときに残虐な行為を働いたことで悪名高い。（4）

トビアソン、ホーカン：マルメ警察の鑑識官。（7）

トマセン、クリスチャン：ポーランドへのフェリーボートの航海士。アルコール依存症。周期的に依存症をくり返す。ノルウェー人。（10）

トマンデール夫妻：イースタから来た夫婦。フェリーボートでヨーナス・ランダールの部屋の隣室だった。（8）

トラヴィス、ベン：偽旅券にあったヴィクトール・マバシャの名前。（3）

トルピン、リカルド：アルフレッド・ハーデルベリが雇った用心棒の一人。南アフリカ人。元軍人。空手の名手。（4）

トルルソン、エーヴェルト：母親エーリンと妻のハンナとともにカール・エリクソンの隣に住む男。（12）

トルルソン、エーリン：カール・エリクソンの隣人。（12）

トルルソン、ハンナ：エーヴェルト・トルルソンの妻。（12）

トレホルト、アルネ：ノルウェー社会民主党員。ソ連のためにスパイ行為を働いた罪で投獄。（11）

ニーステッド、マルガレータ：SJ（スウェーデン鉄道）の食堂車のウェイトレス。マルメのピルダムスパルケン公園のそばのカールグスタフス・ヴェーグに住む。（6）

ニーストルム：レンナルプに住む農業従事者。（1、9⑤）

ニーストルム、ハンナ：ニーストルムの妻。（1）

ニーベリ、スヴェン：イースタ警察の優秀な鑑識官。（3、4、5、6、7、8、9⑤、10、11、12）

ニーマン、ロルフ：イングヴェ・レオナルド＝ホルムと以前同じ建物に住んでいた男性。（9⑤）

ニクラソン：〈ニクラソン廃物処理／屑鉄屋〉の経営者。様々な犯罪の被疑者として訴えられたことがある。（4）

ニランダー、セルマ：イースタの町で一番古い新聞売り。一九四七年に始めた。（7）

ニルスマルク、"ビルトン"：マルメの麻薬販売者。（9⑤）

ニルソン、グンネル：スメーズトルプ教区の牧師。（5）

ニルソン、フレドリック：ウステルスンドの警察官。（6）

ニルソン、ルーネ：配管工。ヤーコヴ・ホスロヴスキーの隣人。（6）

ニルソン家：ルイース・オーケルブロムの顧客。（3）

ネスルンド、トーマス：イースタの警察官。その後ヴィスビー警察に移った。（1、3、9⑤）

ノードストルム：アナトリ・コノヴァレンコの偽名。（3）

ノリーン、リスベス：執拗に迫るジャーナリスト。（4）

ノルドランダー、ステン：潜水艦の元機関長。ホーカン・フォン＝エンケの親友。（11）

ノルベリ：タクシー運転手。（9①）

ノルマン、バッティル：会社社長。レーナ・ノルマンの父親。（7）

ノルマン、リレモール：レーナ・ノルマンの母親。（7）

ノルマン、レーナ：ロールプレーヤー。イースタの町の東側に住む。（7）

ノレーン：イースタ署の警察官。（1、2、3、4、5、9④、9⑤）

ハーヴェルベリ、ローベルト：モスビー海岸の近くの住宅に九匹の犬を飼っている一人暮らしの七十代の男。（9⑤）

ハーヴェルマン、グスタフ：ランネスホルムに住む貴族。一九三〇年代に城の近くの湖の周囲に小道を巡らせたスポーツ熱心な男。（10）

ハーグ、ロルフ：マルメでアトリエを構えるカメラマン。（7）

ハーグストルム、アニカ：トンメリラのＩＣＡスーパーで木曜日に働く。（3）

ハーグベリ、アスタ：スルヴェ・ハーグベリの妻。（11）

ハーグベリ、スルヴェ：ヴァランダーの小学校時代の同級生。スウェーデン海軍のことならな

んでも知っている。テレビのクイズ番組でその知識をもって優勝。(11)

ハーグマン、**エルマ**：イェーゲルスロー付近で小さな食料品店を営む。(9②)

ハーゲルマン：犯罪者。(2)

ハアス、**アンドレアス**：スウェーデンに亡命を申請したチェコ市民。(1)

ハーデル、**ヨーナス**：ルンドのガソリンスタンドで働く男。(6)

ハーデルベリ、**アルフレッド**：ファーンホルム城の所有者。スウェーデン経済界の大物。(4)

ハートマン：マルメ警察の警察官。(6)

ハートマン夫人：ヴァランダーが住んでいたマリアガータンのアパートの隣人。(8)

ハーベルマン、**クリスタ**：一九六七年十月二十二日、スヴェンスタヴィークで失踪したポーランド女性。(6)

ハーベルマン、ルーカス：カーターの偽旅券に記載された名前。（8）

ハイネマン、レナート：元副大使。オーケ・リリエグレンの隣人。（5）

バカナン、ピーター：ニュージャージーの理容師。エリック・ヴェスティンの弟子。（10）

ハグロート、ニルス：ジョギング愛好者。（7）

バックマン、ラーシュ：イースタのハンデルスバンケン銀行の元理事。（9④）

バッケ、アントン：コペンハーゲンにあるオフィス家具の会社の広報部長。（7）

バティスタ＝ルンドストルム、アレクサンドラ：アルツール・ホレーンと関係を持っていた女性。一九二二年ブラジル生まれ。（9①）

ハムレーン：警察本庁から来た捜査官。（5、6）

ハンセン：一九八〇年代中頃からヴァランダーのかかりつけの医者。(11)

ハンソン、アルフレッド：火事で焼けた家の共同所有者。(3)

ハンソン、アルフレッド：アルフレッド・ハーデルベリの若いときの名前。(4)

ハンソン、アルマ：ルドヴィグ・ハンソンの妻。(12)

ハンソン、エリック・アンデシュ・アルツール：ホレーンのかつての名前。(9①)

ハンソン、オーヴェ：イースタ署でヴァランダーの同僚警察官。(1、2、3、4、5、6、7、8、9⑤、10)

ハンソン、オーロフ：イースタの北で、自宅で銃器を販売する。強盗に襲われ、殺害される。(11)

ハンソン、ハンナ：オーロフ・ハンソンの妻。家に押し入った強盗に殴られ片目を失明。(11)

ヒットネル：マルメ警察捜査官。（9⑤）

ヒューストン、シドニー：ボーア人。農園所有者。ミランダ・ンコイは正式には彼の家政婦ということになっている。（3）

ビュルク、オットー：イースタ署署長。移転するまでヴァランダーの上司だった。（1、2、3、4、5、6、7、8、9③、9④、9⑤）

ビュルクルンド、サラ：グスタフ・ヴェッテルステッド家の清掃人。（5）

ビュルクルンド、スツーレ：コペンハーゲン大学社会学教授。スヴェードベリのいとこ。ヘーデスコーガ郊外の一軒家に住む。（7）

ビュルマン：ホルゲ・エリクソンの弁護士。（6）

ヒュレーン、スティーナ：ルンド大学病院の法医学者。（12）

ビリエールソン、スツーレ：ヘルシングボリ警察の警察官。（5）

ビルク、カッレ：ルンドの警察官。その後マルメに移動。森の中の湖で溺死。（6、10）

ヒルストルム、アストリッド：ロールプレーヤー。イースタの東側に住む。（7）

ヒルストルム、エヴァ：アストリッド・ヒルストルムの母親。（7）

ファールマン、カーリン：エリサベート・ランベリの友人。（9④）

ファティマ：ニコラスゴーデンで働くイランかイラク出身の女性。（11）

ファブリシウス、ルーベン：国防省に協力している下請け会社を経営。（9⑤）

ファルク、イーナ：ティネス・ファルクの娘。十七歳。パリのデンマーク大使館でベビーシッターとして働く。（8）

ファルク、ティネス：ＩＴコンサルタント。イースタの町のＡＴＭの前で殺されていた。（8）

ファルク、マリアンヌ：ティネス・ファルクの元妻。(8)

ファルク、ヤン：ティネス・ファルクの息子。ストックホルムの大学で勉学中。(8)

ファローケル：マルメ消防隊隊長。(9①)

ファン・ローネン、イェート：たまたまペーター・イェルムを訪問していたオランダ人。(5)

フーヴァー：ステファン・フレードマンのオルター・エゴ(別人格)。(5)

フーグストルム、アルマ：引退した歯医者。(8)

フーグベリ：マルメの解剖医。(3)

フークベリ、エーミル：ソニャのきょうだい。十五歳。(8)

フークベリ、ソニャ：十九歳。タクシー運転手ヨーアン・ルンドベリを襲撃した一人。(8)

フォースマン：マルメの警察官。（8）

フォセル夫人：エンゲルホルムの高等学校の元教師。夫に先立たれ、一人暮らし。（2）

フォルスゴード：フールにある花屋の主人。（3）

フォン＝エンケ、シグネ・：ホーカンとルイースの娘。マリエフレード郊外にある施設ニクラスゴーデンにいる。（11）

フォン＝エンケ、ハンス・：コペンハーゲンにある投資信託会社で働いているリンダ・ヴァランダーのパートナー。クラーラの父親。（11）

フォン＝エンケ、ホーカン・：引退した海軍司令官。ハンス・フォン＝エンケの父親。失踪者。（11）

フォン＝エンケ、ルイース・：ホーカン・フォン＝エンケの妻。ハンス・フォン＝エンケの母親。言語教師。（11）

フリーデル：シューボー警察に通報し、奇妙な明かりとエンジンの音を聞いたと言う。（9⑤）

ブリッタ：トンメリラのＩＣＡスーパーマーケットのレジ係。（3）

プリッツ：南アフリカの医者。（3）

プリッツ：救急隊車両の運転士。（5）

ブリンク、イルヴァ：イースタ病院産科の助産師。カール・エーヴェルト・スヴェードベリのいとこ。（6、7）

ブルームス、リリヤ：バイバ・リエパの友人。（11）

フルティグ、アルネ：中古車販売業者。（9⑤）

フルネル：マルメ警察署でヴァランダーと同室だった男。（9①、9②）

フレドリックソン、アルフ：イースタのレストラン経営者。スヴァルテに住む。(7)

プロイス：キールから来たコイン業者。ヨーセフ・リップマンから依頼を受け、ヴァランダーに連絡する。(2)

ブローグレン、アウグスト：アンナ・ヴェスティンの隣人。(10)

ブローメル、ヘルベルト：元管制官。(9⑤)

フロック・アドリアーン：南アフリカの国務大臣。(3)

プロッズ、エヴァ：ソニャ・フークベリの友人。ヨーアン・ルンドベリが暴行されたときタクシーにソニャと一緒に乗っていた。十四歳。(8)

ブロム、ルーネ：アルツール・ホレーン殺害事件に関係していると疑われた男。(9①)

ブロムグレン、アンナ・リサ：ジャーナリスト。(5)

ペアソン、エルサ：スクールップの店の店員。（3）

ペアソン、スヴェン：トンメリラのＩＣＡスーパー店長。（3）

ペアソン、レイフ：シコシ・ツィキの偽旅券にあった名前の一つ。（3）

ヘイダー、カール：ハーデルベリの雇い人。オーストリア人パイロット。スヴェーダーラに住んでいる。（4）

ベイルンド、ユルゲン：ヴァランダーが駆け出しの警察官だったころのマルメでの同僚。（9①）

ヘーゲル・ゴットフリード：リガへ旅行するときにヴァランダーが使った偽名。（2）

ペーター：リンダがアンナ・ヴェスティンのもう一つのアパートへ電話をかけたときに応えた男。（10）

ペータース：イースタの警察官。（1、2、3、4、6、7、8、9④、9⑤）

ペッターソン、サラ：ルンドのサンクト・ラース病院の臨時職員。（5）

ペッテルソン、イリーナ：リカルド・ペッテルソンの妻。（12）

ペッテルソン、リカルド：イリーナ・ペッテルソンの夫。（12）

ヘドトフト、オーレ：ウルリーク・ラーセンを捕まえたデンマークの警察官。（10）

ペトレン、エーリック：イースタの検事。（11）

ヘナンダー、グスタフ・ヴァルフリード：エリクソン夫婦が購入する前の、ルーデルップのヴレッツヴェーゲンにある農家の持ち主。（12）

ヘナンダー、クリスティーナ：グスタフとラウラ・ヘナンダーの娘。（12）

ヘナンダー、トーレ：グスタフとラウラ・ヘナンダーの息子。（12）

ヘナンダー、ラーシュ：グスタフとラウラ・ヘナンダーの息子。（12）

ヘナンダー、ラウラ：グスタフ・ヘナンダーの妻。（12）

ヘムベリ：マルメ警察でのヴァランダーの上司。（9①、9②、9⑤）

ベリ、ヤン：ヴィクトール・マバシャが使っていたいくつかの偽旅券にあった名前の一つ。（3）

ベリィルンド、ルーネ：強盗。二度の殺人未遂暴力事件で刑期を終え、信仰者となる。ヘッスレホルム在住。（11）

ベリグレン、ハロルド：コンゴなどで働いた傭兵。（6）

ベリストランド、カール＝ヘンリック：スウェーデン鉄道《SJ》社の人事責任者。（6）

ベリダール、グンナー：マルメの医者。（5）

ベリマン、ルネ：早期退職し、年金生活を送る元警察官。（1）

ベルイクラウス：殺人者と目された人物。（2）

ベルコウィッチ：南アフリカの病院勤務医。（3）

ペルサー：裁判官。秘密結社『兄弟の絆《ブローダーボンド》』の代表。（3）

ペルソン、ニルス：蒸気機関車の運転手。ヴァランダーが小さいときにリンハムヌで同じ建物に住んでいた。（11）

ペルソン、モンス：アンナ・ヴェスティンの元恋人。ルンド大学でエレクトロマグネティズムを勉強している。（10）

ベルトラン、フランソワーズ：アルジェリアの警察官。（6）

ヘルマン：ヴァランダーの後バイバ・リエパが付き合った男。リューベック出身のドイツ人エンジニア。リガの町の水道システムの改善事業に取り組んでいる。（10）

ベルンチウス、ステン：海軍高官。(11)

ベングトソン、アネッテ：イースタのハムヌガータンにある旅行会社で働く女性。(9⑤)

ベングトソン、エスキル：市民自警団のリーダー。ルーディングで運送業を営む。(6)

ベングトソン、マルガレータ：医者。(11)

ボイエ、クラース：マーティン・ボイエの弟。(7)

ボイエ、マーティン：ロールプレーの愛好家。シムリスハムヌ在住。(7)

ホーカンソン：ティネス・ファルクの隣人女性。未亡人。(8)

ホーカンソン：マルメのパトロール警官。(9①)

ホーカンソン、スヴェン＝エリック：海軍士官。(11)

ボーマン：イースタ市の検事。（10）

ボーマン、ユーラン：クリシャンスタの警察官。（1、9⑤）

ボーマン、ラース：県庁の会計監査官。故人。（4）

ボーマン、リンダ：〈納屋《ラーゴン》〉という名のディスコの店主。（9⑤）

ポールソン、スツーレ：ルンドのモルグの責任者。（8）

ポールソン、ヨハネス：レスタルプ教会の裏に住んでいた男。（10）

ホスロヴスキー、ヤーコヴ：村の変わり者。エルムホルトの北にあるストングシューン湖の近くの小屋に住む。（6）

ボタ、ピーク：南アフリカ共和国外務大臣。一九七七年から一九九三年在任。（3）

ボデーン、ブリッタ＝レーナ：フレーニングス銀行イースタ支店の窓口の女性。（1、5）

ホルゲソン：トンメリラのＩＣＡスーパーの客。（3）

ホルゲソン、リーサ：イースタ署署長。オットー・ビュルクの後任。スモーランドのイースタより大きな町からの転任。（5、6、7、8、10、11、12）

ボルストラップ：南アフリカの捜査官。（3）

ボルソン、ハリエット・ジェーン：タルサ出身。エリック・ヴェスティンの弟子。（10）

ボルソン、メアリー・ジェーン：ハリエット・ボルソンの姉。（10）

ボルマン、エーヴェルト：偽金づくり人。一九六〇年代に、偽造小切手を作成。（4）

ホルム：司令官。軍隊情報部（ＭＵＳＴ）勤務。（11）

ホルム、イングヴェ＝レオナルド：麻薬売人と疑われている。（9⑤）

ホルムグレン：クラーゲホルム地域の弁護士。（3）

ホルムグレン、ステン：密輸業者。スコーネの海岸で遺体を二体乗せたゴムボートを発見した。（2）

ホルムストルム：マルメの地域担当警察官。（7）

ホルムストルム、スツーレ：マルメの警察官。臨時にイースタ警察で働く。（5）

ホルムベリ、エーギル：マルメ県庁に四百万クローナの詐欺行為を働いたと疑われるストルファブ（STRUFAB）のコンサルタント。（4）

ホルムベリ、エミール：生物学の教師。副業で戸別訪問して百科事典を売って歩く。（9①）

ホルムベリ、ホーカン：鍵職人。古い昔の鍵のコピーを作っている。シューボーの街中《まちなか》に作業場を持つ。（10）

ホルムルンド：長年ヴァランダーの自動車を修理してきた自動車修理工場の主任。（8）

ホルンヴィグ、クラース：ホーカン・フォン＝エンケとステン・ノルドランダーが働いていた潜水艦の二等航海士だった男。（11）

ホレーン、アルツール：かつてローセンゴードでヴァランダーの部屋の隣人。引退した船員。（9①）

マーティンソン：イースタ署のヴァランダーの同僚。（1、2、3、4、5、6、7、8、9③、9⑤、10、11、12）

マーティンソン、アルビン：マーティンソンの兄。（10）

マーティンソン、ダーヴィッド＝リカルド：マーティンソンの息子。（1、7）

マーティンソン、テレース：マーティンソンの娘。ビーガンで、野外生物学研究グループに属する。（6、8、9⑤）

マーティンソン、マリア：マーティンソンの妻。（1、7）

マーラン、フランス：ボーア人。南アフリカ軍の情報機関で働く。（3）

マクスウェル、ロバート：イギリス人。出版社経営者。スペイン沿岸で船から落下。（4）

マグヌス：以前リンダが付き合っていた男の一人。（10）

マグヌソン、エリック：エレン・マグヌソンの息子。（1）

マグヌソン、エレン：薬局勤務。（1）

マグヌソン、クリスティーナ：イースタ署の警察官。（11）

マグヌソン、ツーレ：スクールップのスパルバンケン銀行の不動産部門の人間。レスタルプにある物件をあつかった。（10）

マグヌソン、ラーシュ：元ジャーナリスト。アルコール依存症者。イースタに住んでいる。

マルクス：セブランの元夫で子どもの父親。（10）

マルクスソン：ヘルシングボリのホテル・リンデンの元所有者。一九五三年にアルコール中毒の発作で死去。（4）

マルムストルム、アグネッタ：マルメ在住の病理学者。カール・マルムストルムの妻。（5、8）

マルムストルム、カール：マルメの小児科医。アグネッタ・マルムストルムの夫。（5、8）

マンシーノ、ルイーズ：オーストリアから来たパイロット。アルフレッド・ハーデルベリに雇用され、マルメに住む。（4）

マンデラ、ネルソン：南アフリカ初の黒人大統領。（3）

ミケリス：リガ警察の若い警察官。（2）

ミッヅツーエン、ホーヴァルド：ノルウェーの警察官。（10）

メドベリ、ビルギッタ：文化地理学者の女性。南スウェーデンの昔の道や小径を地図にする仕事をしている。(10)

メドベリ、ホーカン：ビルギッタ・メドベリのきょうだい。船員。(10)

メヒディ、ファリド・ベン：アルジェリア人テロリスト。(6)

メヒディ、ラヒド・ベン：ファリドのきょうだい。テロリスト。(6)

メランダー、ロベルト：スヴェンスタヴィーク教会管理事務所の所員。(6)

メルヴェ、ヴェルネル・ファン・デル：一九一八年、南アフリカでヘニング・クロッパー、ハンス・ドゥ・プレイスとともに後に『兄弟の絆《ブローダーボンド》』となる秘密結社を立ち上げた。(3)

モーゼス：ヤン・クラインの使用人。(3)

モーテンソン夫人：ルンドの文化博物館で働く女性。(6)

モリーン、ステファン：南部電力会社の技術責任者。（8）

モレル：マルメの盗品売買人。（3）

モンソン、クラース：ウステルレーンの店で押し込み強盗を働く。（1）

ヤコブソン：ホルムグレンとともに密輸をする。スコーネの海上で遺体を二体乗せたゴムボートを発見した。（2）

ヤッサール：セブランの住居の向かいの店の経営者。（10）

ヤルマーソン：元登記事務所役人。（3）

ユーランソン：医者。（7）

ユーランソン、ニルス：スヴェーダラにある機械工場でシフト制の下に働く男。（6）

ユッシ：ヴァランダーが飼っていた黒いラブラドール犬。テノール歌手のユッシ・ビュルリングから名前をとった。⑾
ユハネン：ディスコ〈エクソダス〉の経営者。スウェーデン北の果てのハパランダから来た男。（9⑤）
ユリア：ストックホルムの警察学校で、リンダが仲良くしていた友人の一人。ルンド出身。⑽
ユルゲン：一九四二年と四三年の十二月にルドヴィグ・ハンソンのところで働いたデンマークの若者。⑿
ユルゲンセン、ポール：デンマークのドラグーの漁師。⑶
ユルネ：検視医。（9①、9③）
ユルランダー：ノルウェーブラックポニーという種類の馬を所有する男。シャーロッテンルンド近くに住んでいる。以前はジャグラー。⑽

ユング、レナート：ホーシュフィヤルデンにおける潜水艦オペレーションの総司令官。（11）

ユングストルム：世界の海をヨットで航海した電気技師。（9①）

ユンソン、オーロフ：農業従事者。（4）

ユンソン、ニルス：ティネス・ファルクの死体を銀行のＡＴＭの前で二度目に見つけた男。（8）

ヨアンソン、アニタ：クラース・ヨアンソンと結婚後のアニタ・ヘスラーの新しい名前。（1）

ヨアンソン、クラース：アニタ・ヨアンソンの夫。不動産業者。（1）

ヨアンソン、マルガレータ：マチルダ・ランベリが暮らす施設の施設長。（9④）

ヨアンソン、レオナルド：一九六三年、マルメ市の南の海岸で頭を打撃されて発見された十七歳の少年。（9①）

ヨーアン：モナ・ヴァランダーの新しい恋人。（9⑤）

ヨルトベリ、マリア：ロルフ・ハーグのアシスタント。（7）

ヨルネル、ヴァンニャ：ビルギッタ・メドベリの娘。ハンス・ヨルネルの妻。（10）

ヨルネル、ティーラ：ヒューゴ・ヨルネルの妻。（10）

ヨルネル、ハンス：ヴァンニャ・ヨルネルの夫。リンハムヌの土砂運搬会社社長の息子。（10）

ヨルネル、ヒューゴ：ハンス・ヨルネルの父親。リンハムヌで土砂運搬会社を経営。ヴァランダーの母親がかつて彼の家で家事手伝い人として働いていた。（10）

ラーガーブラッド：イースタ市の救急車運転隊員。（8）

ラーゲ：グリーッツ群島のヴェッテスー島の住人。（7）

ラーゲルグレン、アニタ：マルメのスペシャルトラベル旅行会社で働く女性。（6）

ラーシュ：バルブロの夫。ヴァランダーの父親が住んでいた家を買った。（10）

ラースタム、オーケ：元エンジニア。現在イースタの郵便局で代用配達人をしている。（7）

ラースタム、ベーリット：失業中の社会福祉業界の人間。オーケ・ラースタムの姉。フレードリクスベリに住む。（7）

ラーセン：ノルウェー人。ポーランドからの帰路のフェリーボートでランダールの隣室にいた男。（8）

ラーセン、ウルリーク：コペンハーゲンでリンダを襲った男。デンマーク国教会の牧師。イェントフテ地区の教会牧師。（10）

ラーソン：マルメのセルシウスゴーデンにある移民逗留所の責任者。（1）

ラーソン：ヘルシングボリの警察官。（5）

ラーソン：ヴァルデマーシュヴィークの駆け出しの警察官。（7）

ラーソン、グンナール：六年間シーモン・ランベリの助手として働いた。（9④）

ラーソン、シーモン：イースタの元警察官。年金生活者。（12）

ラーソン、ジョセッペ：ウステルスンドの捜査官。ステファン・リンドマンの友人。（10）

ラーソン、〝ニッケン〟：イェーゲルスロー競馬場で高額の賭けをする者たちに金を貸す男。（1）

ラーソン、マリア：十六歳の少女。イースタの高層住宅の屋上から飛び降り自殺しようとする。（10）

ライラ：イストヴァン・ケチェメティのレストラン厨房で働く女性。（8）

ラヴェリ、トーマス：サッカーの選手。（5）

ラスムセン、シルヴィ：コペンハーゲンの娼婦。トルゲイル・ランゴースは顧客の一人。⑽

ラッケスタッド、トルビューン：リンダの最初のボーイフレンド。⑽

ラドワン、ハッサネイ：エジプトの警察官。⑼⑸

ラピン：殺人容疑者。⑵

ラミレズ：ペドロ・サンタナの隣人。⑸

ランゴース、アニカ：トルゲイル・ランゴースの姉妹。⑽

ランゴース、アントン・ヘルゲ：トルゲイル・ランゴースの父親。⑽

ランゴース、トルゲイル：レスタルプに家を買ったノルウェー人。エリック・ヴェスティンの弟子。⑽

ランゴース、ヘーゲ：トルゲイル・ランゴースのもう一人の姉妹。(10)

ランゴース、マイグリム：アントン・ヘルゲ・ランゴースの妻。ルーロス付近の小さな村の出身。(10)

ランダール、ハラルド：ヨーナス・ランダールの父親。(8)

ランダール、ヨーナス：ソニャ・フークベリのボーイフレンド。(8)

ランツ：イースタ自治体の役人を引退した老人。(5)

ランバート、エディソン：デモイン出身の若者。エリック・ヴェスティンの弟子。(10)

ランベリ、エリサベート：シーモン・ランベリの妻。(9④)

ランベリ、シーモン：イースタの町の写真家。(9④)

ランベリ、マチルダ：シーモンとエリサベート・ランベリの娘。障害者。施設で暮らしている。

（9④）

リー、キム・スン：トーステンソン法律事務所の清掃人。（4）

リーツ：ルンドのバーの管理人。（8）

リードベリ、エーヴェルト：イースタ署の警察官。ヴァランダーの最も親しい友人であり指導者でもある。（1、2、3、4、5、6、7、8、9②、9③、9⑤、10、11）

リエパ、カルリス：リガの警察官で中佐。（2）

リエパ、カルリス：カルリス・リエパ中佐の父親。息子と同名。引退した郵便局長。ヴェンツピルスに住んでいる。（2）

リエパ、バイバ：カルリス・リエパの妻。エンジニア。ヴァランダーと交際していたことがある。（2、3、4、5、6、7、8、10、11）

リコフ、ウラジミール：ロシア人犯罪者。一九八〇年代初頭からスウェーデンに住む。（3）

リコフ、タニア：ウラジミール・リコフの妻。（3）

リス、カッレ：サーフィン愛好者。金物屋で働く。ソニャ・フークベリの元ボーイフレンド。（8）

リチャードソン、クラーク：アメリカの警察官。ハリエット・ボルソンについての情報を提供してイースタ署に協力する。（10）

リッケ：管制塔の管制官。（9⑤）

リッテル：マルメの犯罪捜査官。（7）

リップマン、ヨーセフ：バイバ・リエパから頼まれてヴァランダーに連絡をとった男。（2）

リップマンソン、マリ：イースタに住む十六歳の少女。パン屋で働いている。（5）

リトヴィノフ：モスクワ警察の中佐。（2）

リリアン：ストックホルムの警察学校でのリンダの友人の一人。ストックホルムが嫌いな理由はスノーモービルがないため。（10）

リリエグレン、オーケ：ヘルシングボリの公認会計士。広範にわたる経済犯罪で知られる。ボースタ出身。（5）

リンデ、オーレグ：KGBの高官。オランダに政治亡命を求める。（11）

リンデル、ペーテル：違法賭博で暮らしている男。（9④）

リンデン、カタリーナ：ルイース・フォン＝エンケの友人女性。（11）

リンド、ジェニー：ハーデルベリの秘書の一人。（4）

リンドグレン、ユーラン：グスタフ・ヴェッテルステッドの家の近くに夏の家がある。（5）

リンドフェルト、アレクサンドラ：エルヴィア・リンドフェルトの娘。（8）

リンドフェルト、エルヴィア：ヴァランダーの交際相手を求める新聞広告に応えた女性。三十九歳。離婚者。運送会社で働いている。マルメに居住。子どもが二人いる。（8）

リンドフェルト、トビアス：エルヴィア・リンドフェルトの息子。（8）

リンドベリ、アミー：イースタのペットショップの火災の目撃者。（10）

リンドマン、ステファン：ヴェステルユートランド県のシンナからイースタ署に配属された新任警察官。（10、12）

リンマン、ニルス：建築作業員。（7）

ルーヴグレン、マリア：ヨハネス・ルーヴグレンの妻。過激な暴力を振るわれたのち、死に至る。（1）

ルーヴグレン、ヨハネス：レンナルプの自宅で殺された農業従事者。マリア・ルーヴグレンの夫。（1）

ルーヴストルム、ヒューゴ：エヴァ・ペルソンの父親。アルコール依存者。ヴェックシューに住む。（8）

ルーカス：ホーカン・ホルムベリに二つの古い鍵の複製を注文した男。（10）

ルートベリ、ヘルマン：ソニャ・フークベリの弁護士。（8）

ルーネ：レスタルプで自動車修理工場を営む。（10）

ルーフ、ヨハンナ・フォン：マルガレータ・オルソンの元々の名前。（10）

ルーンフェルト、ボー：ユスタ・ルーンフェルトの息子。アルヴィーカに住む。プライス・ウォーターズ社で会計検査官として働く。（6）

ルーンフェルト、ユスタ：花屋のオーナー。蘭愛好者。元私立探偵。（6）

ルイース：ステン・ヴィデーンの厩舎で働いていた娘。（1）

ルイース：スツーレ・ビュルクルンドの話によればスヴェードベリと関係を持っていたらしい女性。（7）

ルッデ、ヨーアン：七十六歳で死亡。レスタルプに妻と一緒に埋葬された農家の主人。（10）

ルッデ、リネア：ヨーアン・ルッデの妻。四十一歳で死亡。（10）

ルドヴィグ：リンダが以前付き合っていた男性。清掃局で働いている。（10）

ルドヴィグソン：ストックホルム警察の捜査官。（5）

ルンディン、アルツール：スリミンゲからの煙突掃除人。（1）

ルンディン、エンマ：イースタ病院の看護師。一時期ヴァランダーと関係を持つ。（9⑤）

ルンディン、ソニヤ：トーステンソン法律事務所の事務員。（4）

ルンディン、ルート：一時期ニルス・ストリズと険悪な状態なまま付き合った。（7）

ルンディン、ローゲル：馬の調教師ソフィアとの関係でのヴァランダーの偽名。（4）

ルンデン：マルメの警察官。（9①）

ルンドヴァル、ヤンネ：スツールップ空港主任管制官。（10）

ルンドクヴィスト：イースタに駐在する軍隊の大佐。（4）

ルンドストルム：アレクサンドラ・バティスタ＝ルンドストルムの前夫。（9①）

ルンドストルム、トーステン：シムリスハムヌの警察官。（4）

ルンドストルム、ハリー：ノルシュッピングの警察官。（7）

ルンドステッド、トーマス：マルメ県庁の会計監査課長。（4）

ルンドベリ、アンナ：エスキル・ルンドベリの妻。（11）

ルンドベリ、エスキル：グリーツ群島の南にあるボークウー島の漁師。（11）

ルンドベリ、エリック：エーデングレン夫婦が留守のときに家を管理していた男。（7）

ルンドベリ、カール＝エイナール：ヨーアン・ルンドベリの長男。性的暴行で訴えられたことがあるが、釈放された。（8）

ルンドベリ、ステン：ラーシュ・マグヌソンの同僚。ジャーナリスト。（5）

ルンドベリ、ニルス＝エーミル：ヨーアン・ルンドベリの末息子。マルメに住む。学校の警備員として働く。（8）

ルンドベリ、バルブロ：エリック・ルンドベリの妻。（7）

ルンドベリ、ヨーアン：タクシー運転手。運転席で襲われる。（8）

ルンドベリ夫人：イースタ警察署の庶務課の責任者。（10）

ルンナーヴァル、レーナ：ユスタ・ルーンフェルトの娘。既婚者。バスケットボールのコーチ。エスキルスツーナに住む。（6）

ルンネ、スティーグ：タクシー運転手。（8）

ルンルンド、スツーレ：ストックホルム警察麻薬捜査課の警察官。（2）

レアンダー、オーケ：ストックホルムの首相官邸の警備員。（11）

レーマン、マッツ：ハーゲスタ自然保護地区で殺害された遺体を発見する。（7）

レーマン、ロースマリー：マッツ・レーマンの妻。（7）

レグランド、ジャック：スー＝メアリー・レグランドのきょうだい。クリーヴランドで最も成功している不動産会社で働く。就労外時間に身分証明書などの偽造をしている。（10）

レグランド、スー＝メアリー：ジム・ジョーンズの精神的な家族関係。『自己実現マニュアル』を郵便による注文で販売する。エリック・ヴェスティンと数年一緒に暮らす。（10）

レグランド、リチャード：スー＝メアリー・レグランドの息子。（10）

レスタディウス、マリア：イースタ病院の医師。（3）

レディーン、マデレーヌ：ヨッテボリの若い芸術家。（5）

レヤ、ヤニス：イースタの海岸に流れ着いたゴムボートの中の遺体の一人。（2）

レンダル：ストックホルムの警察官。（9③）

ロヴェーン、バッティル：ストックホルムの警察官。暴力捜査課。（2、3）

ローゴード、ハンス：オーケ・リリエグレンの親しい友人の一人。（5）

ローサ：ポルトガル人の輸入業者と彼に仕えた黒人家政婦の間に生まれた娘。ティネス・ファ

ルクと関係をもつ。（8）

ロースルンド：マルメの警察官。（4）

ローマン：アヴァンカという会社を所有していた家族。臓器移植バッグを輸入していた。（4）

ローマン：マルメ警察の監視官でヴァランダーの上司。（9①）

ーランド、ティニー：一九七〇年代、ジンバブエ――当時の南ローデシア――でアルフレッド・ハーデルベリとともに銅と金の投機を行った。（4）

ロスクヴィスト、ハンス：警察学校でのリンダの級友の一人。現在エスキルスツーナ警察で働いている。（10）

ロスベリ、アイナ：セブランの隣人。セブランの息子のベビーシッターをときどき引き受ける。（10）

ロセル、スツーレ：スメーズトルプの集会所の警備員。（5）

V　ヴァランダーの地理的世界

凡　例
文中の（　）内の数字は作品番号

ヴァランダーが活躍する場所のほとんどは、いうまでもなく、実際に存在する。だが、場所によっては私が創り出したところもある。例えばレンナルプがそうだ。レンナルプは農家のヨハネス・ルーヴグレンと妻が残虐に殺された土地の名前である。他にも、例えば、実際にある場所でも、人がそこへ行ったりしないように、その場所の地図上の場所を変えているものもある。

以下、ヴァランダーの生活の上で、中心的な役割を果たす場所の名前を挙げてみる。

イースタ

イースタ警察署

ヴァランダーの世界の中心。しかし本の中ではイースタ署がどこにあるかは示されていない。

現実の世界ではイースタ署はクリシャンスタヴェーゲン五十一番地にあるのだが、そこが実際にクルト・ヴァランダーが毎朝行っていた場所かどうかは記されていない。

マリアガータン

「裂け目」（9②）で、クルト・ヴァランダーはマルメからイースタの町のはずれにあるマリアガータンに引っ越す。理由はモナが娘のリンダをマルメよりも小さい町で育てたいと願ったから。ヴァランダーはイースタでは警察官としてのキャリアは望めないと思うが、場所を変えるのもいいと思う。イースタの町近くのウスターレーン地方には父親も住んでいるからだ。『殺人者の顔』（1）でモナとクルトは別れる。彼と娘のリンダはマリアガータンのアパートに残る。ときどき田舎に家を買って移り住んで犬を飼うことを夢見るが、彼はこのアパートでずっと暮らしている。リンダは大人になってからもマリアガータンの父親のアパートで短期間一緒に暮らしたことがある。『霜の降りる前に』（10）と『手』（12）には、リンダがイースタ署で働きだす前に、一時期マリアガータンの父親のアパートに身を寄せていた様子が描かれている。

ホテル・コンティネンタル

ソーセージスタンドとかケバブの屋台以外にヴァランダーがよく利用したレストランがある。ホテル・コンティネンタルはスウェーデンで最も古いホテルで、ここのレストランでヴァランダーはよく食事をした。一八二九年に建てられたこの老舗ホテルには、実際に高名有名な客、例えばアウグスト・ストリンドベリ、ダグ・ハマーショルド、そしてパティー・スミスなども宿泊したことがある。二〇一二年の秋、パティー・スミスはイースタを訪れ、ホテル・コンティネンタルに逗留してヴァランダーの足跡を辿っている。

『殺人者の顔』（1）では、ヴァランダーは検事のアネッテ・ブロリンを誘ってコンティネンタルのレストランでサーモン料理を食べ、『リガの犬たち』（2）ではヴァランダーはロータリークラブのためにこのホテルで講演をしている。また、イースタ警察はここで毎年クリスマス・パーティーを開く。『笑う男』（4）では静かなところで仕事を効率的に進めるために、捜査班はコンティネンタルの二階の部屋を借りて捜査にあたる。『背後の足音』（7）では仮装した者たちが十九世紀の服装をしてこのホテルで仮装パーティーを開く。暴力行為を警戒してマーティンソンとアン＝ブリット・フーグルンドはウェイター姿で会場に入る。

『白い雌ライオン』（3）では、ヴァランダーは気が大きくなり、このホテルのレストランで一人食事をする。また、コノヴァレンコを追いかけていたヴァランダーは、ストックホルム近くのハルンダで、イースタのホテル・コンティネンタルのレストラン特製の灰皿を見つける。

イストヴァン・ケチェメティのピッツァリア

ヴァランダーは食事を作る元気がないときは、よくここで食べる。『白い雌ライオン』（3）で、リンダと彼はここに食べに行く。ハムヌガータンの通り沿いにある。

ケーキとコーヒーの店フリードルフ

ヴァランダーはケーキを買いに、またコーヒーを飲みに、頻繁にこの店に行く。『目くらましの道』（5）でハンソンは同僚たちのためにこの店でデニッシュをたくさん買ってくるが、その日はデニッシュにかかっている蜜と砂糖が溶けるほどの暑さで、ヴァランダーは気分が悪くなる。

コペンハーゲン

デンマークの首都コペンハーゲンはヴァランダーの世界では特別な位置を占める。コペンハーゲンとマルメの間を運行するフェリーボートの中でヴァランダーは初めてモナと出会う。これは『ピラミッド』（9①）以前のこと。同じく『ピラミッド』（9①）でヴァランダーは数回コペンハーゲンのバーやレストランで船員のイェスペルセンと会う。『殺人者の顔』（1）でヴァランダーはコペンハーゲンの王立オペラ劇場にオペラを聴きに行く。また『背後の足音』（7）ではスウェーデンの若者たちがコペンハーゲンの〈ホルムステッド衣装道具レンタル〉で仮装のための衣装を借りる。同巻の中で〝ルイース〟という人物がコペンハーゲンのアミーゴというクラブで見かけられるが、すぐに姿を消し警察の追跡から逃れてしまう。『霜の降りる前に』（10）ではヴァランダーらの捜索はコペンハーゲンのネーデルガーデ十二番地に住むフランス・ヴィグステンにまで及ぶ。リンダはヴィグステンに会って話を聞くためにコペンハーゲンまで出かけるが、その家に着いたとき、殴られて意識を失う。同じく『霜の降りる前に』(10)でリンダは十代のころ友人のアンナと一緒にコペンハーゲンに遊びに来たことを思い出す。

『苦悩する男』(11)ではリンダのパートナー、ハンス・フォン゠エンケはコペンハーゲンのルンデトーン界隈で働いている。同じ本の中で、リンダはコペンハーゲンの繁華街ストルーゲットでホーカン・フォン゠エンケを見かける。

スカーゲン

デンマークの海岸スカーゲンはヴァランダーが人生最高のときと最悪のときを過ごした場所だ。リンダが生まれたばかりのころ、ヴァランダーはモナとリンダと一緒にここで夏休みを過ごしている。『笑う男』(4)でヴァランダーはそのころが彼の人生の一番幸せな時期だったと述懐している。『殺人者の顔』(1)で、ヴァランダーはモナが家を出て行ったあとのクリスマス・シーズンをスカーゲンでひっそりと過ごして来し方行く末を考える。

一九九三年の夏から秋にかけて、『笑う男』(4)でヴァランダーは数回スカーゲンに逃避する。それは、『白い雌ライオン』(3)の中で二人の人間を捜査の過程で殺してしまった後に罹《かか》ったうつ病のためである。スカーゲンの海辺を歩きながら、自分は警察官を続けるべきかどうかを考える。このころの彼の精神状態は最悪で、あれほど好きだったオペラさえ聴けなかった。

だが、古い友人のステン・トーステンソンが訪ねてきたことがきっかけで職場に復帰する。『目くらましの道』（5）でヴァランダーはバイバ・リエパと一緒にスカーゲンに行く。その海岸で彼はバイバに求婚するが返事はノーだった。バイバの夫もまた警察官で、殉死している。ゆえにふたたび警察官と結婚するつもりはないという。

スカーゲンはまた、ヴァランダーの曾祖父が一八五一年に海難事故で死亡した場所からも近い。北西の強風が吹きつけ、乗っていた船が嵐に遭い、スカーゲン沖で沈没したのだった。

モスビー海岸《ストランド》とコーセベリヤ

モスビー海岸はヴァランダーが考えを整理するためにしばしば訪れる場所である。『苦悩する男』（11）の中でヴァランダーはこの海岸はある意味で自分の人生の中心軸であったと気がつく。モナが別れようと切り出したとき、彼はこの海岸に来てなんとかよりを戻そうと決心する。リンダがまだ幼かったときはこの海岸で遊んだ。リンダが『ファイアーウォール』（8）で警察学校に入ったと父に告げたのもまたこの海岸だった。また、リンダが父親に妊娠していることを伝えたのもモスビー海岸でだった。

『リガの犬たち』（2）では救命ボートがこのモスビー海岸に流れ着いた。中に背広姿の男性の遺体が二体横たわっていた。また『ピラミッド』（9⑤）では、この海岸に小型飛行機が墜落し炎上した。

モスビー海岸と地続きでバルト海に面する近隣の海岸にコーセベリヤ村があり、ヴァランダーはゆっくりしたいときにときどきこの村を訪れ、散歩したり、港で燻製の魚を買ったりする。その近くで巨石遺跡のあるアーレステーナルは、『殺人者の顔』（1）でヴァランダーが検事のアネッテ・ブロリンの歓心を買うため、アネッテ・ブロリンを誘って出かけた場所である。アネッテ・ブロリンの歓心を買うため、そしてモナと別れた後の寂しさを紛らわすためだった。一方ここは、ヴァランダーにとっては非常に苦しい経験をした場所でもある。『白い雌ライオン』（3）で彼はコーセベリヤで追跡をしていたロシア人のウラジミール・リコフを視界が真っ白でなにも見えない濃い霧の中でピストルを撃ち、殺害してしまったのだ。

リンダ・ヴァランダーもまた、友人のアンナの失踪について熟考するため、『霜の降りる前に』（10）でコーセベリヤの海岸に来た。

グリーツ群島

グリーツ群島はウステルユートランド県のコールモーデン付近の海の島々である。『苦悩する男』（11）でヴァランダーは最後のシーンでここにやってくる。また『背後の足音』（7）でもヴァランダーはこの群島にやってくる。すべてが終わった後、ここの島で事件を振り返る。郵便配達人ヴェスティンにまたぜひここに戻ってきてほしいと言われ、よく考えた後、ヴァランダーは以下のような心境になった。

ヴァランダーは自分が楽しんでいることに気づいた。なぜだろうと考え、答えを見つけた。だれも彼がいまどこにいるかを知らない。これほど自由になったことは、久しくなかった。

グリーツ群島はヴァランダー・シリーズ以外のヘニング・マンケルの作品、『イシドールのサーガ *Isidors saga*（未訳）』『深淵 *Djup*（未訳）』そして『イタリアン・シューズ *Italienska skor*（既訳）』でも重要な場所として登場する。

VI 地名索引

凡　例
末尾の（　）内の数字は作品番号

アムステルダム（Amsterdam）：エリサベス・カーレーンの居住地。（5）

アルヴィドショール（Arvidsjaur）：リンダのストックホルム警察学校時代の友人リリアンの出身地。（10）

アルヴェスタ（Alvesta）：マルクトラベルという旅行会社はここにあるバス会社を利用していた。（9④）

アルクースンド（Arkösund）：引退したウスターダール船長の昔の勤務地。（2）

アルルーヴにあるスメーズガータン九番地（Arlöv, Smedsgatan 9）：この住所にアレクサンドラ・バティスタが住んでいた。（9①）

イースタ（Ystad）：フレーニングスバンケン銀行でヨハネス・ルーヴグレンは大きな金額を引き出す。（1）

イースタ（Ystad）：ストックホルムの警察本庁からやってきたルドヴィグソンとハムレーンはホテル・セーケルゴーデンに宿泊する。他にもこのホテルに泊まったのは、ビルギッタ・

ツーン、ボー・ルンフェルト。（2、5、6）

イースタ（Ystad）：この町のクリシャンスタへ向かう道の始まり付近にペータースのテラスハウスがあり、そこはマーティンソンの家からも近い。（3）

イースタ（Ystad）：イースタの北東、トンメリラ方面でリコフが家を借りる。（3）

イースタ（Ystad）：西側から町に入る通りにある、海が見渡せる石造りの家にアン・ブリット＝フーグルンド一家が夫と二人の子どもと一緒に暮らしている。（4）

イースタ（Ystad）：シャーロッテンルンドへ向かう別れ道の下方にある舟着き場でビュルン・フレードマンは殺されていた。（5）

イースタ（Ystad）：イースタの西側、海のそばにグスタフ・ヴェッテルステッドが住んでいる。（5）

イースタ（Ystad）：ウステルポート・スコーランの近くの貸家にラーシュ・マグヌソンが住んでいる。（5）

イースタ（Ystad）：町の北側、フーゲスタとルーディンゲの間にホルゲ・エリクソンの家がある。土地の名前はアヴシルドヘッテン（遠隔地）。（6）

イースタ（Ystad）：ヴェーデルグレンド近くのカフェ、ベッカヘステンでヴァランダーはコーヒーを飲む。（7）

イースタ（Ystad）：イースタの町の郊外にある変電所は、スコーネ全体に電力を送り出す重要地点である。（8）

イースタ（Ystad）：イースタの町なかのマリアガータンからサンドスコーゲンまでの往復がヴァランダーの散歩。唯一の運動で、一週間に少なくとも四回は歩く。（8）

イースタ（Ystad）：ペットショップに押し入った者が鳥や小動物の入っているケージにガソリンを注ぎ、ライターで火をつけて姿を消す。（10）

イースタ（Ystad）：イースタの町なかにある教会の墓地にヴァランダーの父親は埋葬されている。（11）

イースタ、アウリンガータン（Ystad, Aulingatan）：フォルケッツパルケン公園のそば、スールブルンスヴェーゲンとの角で、警察はローベルト・モディーンが車の中にいるのを見つけた。（8）

イースタ、アウリンガータン（Ystad, Aulingatan）：アウリンガータンの角で、ヴァランダーは殴り倒される。（9④）

イースタ、アペルベリスガータン十番地（Ystad, Apelbergsgatan 10）：ティネス・ファルクはここの賃貸アパートの最上階に住んでいる。（8）

イースタ、アペルベリスガータン十番地（Ystad, Apelbergsgatan 10）：ここにヴァランダーが酔っ払って家までついて行った女性が住んでいる。（8）

イースタ、移民逗留所（Ystad, Flyktingmottagningen）：この施設の一部に何者かが火をつけた。たまたまヴァランダーはその場にいたので、すぐに消防に連絡した。（1）

イースタ、インドストリーガータン（Ystad, Industrigatan）：ヴァランダーは死体をのせた

救命ボートについての話をある男から聞くためにここへ出かける。（2）

イースタ、インドストリーガータン（Ystad, Industrigatan）：ここにヴァランダーが新たにプジョーの三〇六を買った中古車販売会社がある。（8）

イースタ、インドストリーガータン（Ystad, Industrigatan）：ここに国防省に協力している下請け会社ファブリシウスがある。（9⑤）

イースタ、インドストリーガータン（Ystad, Industrigatan）：アンナ・ヴェスティンはこの通りに住んでいる。（10）

イースタ、ヴェーデルグレンド七番地（Ystad, Vädergränd 7）：引退した銀行理事ブロー・スンデリウスが住んでいる。（7）

イースタ、ヴェストラ・ヴァルガータン（Ystad, Västra Vallgatan）：ここに花屋シンビアがある。（6）

イースタ、ウステル（Ystad, Öster）：イースタ東。ここにセブランが家を借りて住んでいる。

10）

イースタ、ウステルポート・トリィ広場（Ystad, Österportstorg）：ヴァランダーは娘のリンダとここで会う。（5）

イースタ、ウステルレーデン（Ystad, Österleden）：ヴァランダーはここのガソリンスタンドに寄り、夕刊を買う。また彼はここのソーセージスタンドでハンバーガーを買い、グリルバーでランチを食べる。（2、3、8）

イースタ、エークウッデン（Ystad, Ekudden）：イーヴァル・ピーラクが住んでいる老人施設。（12）

イースタ駅（Ystad, Järnvägsstationen）：ここにビュルン・フレードマンの死体が捨てられていた。（5）

イースタ、オーガータン（Ystad, Ågatan）：ここにラーシュ・バックマンが住んでいる。（9、4）

イースタ、小型船の係留港（Ystad, Småbåtshamnen）：ヴァランダーはここへよく散歩する。（7）

イースタ、サルトシューバーデン・ホテル（Ystad, Saltsjöbadens hotell）：このホテルでヴァランダーはモナと結婚記念写真をシーモン・ランベリに撮ってもらう。また、離婚してからヴァランダーはこのホテルで一人の女性に会い、彼女の家まで行く。（8、9④）

イースタ、サンタ・イェートルーズトリィ広場（Ystad, Sankta Gertruds torg）：シーモン・ランベリのフォトスタジオがここにある。（9④）

イースタ、サンタ・マリア教会（Ystad, Sankta Maria kyrka）：スヴェードベリはここに埋葬される。ヴァランダーは葬式に参列し、棺を担ぐのに加わる。アン＝ブリット・フーグルンドが弔辞を読む。また、この教会でティネス・ファルクは瞑想した。（7、8）

イースタ、シャーリングガータン十一番地（Ystad, Käringgatan 11）：この住所にティラ・オーロフソンが住んでいる。同じ通りにレーナ・ノルマンが両親と一緒に住んでいる。（7、9⑤）

イースタ、シューマンスガータン（Ystad, Sjömansgatan）：ここにあるピカピカの石造りの建物の中にトーステンソン法律事務所がある。またこの通りのスカンスグレンドとの角にシーヴ・エリクソンのオフィスがある。（4、8）

イースタ、シューリングスヴェーグ（Ystad, Körlings väg）：この通りにエヴァ・ヒルストルムが住んでいる。ロールプレーヤーの一人の若者の母親。（7）

イースタ、シルコゴーズガータン（Ystad, Kyrkogårdsgatan）：アン＝ブリット・フーグルンドとその夫の家で食事をした後、ヴァランダーはこの通りの建物の前で嘔吐する。（4）

イースタ、スールブルンスヴェーゲン（Ystad, Surbrunnsvägen）：ヴァランダーはここにある市の図書館へ行く。（7）

イースタ、スクラークヴェーゲン（Ystad, Skrakvägen）：この通りにオーロフ・ハンツェルが住んでいる。（6）

イースタ、スティールボーズゴンゲン（Ystad, Styrbordsgången）：グスタフ・ヴェッテルス

テッドの家の清掃人サラ・ビュルクルンドがここに住んでいる。（5）

イースタ、スティックガータン（Ystad, Stickgatan）：ヴァランダーはここによく駐車する。ドゥネール夫人はこの通りの二十六番地に住んでいる。（2、4）

イースタ、ストーラ・ウステルガータン（Ystad, Stora Östergatan）：ヴァランダーは有名なオペラのアリアのレコードを買いにこの通りまで出かける。また、ピルグレンドの近くの眼鏡屋に視力を測りに行った。この通りのビデオレンタル屋で映画のビデオを借りたこともある。（4、6、8）

イースタ、ストールトリエット（Ystad, Stortorget）：ヴァランダーはこの通りのケバブの店に食事に行く。（4）

イースタ、ストールトリエット（Ystad, Stortorget）：ヴァランダーはここにある歯科医にかかっている。また本屋も近くにあり、リンダのために家具に布を張る技術を説明する本を求める。（5、6、9④）

イースタ、ストールトリエット（Ystad, Stortorget）：リンダは動物の罠に足がはさまってけがをしたときセブランにこの広場の角にある中華料理の店でなにか買ってきてくれと頼む。ヴァランダーもときどきそこで食事をする。(7、10)

イースタ、スナップハネガータン(Ystad, Snapphanegatan):ここにソニャ・フークベリのボーイフレンド、ヨーナス・ランダールが家族と住んでいる。(8)

イースタ、スパニエンファーラレ・ガータン(Ystad, Spanienfararegatan):ヴァランダーはよくここを散歩する。(7)

イースタ、ティンメルマンスガータン(Ystad, Timmermansgatan):シモヴィック夫人は家の庭でヴァランダーが男を追いかけている姿を見た。(9④)

イースタ、ティンメルマンスガータン十二番地(Ystad, Timmermansgatan 12):グスタフ・トーステンソンの自宅の住所。(4)

イースタ、ドラゴンガータン(Ystad, Dragongatan):ここにイースタ病院で看護師をしているエンマ・ルンディンが住んでいる。ヴァランダーと関係を持っている女性。(9⑤)

イースタ、トラストヴェーゲン十二番地（Ystad, Trastvägen 12）：ここにフークベリ一家が住んでいる。（8）

イースタ、ニーヤ・シルコゴーデン（Ystad, Nya Kyrkogården）：クロノホルムスヴェーゲンにある墓地にリードベリが葬られている。（5）

イースタ、ノラ・エングガータン（Ystad, Norra Änggatan）：ここからヴァスガータンとアウリンガータンに沿ってヴァランダーはシーモン・ランベリのアトリエから出た男を追う。（9④）

イースタ、ハムヌガータン（Ystad, Hamngatan）：ヨハネス・ルーヴグレンはここのハンデルスバンケン銀行の貸金庫を借りていた。（1）

イースタ、ハムヌガータン（Ystad, Hamngatan）：この通りにアネッテ・ベングトソンが働く、エーベルハルズソン姉妹が旅行の切符を買う旅行会社がある。（9⑤）

イースタ、ハムヌカフェエット（Ystad, Hamncaféet）：リンダはこのカフェによくサンドウィッチと紅茶でくつろぎに出かける。（10）

イースタ、ハルペガータン（Ystad, Harpegatan）：蘭の愛好者ユスタ・ルーンフェルトはここに仕事場をもっている。（6）

イースタ、バンクガータン（Ystad, Bankgatan）：この通りにアニカ・カールマンが住んでいる。カタリナ・タクセルの知人である。（6）

イースタ病院（Ystad, Sjukhuset）：ヴァランダーの父親は泥の畑で徘徊しているのを見つけられ、病院へ搬送された。（1）

イースタ病院（Ystad, Sjukhuset）：ヴァランダーはここへ行って、検視医のムルトと話をする。またタクシー運転手のステンベリの話もここで聞いた。（2、9③）

イースタ病院（Ystad, Sjukhuset）：ヴァランダーはスヴェードベリのいとこで助産師のイルヴァ・ブリンクと話すためにこの病院の産科へ行った。看護師のふりをした女がここで助産師のイルヴァを殴り倒したという。ヴァランダーの孫のクラーラ・ヴァランダーは二〇〇七年八月三十日にこの病院で生まれた。（6、7、11）

イースタ病院（Ystad, Sjukhuset）：この病院でビルギッタ・メドベリの母親は仕事を得た。（10）

イースタ、ピルグリムスガータン（Ystad, Pilgrimsgatan）：ここで押し込み強盗があったと警察に連絡が来る。（9⑤）

イースタ、フォルクパルケン公園（Ystad, Folkparken）：ヴァランダーはリンダがまだ小さいころ、この公園によく行った。（10）

イースタ、フリードルフ菓子店（Ystad, Fridolfs konditori）：ヴァランダーはバスの乗り場のある広場に面したこの店でよくサンドウィッチや菓子パンを食べ、ミルクやコーヒーを飲んだ。ハンソンもここで同僚たちのためにデニッシュブレッドを買うことがある。（1、2、3、4、5）

イースタ、フレーニングスガータン（Ystad, Föreningsgatan）：ここに大工のニッセ・ストルムグレンが住んでいる。（3）

イースタ、ホテル・クングカール（Ystad, Hotell Kung Karl）：ここにユーラン・アレキサン

ダーソンが宿泊した。(9②)
イースタ、ホテル・コンティネンタル(Ystad, Hotell Continental):しばしばイースタ警察及びヴァランダーがここをクリスマス・パーティーその他の行事に利用する。ヴァランダーはアネッテ・ブロリンと一緒にサーモン料理をここで食べたこともある。(1、2、3、4、5)
イースタ、ホテル・コンティネンタル(Ystad, Hotell Continental):たどたどしいスウェーデン語を話す男がヴァランダーにホテルの筋向かいにあるピザハウスに来てくれと頼む。(2)
イースタ、ホテル・コンティネンタル(Ystad, Hotell Continental):〈イースタの仲間たち〉はここで十九世紀の仮装で会合を開く。(7)
イースタ、マリアガータン(Ystad, Mariagatan):この通りにヴァランダーは住んでいる。(1、2、3、4、5、6、7、8、9②、9③、9④、10、12)
イースタ、マリアガータン(Ystad, Mariagatan):ステン・ホルムグレンはポルトガルに移

り住む前まではここに住んでいた。（2）

イースタ、ミスンナヴェーゲン（Ystad, Missunnavägen）：駐車場のそばにあるATM近くでティネス・ファルクは遺体で発見された。（8）

イースタ、ムッレガータン（Ystad, Möllegatan）：リラ・ストランドガータンの角にエーベルハルズソン姉妹の手芸用品店がある。この通りにはまたリネア・グンネルが住んでいる。（9⑤）

イースタ、ユルゲンクラッベスヴェーグ（Ystad, Jörgen Krabbes Väg）：ティネス・ファルクの住むアペルベリスガータンから遠くない、このあたりにヴァランダーは車を停める。（8）

イースタ、ラヴェンデルヴェーゲン（Ystad, Lavendelvägen）：この通りにシーモン・ランベリが妻と住んでいる。店まではテニスガータン、マルガレータパルケン公園、スコッテガータン、クリシャンスタヴェーゲン、そして店のあるサンクタ・イェートルード広場という道順である。（9④）

イースタ、リラ・ノレガータン (Ystad, Lilla Norregatan)：スヴェードベリはここに住んでいた。(4、7)

イースタ、ルールブローサーレン (Ystad, Lurblåsaren)：ここでヴァランダーはよくランチを食べる。マーティンソン、バイバ・リエパとも一緒に来る。(1、3)

イースタ、ルンナーストルムス・トリィ広場 (Ystad, Runnerströms Torg)：ティネス・ファルクはこの近くで小さな屋根裏の物置を借りる。(8)

イースタ、レゲメントガータン (Ystad, Regementsgatan)：この通りにステン・トーステンソンの住居がある。(4)

イェーヴレ (Gävle)：ヴァランダーはリンダにイェーヴレのホテルで会い、同室で一泊する。クルトは初めて娘が一人前の大人の女性になったのだとわかる。(6)

イェーヴレ (Gävle)：イェーヴレのブリーネース地区のスードラ・フェルトフェーガータンに、傭兵を募集する広告を出したヨーアン・エクベリが住んでいる。(6)

イェムトランド（Jämtland）：ホルゲ・エリクソンはこの地のスヴェンスタヴィーク教会に寄付金を送っていた。（6）

イエメン（Jemen）：アン＝ブリット・フーグルンドの元夫がここに住んでいる。（8）

イェレレイエ、デンマーク（Gilleleje, Danmark）：北シェランドのペンションで、ヴァランダーは悪天候で閉じ込められ、クリスマスを一人そこで過ごすことになった。モナと別れた直後のことだった。（1）

イェントフテ、デンマーク（Gentofte, Danmark）：ウルリーク・ラーセンが牧師を務める教会があるところ。（10）

イギリス（England）：飛行士のアイルトン・マッケンナは一九八〇年以降イギリスに移住した。（9⑤）

イタリア（Italien）：リンダが休暇を過ごしに出かけた。（4）

イングシュー（Yngsjö）：ここはエレン・マグヌソンの出生地。（1）

ヴィスビー（Visby）：リンダは演劇講座を受講するため、ここへ行く。（5）

ウィニペグ、カナダ（Winnipeg, Kanada）：この地にルーヴグレン夫婦の長女が住んでいる。（1）

ヴィリエ教会（Villie Kyrka）：ここにルーヴグレン夫婦が埋葬された。（1）

ヴィンメルビー（Vimmerby）：アルフレッド・ハンソン、後のハーデルベリはこの村の出身。（4）

ウートウー（Utö）：フォン＝エンケ一家はハンスがまだ幼いころはこの島で毎年夏を過ごした。（11）

ウーランド（Öland）：ブリッタ＝レーナ・ボデーンはここへ旅行するつもりだった。が、ヴァランダーは捜査に協力してもらうため少し先延ばしにしてくれと頼んだ。（1）

ウーランド（Öland）：ヴァランダーはコノヴァレンコを追って、この島まで来る。車でウー

ランド橋を走る。（3）

ウーレスンド（Öresund）：コペンハーゲンからマルメまでウーレスンド海峡を渡る船の中でヴァランダーはモナと出会う。（9①）

ヴェーン湖（Ven）：バーティル・フォースダールはここへ高齢者の慰安旅行で行く。（4）

ヴェステルヴィーク（Västervik）：この町に入る手前で、ヴァランダーは一軒のカフェに入る。（7）

ヴェステロース（Västerås）：クルト・ストルムは母親を埋葬するためにここにやってくる。（4）

ヴェステロース（Västerås）：カーリン・ベングトソンは、グスタフ・ヴェッテルステッドにこの町でファッションブティックを開かせてやる、その代わりなにも喋るなと言われ、そう約束をする。（5）

ヴェストマンランド（Västmanland）：オットー・ビュルクはこの地の出身者である。（1）

ヴェックシュー（Växjö）：この町とヴィスランダの間にエヴァ・ペルソンの父親ヒューゴ・ルーヴストルムが住んでいる。（8）

ヴェトナム（Vietnam）：カーターはヴェトナム戦争時、アメリカ軍の兵士だった。（8）

ヴェドベーク（Vedbæk）：デンマーク人のアンデルセンは偽りの住所を言う。（8）

ヴェルウードブルグ、南アフリカ（Verwoerdburg, Sydafrika）：ヴィクトール・マバシャの父親がここで働いていた。ヨハネスブルグの北東にあるダイアモンド鉱山。（3）

ヴェルナモ（Värnamo）：ここに一人の弁護士が住んでいる。彼は爆発で壊された家の代理人で、その家の焼跡から黒い指が一本見つかる。（3）

ヴェンツピルス、ラトヴィア（Ventspils, Lettland）：ここにカルリス・リエパ中佐の父親のカルリス・リエパが住んでいる。（2）

ヴォルシュー（Vollsjö）：爆発で壊された家の共同所有者であるアルフレッド・ハンソンがこ

フォン＝エンケ家の家族の墓に埋葬される。（11）

ウステルレーン（Österlen）：アンナの母親ヘンリエッタ・ヴェスティンはここに住んでいる。（10）

ウステルレーン、リラ・ヴィーク（Österlen, Lilla vik）：このゴルフ場のレストランでリンダとヴァランダーはランチを食べる。（1）

ウプサラ（Uppsala）：この町にグスタフ・ヴェッテルステッドの娘が住んでいる。（5）

ウプサラ（Uppsala）：ティネス・ファルクはウプサラ大学で学んだ。（8）

ウムタタ、南アフリカ（Umtata, Sydafrika）：ヴィクトール・マバシャはここからソウェトまでバスに乗る。（3）

ウムランガ・ロックス、南アフリカ（Umilanga Rocks, Sydafrika）：ここの海岸の小さな魚料理の店でヤン・クラインとフランス・マーランは食事をする。（3）

された。その中にアンナ・アンデルが含まれていた。（6）

エルムフルト（**Älmhult**）：ヴィクトール・マバシャはスコーネから逃げる途中ここで給油する。（3）

エルムフルト（**Älmhult**）：ここにアン＝ブリット・フーグルンドの祖母が住んでいる。また、ステン・フォースフェルト捜査官のサマーハウスがここにある。（5）

エルムフルト（**Älmhult**）：ユスタ・ルーンフェルトの妻はストングシューン湖で氷の割れ目に落ちて死ぬ。ヴァランダーは状況を調べるために現場へ行く。（6）

エルムフルト（**Älmhult**）：ビルギッタ・メドベリはここで子ども時代を過ごした。（10）

エルムフルト、イケア（**Älmhult, IKEA**）：ここでヴァランダーはランチを食べる。（11）

エンゲルホルム（**Ängelholm**）：フォセル夫人は引退前にここの高校で教える。（2）

エンゲルホルム（**Ängelholm**）：アン＝ブリット・フーグルンドはここに来てラース・ボーマ

オーフース（Åhus）：アニタ・ハスラーの息子ステーファンはここに住んでいる。（1）

オーフース（Åhus）：ヴァランダーはここでクリシャンスタから来たエレンという名前の作業療法士に会う。（2）

オメルツ、アフリカ（Omerutu, Afrika）：傭兵のハロルド・ベリグレンはここにやってくる。（6）

オラニエンブルク、ドイツ（Oranienburg, Tyskland）：ベルリンの近くのこの地でヴァランダーはイサベルという名前の女性とホテル・クロンホフで一晩過ごす。（11）

オンゲ（Ånge）：ここでメルセデス・ベンツ社製の黒いバスが一台盗まれる。（8）

オンス・フープ、ボツワナ（Ons Hoop, Botswana）：ここにある軍事基地にデクラーク大統領がやってくる。（3）

カイロ（Kairo）：ヴァランダーはエジプトに出かけ、ピラミッドに登ろうとして捕まった父親を留置所から出すために奔走する。（9⑤）

カイロ (Kairo)：ここのメナハウスというホテルにヴァランダーの父親はチェックインしていた。(9)(5)

カデシュー (Kadesjö)：リンダとヴァランダーはここに出かけて森の中を散歩しながら話をする。(10)

カナダ (Kanada)：不動産会社ホーシャム・ホールディングス社はカナダにある。(4)

カナリア諸島 (Kanarieöarna)：モナとリンダ母娘は一緒にここで休暇を過ごす。(9)(3)

カナリア諸島、ラス・パルマス (Kanarieöarna, Las Palmas)：スティーグ・グスタフソンはここで休暇を過ごしに出かける。(3)

カナリア諸島、ラス・パルマス (Kanarieöarna, Las Palmas)：リンダは父親に仕返しをするためにボーイフレンドのティミーとクリスマス時にここへ出かける。(10)

カラカス (Caracas)：エリック・ヴェスティンは人民寺院から逃げ出したときに隠しておい

たパスポートと現金を取りに行った。(10)

カリブ (Karibien):ヴァランダーが疾病休暇をとって過ごした場所。(4)

カリフォルニア州 (Kalifornien):ヴェトナム戦争従軍の後、カーターはこの地に移り住む。(8)

カリフォルニア州 (Kalifornien):ジム・ウォレン・ジョーンズは人民寺院の教徒たちを率いてガイアナに向かう。(10)

カルマール、ヘンマンスヴェーゲン十四番地 (Kalmar, Hemmansvägen 14):コノヴァレンコの最後の隠れ場所。(3)

キエフ (Kiev):コノヴァレンコが子ども時代を過ごしたところ。(3)

ギリシャ (Grekland):リンダは元カレのルドヴィグと一緒にギリシャで休暇を過ごす。(10)

キンバリー、南アフリカ (Kimberley, Sydafrika):ここのダイアモンド鉱山でヴィクトー

ル・マバシャの父親は働いた。（3）

キンバリー、南アフリカ（Kimberley, Sydafrika）：南アフリカの秘密情報機関で働くピーター・ファン・ヘーデンはここで育った。（3）

クニックアルプ（Knickarp）：ステファン・リンドマンはここに簡素な家を建てた。（10）

クラーグスハムヌ、メイラムスヴェーゲン二十三番地（Klagshamn, Mejramsvägen 23）：ここにラース・ボーマンが住んでいた。（4）

クラーゲホルム（Krageholm）：クラーゲホルムとヴォルシューの間にルイース・オーケルブロムが下見に行く予定だった家があった。そこに着く前に彼女は殺された。（3）

クラーゲホルム湖（Krageholmssjön）：ここでエウフェン・ブロムベリの遺体が見つかった。（6）

グラードサックス（Gladsax）：アニタ・ハスラーがここに住んでいる。（1）

クリーヴランド、オハイオ州（Cleveland, Ohio）：スー＝メアリー・レグランドはこの町のマディソン千二十四番地に住む。のちエリック・ヴェスティンと一緒にミドルバーグ・ハイツに引っ越す。（10）

クリーヴランド、オハイオ州（Cleveland, Ohio）：ここでエリック・ヴェスティンは路上生活をしていたトルゲイル・ランゴースを拾い、仕事を手伝わせ、後継者に仕立てる。（10）

グリーツ群島（Gryts Skärgård）：ウスターダール船長はここで十年間通関の警備船の仕事をした。（2）

グリーツ群島の〝青い礁〟（Gryts skärgård, Blåskär）：ホーカン・フォン＝エンケはこの島に隠れていた。（11）

グリーツ群島のハンマルシェール島（Gryts skärgård, Hammarskär）：レナート・ヴェスティンはここにヴァランダーを案内する。（7）

グリーツ群島のフィールウッデン（Gryts skärgård, Fyrudden）：ヴァランダーはここで郵便配達人のレナート・ヴェスティンに出会う。またこの島にはエスキル・ルンドベリのボート

人に子どもを産ませている。（1）

クリシャンスタ（Kristianstad）：一九五一年三月九日アニタ・ヘスラーは病院で男の子を産んだ。（1）

クリシャンスタ（Kristianstad）：あるアパートに入ったとき、ヴァランダーはそこの壁に自分の父親の絵が掛けられているのを発見した。（4）

クリシャンスタ、クローカルプスガータン（Kristianstad, Krokarpsgatan）：ここでマルガレータ・ヴェランダーは〈ディー・ヴェッレ〉という美容院を経営していた。（1）

グリミンゲヒュース（Glimmingehus）：アネッテ・ブロリンとヴァランダーは一緒にこの城に観光にきた。リンダが小さいころもヴァランダーはよくリンダと一緒にこの城に来た。（1、11）

グリミンゲヒュース（Glimmingehus）：クルト・ストルムはグリミンゲヒュース城近くの小さな農家に住んでいる。（4）

クルーガーパーク、南アフリカ（Krugerparken, Sydafrika）：ジョージ・シパースとその妻は休暇でここへ行く。またティネス・ファルクも同じくクルーガーパークへ行く。（3、8）

グロトン、コネティカット（Groton, Connecticut）：スティーヴン・アトキンスはここの海軍基地に勤務していた。（11）

ケープタウン（Kapstaden）：高い丘のシグナルヒルからシコシ・ツィキは射撃しようとしていた。（3）

ケープタウン（Kapstaden）：ケープタウンの白人だけが住む町の外側に黒人居住区域ランガがあり、そこでファン・ヘーデンは初めて南アフリカで黒人が白人と切り離され、差別されているとわかる。（3）

ケープタウン（Kapstaden）：一九三〇年代、オールフ・ベッスムはここで捕鯨船を降りた。（10）

ケープタウン、グリーンポイント・スタジウム（Kapstaden, Green Point Stadium）：ここでネルソン・マンデラは一九九二年六月十二日演説することになっていた。（3）

ケープタウン、トラファルガーパーク（Kapstaden, Trafalgar parken）：ここでシコシ・ツィキは一晩野宿した。（3）

ケープタウン、ロベン島（Kapstaden, Robben Island）：この島にネルソン・マンデラは投獄されていた。（3）

ケニヤ（Kenya）：リンダのボーイ・フレンド、ヘルマン・ムボヤは休暇中ここへ帰郷をする。（1）

コーセベリヤ（Kåseberga）：ヴァランダーは考えるために、また燻製の魚を買うために、そして海を見渡すためにときどきここにやってくる。（2、3、4）

コーセベリヤ（Kåseberga）：リンダは車でここに来て、しばらく港に留まる。（10）

ゴットランド（Gotland）：リンダは友人のカイサと一緒にこの島で開かれた演劇ワークショップに参加した。（5）

害した男の一人はハル刑務所から脱出し刑務所の車を使ってここカストルップ空港へ行き、車を乗り捨てる。（2）

コペンハーゲン、**カストルップ空港**（**Köpenhamn, Kastrup**）：スティーグ・グスタフソンはラス・パルマスから戻ったときこの空港に到着した。（3）

コペンハーゲン、**カストルップ空港**（**Köpenhamn, Kastrup**）：スティーヴン・アトキンスはここのヒルトンホテルに滞在する。（11）

コペンハーゲン、**ストルーゲット**（**Köpenhamn, Ströget**）：ここでリンダ・ヴァランダーはホーカン・フォン＝エンケを見かける。（11）

コペンハーゲン、**ニーハヴン**（**Köpenhamn, Nyhavn**）：イェスペルセンとヴァランダーはこのアンネ＝ビルテの店へ行き、ムール貝を食べる。（9①）

コペンハーゲン、**ネーデルガーデ十二番地**（**Köpenhamn, Nedergade 12**）：トルゲイル・ランゴースの住所。フランス・ヴィグステンのアパートにもぐり込んでいる。（10）

コペンハーゲン、ルンデトーン（Köpenhamn, Rundetårn）：この地区でハンス・フォン＝エンケが働いている。（11）

サンチァゴ・デ・ロス・トリエンタ・カバレロス、ドミニカ共和国（Santiago de los Treinta Caballeros, Dominikanska Republiken）：サンチァゴ・アポストルでペドロは娘のドロレス・マリア・サンタナに洗礼を受けさせる。（5）

サンチァゴ・デ・ロス・トリエンタ・カバレロス、ドミニカ共和国（Santiago de los Treinta Caballeros, Dominikanska Republiken）：プラザ・デ・クルトゥーラでペドロはドロレスに会う。（5）

サンチァゴ・デ・ロス・トリエンタ・カバレロス、ドミニカ共和国（Santiago de los Treinta Caballeros, Dominikanska Republiken）：この町の一番大きな通りカレ・デル・ソルでファン・サンタナとペドロ・サンタナは互いを見失う。二人はパルク・ドウアルテ公園で野宿する。（5）

サンディエゴ、カリフォルニア州（San Diego, Kalifornien）：この町の郊外にあるポイント・ロマにスティーヴン・アトキンスが住んでいる。（11）

サンドヴィーケン（Sandviken）：リンダの友達カイサの出身地。（5）

サンドスコーゲン（Sandskogen）：ヴァランダーはサンドスコーゲンに点在するサマーハウスに立てこもった強かん魔を逮捕するために出動する。（2）

サンドスコーゲン（Sandskogen）：ペータースとノレーンは裸の男が建物を壊しているとの通報を受ける。（3）

サンドスコーゲン（Sandskogen）：ここでグスタフ・ヴェッテルステッドの遺体が見つかる。（5）

サンドスコーゲン、スヴァルタヴェーゲン十二番地（Sandskogen, Svarta vägen 12）：ここにクルト・ストルムの赤い小さな家がある。（4）

サンドハンマレン（Sandhammaren）：ここにウスターダール船長が住んでいる。またここにエリック・ヴェスティンは本部を設置する。（2、10）

シーエン、ノルウェー（Skien, Norge）：ルーヴグレンの末娘はここに行くハンドボールチームの一員である。（1）

ジェノア（Genua）：アルフレッド・ハーデルベリがここにプラスティック製造会社を持っていた。（4）

シェンニング、ウステルユートランド（Skänninge, Östergötland）：リネア・グンネルはこの出身。（9⑤）

シフィノウイシチェ、ポーランド（Swinoujscie, Polen）：この町からランダールはフェリーでポーランドからイースタへ向かう。（8）

シャーロッテンルンド（Charlottenlund）：この地の近くに以前サーカスでジャグラーをしていたユルランダーが住んでいた。ユルランダーはアンナ・ヴェスティンとビルギッタ・メドベリが乗っていたノルウェーブラックポニーの持ち主でもある。（10）

シャーロッテンルンド城（Charlottenlunds slott）：ヴァランダー親子は白鳥が燃えているのを見たとの通報を確認するため、この城のところで角を曲がる。（10）

シュッピンゲブロー（Köpingebro）：マーリン・スカンデールとトルビューン・ヴェルネルはここで結婚式を挙げる。（7）

ジュネーヴ（Genève）：アルフレッド・ハーデルベリが回る仕事先の一つ。（4）

ジョージスタウン、アンゴラ（Georgestown, Angola）：カーターと彼の先輩ウィットフィールドはこの地の小さなレストランで会う。（8）

ジョーンズタウン、ガイアナ（Jonestown, Guyana）：教祖ジム・ウォレン・ジョーンズはカルト教団人民寺院の信者たちをここに連れていく。その中にエリック・ヴェスティンも含まれていた。（10）

シムリスハムヌ（Simrishamn）：ヴァランダーはこの町のレストラン、ハムヌクローゲンで昼食をとり、静かに考えようとする。また彼はヨハネス・ルーヴグレンの婚外子を探しに出かける前にユーラン・ボーマンとホテル・スヴェアで落ち合う。（1、5）

シムリスハムヌ（Simrishamn）：ブリッタ＝レーナ・ボデーンは休暇中両親に会いにこの町にやってくる。（1）

シムリスハムヌ（Simrishamn）：ウスタ－ダ－ル船長は引退前にこの町に引っ越してくる。マーティン・ボイエはここに住んでいる。同じくシーヴ・エリクソンの母親もこの町に住んでいる。（2、7、8）

シムリスハムヌ（Simrishamn）：この地のカフェでヴァランダーはステン・ヴィデーンのところで働く娘ソフィアと会う。（4）

シムリスハムヌ（Simrishamn）：国営酒店でヴァランダーの父親は喧嘩し、警察に連行される。（4）

シムリスハムヌ（Simrishamn）：この町の北側で引退した警察官のシーモン・ラーソンはリンゴの木を栽培している。（12）

シンナ（Kinna）：ステファン・リンドマンの出生地。（10）

スヴァルテ（Svarte）：ここに密輸業者ヤコブソンが住んでいる。また、オッレ・アンダーソンの家がここにある。アグネス・エーンはここで夏の間過ごす。（2、8、9③）

スヴァルテ（Svarte）：アン＝ブリット・フーグルンドの出生地。（4）

スヴァルテ（Svarte）：十四歳の少年二人が理由もなく十二歳の男の子をいたぶり死に至らしめる。（7）

スヴァルテ（Svarte）：アレキサンダーソンは数日続けてタクシーでこの村に通った。（9③）

スヴァルテ（Svarte）：ヴァランダーはここに家を買うが、売り手が取引をやめてしまう。（10）

スヴァンネホルム（Svaneholm）：スヴァンネホルムとスリンミンゲの間でペータースとノレーンは酔っ払い運転のヴァランダーを見つける。（1）

スヴァンネホルム（Svaneholm）：ローベルト・オーケブロムは妻のルイースが一軒の家の下見をするためにスヴァンネホルムからブロッダへの道を通ったと思っていた。だが、彼女は突然行方不明になる。（3）

スカーゲン（Skagen）：ヴァランダーは一九九三年の夏と秋、数回ここを訪れ、長い浜辺を散歩する。ひどい鬱《うつ》状態だった。ここのアート・ミュージアムでステン・トーステンソンと会う。（4、7、11）

スカーゲン（Skagen）：ヴァランダーとバイバは一緒にここにやってくる。またそれよりずっと前にヴァランダーは元妻のモナともここに来ている。（5、6、9①）

スクールップ（Skurup）：移民逗留所は閉鎖された古い牧師館内にある。（1）

スクールップ（Skurup）：ピザ・レストランでヴァランダーと父親は昼食に茹でたタラを食べる。（2）

スクールップ（Skurup）：ビルギッタ・メドベリはこの地の共同住宅に移り住む。またスクールップにはヴァンニャ・ヨルネルが住んでいる。（10）

スコーネ・トラーノス（Skåne Tranås）：ヴァランダーはこの地で車を停め、コーヒーとチーズサンドを注文する。（4）

スタファンストルプ（Staffanstorp）：ここと ヴェーベルードの間に、ヴァルフリド・ストルムは輸入車用の倉庫をもっていた。（1）
スタファンストルプ（Staffanstorp）：ヴァルフリド・ストルムは環状交差点でコンクリート柱に激突した。（1）
スタファンストルプ（Staffanstorp）：モナはここに住む両親に会いに行った。（9①）
スツールップ（Sturup）：ヴァランダーはモナとリンダをここの空港まで送る。また彼はブリッタ＝レーナ・ボデーンをここへ送ったこともある。（1、9③）
スツールップ（Sturup）：スヴェードベリはここに来て、気象予報官と話をする。別のとき、管制官たちはモスビー海岸に小型飛行機が墜落した知らせをここで受けた。（2、9⑤）
スツールップ（Sturup）：ハーデルベリ所有のジェット機はここに常時待機している。別のとき警察本庁のハンス・アルフレッドソンはこの空港に降り立つ。（4、8）

スツールップ（Sturup）：ここでビュルン・フレードマンの乗り捨てられたバンが見つかる。また長期用駐車場でエリック・ヴェスティンとトルゲイル・ランゴースは青色のサーブを盗む。（5、10）

ステンスフーヴド（Stenshuvud）：リンダがまだ十代のころ、ヴァランダーはこの自然公園へ一緒に行った。（11）

ストックホルム（Stockholm）：ヴァランダーはリンダをストックホルムに訪ねる。ノルドカープで休暇を二人で過ごす前に。（1）

ストックホルム（Stockholm）：リンダはストックホルムに住んでいる。ハンス・ローゴードの息子も同様。（5）

ストックホルム（Stockholm）：カイサ・ステンホルムはここで代替検事として働く。（9③）

ストックホルム、ヴァーサガータン（Stockholm, Vasagatan）：ここにあるホテル・セントラルにヴァランダーは何度か宿泊したことがある。（2、3）

ストックホルム、ヴェストベリヤ（Stockholm, Västberga）：ここにもユーラン・アレキサンダーソンはエレクトロニクスの店を構えている。（9③）
ストックホルム、ウスターロングガータン（Stockholm, Österlånggatan）：アルネ・カールマンは旧市街のこの通りにギャラリー兼額縁屋を開く。（5）
ストックホルム、ウステルマルムストリィ（Stockholm, Östermalmstorg）：コノヴァエンコはタクシーでここまできて、別のタクシーに乗り換えてスーデルマルムへ向かった。（3）
ストックホルム、オースーガータン（Stockholm, Åsögatan）：ここにユーラン・アレキサンダーソンが住んでいた。（9③）
ストックホルム、オーデンプラン（Stockholm, Odenplan）：ティネス・ファルクは以前ここに住んでいた。（8）
ストックホルム、ガムラスタン（Stockholm, Gamla Stan）：ヴァランダーはリガへ旅立つ前に、リンダとこの街で食事をする。（2）

ストックホルム、グレーヴガータン（Stockholm, Grevgatan）：ここにフォン＝エンケ夫妻のアパートメントがある。ここからフォン＝エンケは毎朝ヴァルハラヴェーゲン、リリヤンスコーゲンの森、スツーレガータン、カーラヴェーゲンそして自宅というコースで散歩していた。（11）

ストックホルム、クングストレーゴーデン公園（Stockholm, Kungsträdgården）：ここでマリアンヌはティネス・ファルクに別れを告げる。（8）

ストックホルム、クングスホルメン（Stockholm, Kungsholmen）：リンダはここに友人と一緒に又借りしたアパートに住んでいた。（9④）

ストックホルム、警察学校（Stockholm, Polishögskolan）：ここでリンダは学んだ。（10）

ストックホルム、サバツベリ病院（Stockholm, Sabbatsbergs sjukhus）：この病院でマリアンヌ・ファルクは初めて看護師として働き始めた。（8）

ストックホルム、シェルトープ（Stockholm, Kärrtorp）：ヴァランダーの姉クリスティーナの住んでいる通りの名前。（5）

ストックホルム、スポンガ（Stockholm, Spånga）：マリアンヌ・ファルクが住んでいた地区。（8）

ストックホルム、テービー競馬場（Stockholm, Täby Galopp）：アルネ・カールマンとグスタフ・ヴェッテルステッドはここで警察の奇襲の対象となった。（5）

ストックホルム、ドゥフボ（Stockholm, Duvbo）：銀行強盗を働いてから、コノヴァレンコは地下鉄でハルンダの住処まで戻る。（3）

ストックホルム、ドロットニングガータン（Stockholm, Drottninggatan）：ティネス・ファルクの妻マリアンヌは彼が第三世界支援のための抗議デモに加わって歩いているのを見つける。（8）

ストックホルム、ノラバントリエット（Stockholm, Norra Bantorget）：ここのバスストップからオーストリア行きのバスが出る。シーモン・ランベリはそのバスに乗った。（9④）

ストックホルム、ノルツル（Stockholm, Norrtull）：ここにユーラン・アレキサンダーソンはエレクトロニクス関係の店を構えている。（9③）

ストックホルム、フレンチ・スクール（Stockholm, Franska Skolan）：ルイース・フォン＝エンケはここでドイツ語を教えていた。（11）

ストックホルム、ブロンマ（Stockholm, Bromma）：リンダは市民高等学校に通っていたころ、ここに部屋を借りて住んでいた。（3）

ストックホルム、ベリィスガータン（Stockholm, Bergsgatan）：ストックホルム警察本部の所在地。（11）

ストックホルム、ホーンスガータン（Stockholm, Hornsgatan）：警察学校卒業パーティーのために、リンダのクラスはここにある会場を予約した。（10）

ストックホルム、ヤーデット（Stockholm, Gärdet）：ヴァランダーの姉クリスティーナは夫と十八歳の息子と一緒にここに住んでいる。（10）

ストックホルム、ヤーフェラ（Stockholm, Järfälla）：コノヴァレンコとタニアは臨時にここのアパートを借りて住む。（3）

ストックホルム、レストラン・クングスホルメン（Stockholm, Restaurang Kungsholmen）：リンダはかつてここで働いた。（7）

ストックホルム、ローセンバード（Stockholm, Rosenbad）：ここにある内閣府の建物でオーケ・レアンダーは警備員の職についていた。（11）

ストックホルム、ロングホルメン（Stockholm, Långholmen）：一九六〇年代の末頃、アルネ・カールマンはここの刑務所に入っていた。（5）

ストルムスンド（Strömsund）：ヨハネス・ルーヴグレンの婚外子を産んだ可能性のある五人の女性のうちの一人がここに住んでいる。（1）

スネックヴァルプ（Snäckvarp）：全長六メートルのプラスティックボートがここで盗まれた。（7）

スノーゲホルム城（Snogeholms Slott）：ヴァランダーとユーラン・ボーマンはここで開かれた東欧諸国の麻薬密輸ルートについての会議で会う。（1）

スルヴェスボリ（Sölvesborg）：ヴァランダーとユーラン・ボーマンはニルス・ヴェランダーと話をするためにここへ行く。（1）

スルヴェスボリ（Sölvesborg）：この町の北でミンクを農家から逃した罪でティネス・ファルクは逮捕された。（8）

スンズヴァル（Sundsvall）：リンダの警察学校時代のベストフレンド、マティアス・オルソンの出身地。（10）

ソウェト（Soweto）：ヨハネスブルグに向かう自動車道路の出口でヴィクトール・マバシャはヤン・クラインからのメッセージを伝える使者を待っていた。（3）

ソウェト（Soweto）：ヴィクトール・マバシャはオーランド・ウェスト中学校の前ですべての教育がボーア語で行われることに抗議する集会に巻き込まれる。（3）

ソレンチューナ（Sollentuna）：リンダはストックホルムで警察学校に入る前ここに住んでいた。その後、警察学校の学生寮に引っ越した。（10）

タイ（Thailand）：疾病休暇中、ヴァランダーはタイへ三週間旅行する。（4）

タイ（Thailand）：レスタルプで自動車修理工場を営むルーネは休暇でタイへ行く。警察官ウンデルシュルドも同様。（10）

ダル・アジザ、アルジェリア（Dar Aziza, Algeriet）：修道女たちを襲う四人のイスラム教徒が集合した場所。（6）

チェコスロヴァキア（Tjeckoslovakien）：ローター・クラフチックとアンドレアス・ハアスの出身国。（1）

ティールサンド（Tylösand）：ユーラン・ボーマンとヴァランダーはここで開かれた研修会に出席して出会う。（1）

ティングスリド（Tingsryd）：ロンネビーへ行く途中、ヴァランダーはここでヘラジカと衝突しそうになる。（3）

デーゲベリヤ（Degeberga）：ここの伝統的レストラン、イェフィーヴァレゴーデンでリードベリとヴァランダーは食事をした。（1）

デモイン、ＵＳＡ（Des Moines, USA）：エリック・ヴェスティンの弟子エディソン・ランバートの出身地。（10）

ドイツ（Tyskland）：ポーランド国境から五キロのところでヴァランダーは車を納屋に突っ込んでしまい、車を置いて立ち去る。（2）

ドイツ（Tyskland）：スンディンはここで開かれたサテライトによる捜査についての講習に出席する。（10）

ドゥドゥザ、南アフリカ（Duduza, Sydafrika）：ヴィクトール・マバシャが初めて殺人を犯した場所。（3）

トーグアルプ（Tågarp）：ここで〝ニッケン〟・ラーソンは金物屋を開いている。（1）

ドバイ（Dubai）：アルフレッド・ハーデルベリが回った仕事先の一つ。（4）

トレレボリ、フェリー・ターミナル（Trelleborg, Färjeläget）：ヴァランダーはここへ行ってパスポート審査官の警察官と話す。（2）

トンメリラ（Tomelilla）：コノヴァレンコを追跡してスヴェードベリはここのICAスーパーへ行く。（3）

トンメリラ（Tomelilla）：ヒッチハイクをしていたドロレス・マリア・サンタナはここで降ろされる。（5）

トンメリラ（Tomelilla）：ホルゲ・エリクソンはここに支店を持っていた。また、ティネス・ファルクの父親はここでアシスタントをしていた。（6、8）

トンメリラ（Tomelilla）：トンメリラの近くにハンソンの両親が住んでいた。エリック・ヴェスティンの隠れ家の一つがこの近くの廃屋にあった。（10）

トンメリラ（Tomelilla）：この町の近くの老人施設に引退した警察官シーモン・ラーソンが住んでいる。（12）

に住む。カーターはこの街のコロンビア大学で勉強した。（4、5、8）

ノルウェー（Norge）：ルイース・フォン＝エンケの友人カタリーナ・リンデンはノルウェーのフィヨルドにあるホテルに滞在したことがある。（11）

ノルシュッピング（Norrköping）：ブリッタ＝レーナ・ボデーンは移民局の保管庫にあるスウェーデンにおける移民の写真記録を見るためにノルシュッピングにやってくる。（1）

ノルシュッピング（Norrköping）：マティアス・オルソンはここで新米警官として働いている。（10）

ノルドカープ（Nordkap）：ヴァランダー親子は夏休みをここで過ごしたことがある。（1）

ハーゲスタ（Hagestad）：ここにマリア・ルーヴグレンのきょうだいラース・ヘルディンが二十ヘクタールもの農地を持っている。（1）

ハーゲスタの自然保護地域（Hagestads Naturreservat）：殺害された三人の若者はここでピクニックをした。（7）

ハーゲホルム（Hageholm）：ここハーゲホルムにある移民逗留所付近で何者かがソマリアからの難民を射殺する。（1）

バーミンガム、イギリス（Birmingham, England）：一九八三年から一九八五年までの二年間、アイルトン・マッケンナはイギリスのこの地で麻薬密輸の罪で刑務所に入っていた。（9⑤）

パインタウン、南アフリカ（Pinetown, Sydafrika）：ダーバンから数キロのところにあるワインテイスティングクラブの総会が襲撃された。（3）

パキスタン（Pakistan）：エルヴィア・リンドフェルトは一九七〇年代この国で数年過ごした。（8）

ハグフォース（Hagfors）：ハンス・ローゴードの娘がここに住んでいる。（5）

バックオークラ（Backåkra）：ヴァランダーはここの丘陵の高いところにある円状に敷かれた石の輪に腰を下ろし、遠く海の方を眺めた。（1）

バックオークラ（Backåkra）：コンピューター・エキスパートでハッカーのローベルト・モディーンはここを散歩するのが好きだった。（8）

バックオークラ（Backåkra）：霧の深い日、ヴァランダーはここで銃撃された。（8）

ハパランダ（Haparanda）：ディスコ〈エクソダス〉の経営者ユハネンの出身地。（9⑤）

バランキア、コロンビア（Barranquilla, Colombia）：エリック・ヴェスティンがジョーンズタウンと人民寺院から逃避し、バスで行ったコロンビア国内の場所。（10）

パリ（Paris）：モナがここで新しいパートナーと一週間休暇を過ごす。（1）

パリ、デンマーク大使館（Paris, Danska Ambassaden）：ティネス・ファルクの娘イーナがここで働いている。（8）

バルセローナ（Barcelona）：アルフレッド・ハーデルベリが仕事で出かけた目的地の一つ。（4）

バルバドス（Barbados）：疾病休暇を出してからヴァランダーが二週間過ごした西インド諸島の国。その二週間の間、彼はずっと酔っ払っていた。（4）

ハルムスタ（Halmstad）：ハンソンがこの地で講習を受けた。（4）

ハルムスタ（Halmstad）：引退した元教師のアグネス・エーンは冬の間ここで暮らす。（9③）

ハルンダ（Hallunda）：ここの高層マンションにリコフと妻のタニアが住んでいる。（3）

ハンブルク（Hamburg）：パイロットのアイルトン・マッケンナはここに暮らしている。（9⑤）

ハンマル（Hammar）：一九九六年、イースタとシムリスハムヌの間にあるこの場所にロールプレーをする若者たち数人が夏至祭前日の夜七時半にここに集まり、ここからハーゲスタにある自然保護地区へ移った。（7）

ハンマンスクラール、南アフリカ（Hammanskraal, Sydafrika）：プレトリアの外のこの地に

ヤン・クラインの農地がある。(3)

ハンメンフーグ(Hammenhög):ここの伝統的な食事を供するレストランでヴァランダーとアネッテ・ブロリンは食事をする。(1)

ハンメンフーグ(Hammenhög):この地にある老人施設でアイナ・ダールベリはがんの治療を受けている。(11)

東ベルリン(Östberlin):イーゴル・キーロフはここでロシアのKGBの一員として働いた。(11)

東ベルリン(Östberlin):リンダとヴァランダーは一九八〇年にここを訪ねた。(11)

ヒッデンセー(Hiddensee):このドイツの島にホルムグレンとヤコブソンは密輸品を下ろした。(2)

ビャレシュー(Bjäresjö):年配の女性がここで車に轢かれて死んだ。またここでペータースとノレーンはここに乗り捨てられた自転車についての知らせを受ける。(1、3)

ビャレシュー（Bjäresjö）：ここにニクラソンの自動車解体所がある。（4）

ビャレシュー（Bjäresjö）：金持ちで影響力を持つ画商アルネ・カールマンがこの地に住む。自宅の庭で殺害された姿で見つかる。（5）

ビャレシュー（Bjäresjö）：ソニャ・フークベリとエヴァ・ペルソンはタクシー運転手を襲ったとき、この地に叔父を訪ねていくところだったと警察に説明。（8）

ビューヴ、フーデスティーゲン（Bjuv, Hördestigen）：ハンス・ローゴードが住む荒地。ビューヴの北側にある。（5）

ヒュースクヴァルナ（Huskvarna）：ヴィクトール・マバシャはこの町の郊外にあるモーテルに車をつけ、メルセデス・ベンツを盗む。（3）

ヒューディクスヴァル（Hudiksvall）：警察官スヴァンルンドは引退したらここに引っ越すつもりだと話す。（9①）

ファーシュ・ハット（Fars Hatt）：ヴァランダーがよくコーヒーを飲みに来るところ。一度リンダと一緒にこのレストランで食事をしたことがある。（3、10）

ファーンホルム城（Farnholms Slott）：アルフレッド・ハーデルベリがこの城に住んでいる。（4）

ファルスタボーネーセット（Falsterbonäset）：三月のはじめころ、ヴァランダーはアネッテ・ブロリンとこの岬を長い時間散歩する。（1）

ファルスタボーネーセット（Falsterbonäset）：スヴェードベリとスツールップ空港の気象官はよくここで鳥の観察をした。（2）

フィレダーレン（Fyledalen）：マリア・ルーヴグレンのきょうだいのラーシュ・ヘルディンは自然保護協会の人々とともにここを散策する。（1）

フィレダーレン（Fyledalen）：ヴァランダーはフィレダーレンへの曲がり角の手前でオーケ・ラースタムの車を発見する。（7）

フール（Höör）：ハアスとクラフチックは移民逗留所から出てこの地に小さなぼろ家を借りる。（1）

フール（Höör）：ここにマルメ県議会の関連のオフィスがある。（4）

フール（Höör）：ルート・フークベリはメディアの追跡を避けて息子のエーミルと一緒にこの町に住む姉妹の家に身を寄せる。（8）

フール（Höör）：エリック・ヴェスティンは数週間ここのキャンプ地で過ごす。（10）

フール（Höör）：ヘルマン・エーベルはこの町のはずれの小さな家に住んでいる。（11）

プエトロ・パエズ、ベネズエラ（Puerto Pãez, Venezuela）：ジョーンズタウンから逃れて、エリック・ヴェスティンはコロンビアとの国境近くのこの町で一泊する。（10）

フランクフルト（Frankfurt）：フア・ガング／フ・チェンはこの地で大規模な銀行強盗を働いた一味のメンバーだと疑われている。（8）

フランス（Frankrike）：グスタフ・トーステンソンの自動車にあった完璧に無菌状態のプラスティック容器を生産する国。（4）

フランス（Frankrike）：ユーラン・アレキサンダーソンの元妻が住んでいる国。（9③）

ブランテヴィーク（Brantevik）：ここの港でヴァランダーはゴムの救命ボートに男二人の遺体を発見したという匿名の男と話をする。（2）

ブランテヴィークの港（Branteviks hamn）：密輸を商売とするホルムグレンは仲間のヤコブソンをクランクのハンドルを持って痛めつける。（2）

ブリストル（Bristol）：ヴァランダーの父親が十四歳で家出し、船で働いていたころに寄港したイギリスの町。（10）

ブルースアルプ（Brösarp）：ウーランド島へ行く途中、ヴァランダーはここに立ち寄り、父親に電話をかけた。（3）

ブルースアルプス・バッカル（Brösarps backar）：ここで弁護士のグスタフ・トーステンソ

ンが偽装の自動車事故で死亡。（4）

ブルースアルプス・バッカル（Brösarps backar）：ここでロールプレーをしていた四人の若者の写真が撮られた。（7）

フルースーン、ウステルスンド（Frösön, Östersund）：ヴァランダーはスツールップ空港からこの地へ飛び、レンタカーでスヴェンスタヴィークまで行く。（6）

ブルームフォンテーン（Bloemfontein, Sydafrika）：南アフリカのこの町のはずれにヤン・クラインの生家がある。（3）

ブルグスヴィーク（Burgsvik）：ゴットランドの港の名。ヴァランダーはリンダとゴットランドで夏休みを一週間過ごし、最後の晩この地のペンションに泊まった。（7）

フルップ教会（Hurups kyrka）：放火された教会の一つ。（10）

ブルトフタ（Bulltofta）：ヴァランダーはここで飛行機の着陸する音を聞いたような気がした。（9①）

ブレーメン（Bremen）：アルフレッド・ハーデルベリの所有する小型飛行機グルマン・ガルフストリームがここでサービスを受けている。（4）

プレトリア、南アフリカ（Pretoria, Sydafrika）：ファン・ヘーデンは南アフリカの法務省で働いている。（3）

フレンネスタッド教会（Frennestads kyrka）：放火の標的にされた教会の一つ。（10）

ヘーデスコーガ（Hedeskoga）：一九七〇年代中頃、ヴァランダーはヘーデスコーガ郊外のさびれた土地にあった屋敷で行われた違法賭博の現場に踏み込んだ。（9④）

ベールム、ノルウェー（Bærum, Norge）：トルゲイル・ランゴースの出生地。（10）

ヘッスレホルム（Hässleholm）：この町で、元警察官ヒューゴ・サンディンは息子と同居している。（5）

ヘッスレホルム（Hässleholm）：リカルドとイリーナ・ペッテルソン夫婦の墓がこの町にあ

る。（12）

ヘリエダーレン（Härjedalen）：ニーベリはイェムトランド県との県境にある山の中に一軒家を買った。引退したらそこに住み、そこで彼は回想録《メモワール》を書くつもりである。（11）

ベルギー（Belgien）：アルフレッド・ハーデルベリの用心棒二人のうちの一人はベルギー出身だった。（4）

ヘルシングウー（Helsingör）：一九五三年、ホテル・リンデンの元所有者のマルクスソンはここでアルコール中毒の発作で死んだ。（4）

ヘルシングウー（Helsingör）：クルト・ヴァランダーとヴァルデマール・シューステンは船でデンマーク側に渡り、この町で食事を共にした。シューステンがヴァランダーを招待した。（5）

ヘルシングボリ（Helsingborg）：オーケ・リリエグレンの仲間のハンス・ローゴードはここのボートクラブにボートを所有していた。（5）

ヘルシングボリ（Helsingborg）：ここでドロレス＝マリア・サンタナはヒッチハイクをした。（5）

ヘルシングボリ（Helsingborg）：エリック・ヴェスティンはこの町でアパートを借りた。（10）

ヘルシングボリ、アシェベリスガータン（Helsingborg, Aschebergsgatan）：オーケ・リリエグレンはこの町の邸宅に住んでいる。（5）

ヘルシングボリ、ユータルガータン十二番地（Helsingborg, Gjutargatan 12）：ホテル・リンデンの住所。（4）

ヘルヌーサンド（Härnösand）：ここでアルツール・ホレーンの両親の結婚記念写真が撮影された。（9①）

ベルリン（Berlin）：スティーヴン・アトキンスとホーカン・フォン＝エンケは一九六一年ベルリンの壁が築かれたときにここで出会った。（11）

ベルリン、シェーネベルク（Berlin, Schöneberg）：ジョージ・タルボスの居住地。（11）

ヘレスタード（Herrestad）：ヴァランダーは車を停めて食料品店で買い物をした。（9⑤）

ホーシュフィャルデン、ムスクウー島の海軍基地近く（Hårsfjärden, nära basen på Muskö）：一九八二年、ここでロシアの潜水艦が発見された。（11）

ボースタ（Båstad）：公認会計士オーケ・リリエグレンの出生地。（5）

ポーランド（Polen）：ヨーナス・ランダールはイースタからポーランドへ行く。（8）

ボーンホルム（Bornholm）：ヴァランダーはある週末にこの島へ観光に行き、食べ物に当たって具合が悪くなった。（1）

ボルネオ（Borneo）：ここへ行く目的でエミール・ホルムベリは百科事典を売って歩くアルバイトをしていた。（9①）

ボロース、イェーテングスヴェーゲン（Borås, Getängsvägen）：精密な盗聴器を製造する会

社セキュアの所在地。（6）

ボン（Bonn）：オーケ・リリエグレンの隣人レナート・ハイネマンの義理の姉がこの地に住んでいる。（5）

香港（Hongkong）：イースタ警察はアメリカンエキスプレスを通じて香港警察との連絡に成功した。（8）

香港（Hongkong）：アイルトン・マッケナはここの刑務所から脱出逃亡した。（9⑤）

マースヴィンスホルム（Marsvinsholm）：グレイハウンドが一匹、ここで行方不明になったと通報される。（1）

マースヴィンスホルム（Marsvinsholm）：エドヴィン・サルモンソンの所有する菜の花畑で若い娘が体に火をつけて自殺した。（5）

マジョルカ島（Mallorca）：カーリン・ベングトソンは毎年この島へ出かける。（5）

マジョルカ島（Mallorca）：タクシー運転手オッレはここで夏の休暇を過ごす。（9①）

マデイラ（Madeira）：モナはここへ新しい相手と一緒に休暇に出かける。かつては自分がモナと一緒に過ごした場所なので、ヴァランダーは不愉快に思う。（1）

マドリード（Madrid）：この町の郊外にある大霊廟にオーケ・リリエグレンは埋葬されたいと願った。（5）

マドリード（Madrid）：パイロットのペドロ・エスピノーサの生地。（9⑤）

マラウィ（Malawi）：ハーゲホルムにある移民逗留所を襲撃した人間を見た目撃者の一人はこの国から来た。（1）

マリアトリエット、ストックホルム（Mariatorget, Stockholm）：リンダはここで足を止め、父親に電話をかける。（10）

マリエスタード（Mariestad）：ブルガリアからの移民で頭のはげた男が偶然に調査上に浮かび上がる。この地の病院で医者として働いている。（1）

マリエフレード（Mariefred）：マリエフレードのヴォングシュー湖畔にシグネ・フォン＝エンケの暮らしている施設ニクラスゴーデンがある。（11）

マリエフレード（Mariefred）：ヴァランダーはここのピッツァリアで食事をする。（11）

マルカリド（Markaryd）：以前ウェイトレスとして働いていたファニー・クラーストルムがこの町の高齢者施設で暮らしている。また、アンナ・ヴェスティンとその両親はアンナが生まれたころ、この町で暮らしていた。（10、11）

マルセイユ（Marseille）：フア・ガング（別名はフ・チェン）はこの地で起きた大規模な銀行強盗の一味であると見られる。（8）

マルベーリャ（Marbella）：アルフレッド・ハーデルベリはここにサマービレッジを作る計画を立てている。ラース・ボーマンの妻はここに引っ越してきた。（4）

マルベーリャ（Marbella）：ここにエーベルハルズソン姉妹は家を一軒構えていた。（9⑤）

マルメ (Malmö)：オイル港近くの県庁の中央倉庫でエリック・マグヌソンは働いていた。①

マルメ (Malmö)：アルフレッド・ハーデルベリに雇用されているパイロット、ルイス・マンシノはマルメの中央にあるアパートメントに住んでいる。④

マルメ (Malmö)：ニルス＝エーミル・ルンドベリはマルメに住んだ。同じくエルヴィア・リンドフェルトもここに住んだ。⑧

マルメ (Malmö)：マルメのNKデパート近くのカフェでコーヒーを飲んでいたとき、ヴァランダーを警察官だとにらんだ若い娘が突然怒鳴りつけてきた。⑨①

マルメ (Malmö)：パトロール警官ヴァランダーはフィスケハムヌスガータン、スロットガータン、クングスパルケンと周り、最後にグスタフ・アドルフ広場でソーセージを買って食べた。⑨①

マルメ (Malmö)：シーモン・ランベリはここでバスに乗り、オーストリア旅行に出かけた。⑨④

マルメ（Malmö）：ヴァランダーとリンダはこの町マルメでギリシャ悲劇の『メディア』を観た。（11）

マルメ（Malmö）：ここの共同墓地にヴァランダーの母親は埋葬されている。（11）

マルメ（Malmö）：クリスティーナ・フレードベリはこの町に住んだ。イーヴァル・ピーラクも同様だった。（12）

マルメ、イェーゲルスロー（Malmö, Jägersro）：ハンソンはよくこの競馬場で賭け勝負をしていた。シーモン・ランベリも同様。〝ニッケン〟・ラーソンはそんな高額賭けをする連中に金貸しをしていた。（1、9④）

マルメ、イェーゲルスロー（Malmö, Jägersro）：ここの住宅団地にルネ・ベリマンが住んでいる。（1）

マルメ、イェーゲルスロー（Malmö, Jägersro）：スティーグ・グスタフソンは旅行鞄を買うために大型量販店Ｂ＆Ｗへ行く。その後マクドナルド前で停まり、ハンバーグを食べる。

に会うときにこのホテルの裏の駐車場に駐車した。（4）

マルメ、自由港（Malmö, Frihamnen）：ここに〈カーレンタルサービス〉という会社がある。この会社の黒いメルセデス・ベンツ社製の大型バスが盗まれる。また、デンマーク人船員のホルゲル・イェスペルセンが誰かと話していたのもここだった。（8、9①）

マルメ、水中翼船の乗り場（Malmö, Flygbåtsterminalen）：ここでヴァランダーはホルゲル・イェスペルセンに初めて会う。警察沙汰になった喧嘩だった。（9①）

マルメ、スードラ・フーシュタスガータン（Malmö, Södra Förstadsgatan）：初めて警察官の制服を受け取ったとき、ヴァランダーはここでビールを飲む。また、ここには当時モナが住んでいた。（9①、10）

マルメ、ストールトリエット（Malmö, Stortorget）：ヴァランダーは中央駅のレストランでモナに会うとき、ここに車を停めた。（1）

マルメ、中央駅のレストラン（Malmö, Centralens restaurang）：ヴァランダーが提案してここでモナと夕食を摂るのだが、それはまったく大失敗に終わる。またここでヴァランダーは娘のリンダと朝食を食べたこともある。また中央駅内のパブで、ヴァランダーはヘレーナ・アーロンソンに振られたことを嘆くこともあった。（1、9①、9⑤）

マルメとデンマーク間のフェリーターミナル（Malmö, Danmarks-färjornas terminal）：ヴァランダーとモナはここで会う約束をしていたのだが、ヴァランダーは遅れ、モナは先に帰ってしまう。（9①）

マルメ、トリアンゲルン（Malmö, Triangeln）：ここにビュルン・フレードマンの女友達マリアンヌ・エリックソンが住んでいる。（5）

マルメ、トリアンゲルン（Malmö, Triangeln）：トリアンゲルンのそばにあるホテルの外で、アンナ・ヴェスティンは父親と思われる男を見かける。（10）

マルメのセルシウスゴーデン（Malmö, Celsiusgården）：ヴァランダーがアンドレアス・ハアスとローター・クラフチックを探し回った移民逗留所があるところ。（1）

マルメ、ノベルトリエット（Malmö, Nobeltorget）：この広場に駐車していたボルボのナンバープレートが他の車につけられていた。（8）

マルメ、ピルダムスパルケン公園（Malmö, Pildammsparken）：ヴァランダーはこの公園でナイフで刺された。（2、9①）

マルメ、ピルダムスパルケン公園（Malmö, Pildammsparken）：ここでルイース・フレードマンが錯乱した状態で一週間後に発見された。（5）

マルメ、フォルクパルケン公園（Malmö, Folkparken）：ヴァランダーはここで父親と偶然に会う。父親はマルメから引っ越すと言う。（9①）

マルメ、ホテル・サヴォイ（Malmö, Hotell Savoy）：ヴァランダーはこのホテルのバーでエルヴィア・リンドフェルトに会う。彼はエルヴィアに好意を抱いていた。また別のとき、ヴァランダーはここでペーテル・リンデルに会う。リンデルは違法賭博を生業としている。（8、9④）

マルメ、ホテル・サンクト・ユルゲン（Malmö, Hotell Sankt Jörgen）：このホテルにフ・チェンは偽名のアンデルセンという名前で泊まっていた。（8）

マルメ、ムッレヴェーゲン（Malmö, Möllevägen）：マルメ県庁の会計監査主任だったマーティン・オスカーソンが住んでいた。（4）
マルメ、リンハムヌ（Malmö, Limhamn）：ラーシュ・アンダーソンの両親がここでパン屋を営む。グスタフ・ヴァルフリード・ヘナンダーは幼少時ここに住んでいた。同じく、クリスティーナ・フレードベリも第二次世界大戦中ここに住んでいた。（9①、12）
マルメ、リンハムヌ（Malmö, Limhamn）：ヴァランダーは少年時代、家族でマルメのこの地域に住む。この地の墓地の石塀に自分の名前のイニシャルを刻む。リンハムヌにはのちモナも再婚相手と居住する。（10、11）
マルメ、リンハムヌ（Malmö, Limhamn）：カッチャ・ブロムベリはここにあるスーパーに押し込み強盗した一味と疑われている。（12）
マルメ、ローセンゴード（Malmö, Rosengård）：エリック・マグヌソンはここに住んでいる。（1）
マルメ、ローセンゴード（Malmö, Rosengård）：フレードマン一家はここに住んでいた。ス

テファン・フレードマンはここに埋葬された。(5、8)

マルメ、ローセンゴード(Malmö, Rosengård):アルツール・ホレーンはここからアルルーヴまでタクシーで行く。(9①)

マルメ、ローセンゴード(Malmö, Rosengård):ヴァランダーが初めて自分の住居を持ったのはここだった。一部屋のアパート。(9①)

マレボー湖、スコーネ(Marebosjön, Skåne):この湖畔で何者かが数羽の白鳥に火をつけた。白鳥は燃えながら湖の上を飛んでいった。(10)

南アフリカ(Sydafrika):ハーデルベリの二人の用心棒のうちの一人リカルド・トルピンの出身地。(4)

南アフリカ(Sydafrika):オリバーはこの国からやってきた。(9②)

南ローデシア(Sydrhodesia):一九七〇年代、アルフレッド・ハーデルベリは銅と金の鉱山に投資し大金持ちになった。(4)

南ローデシア（Sydrhodesia）：パイロットのアイルトン・マッケンナの出生地。（9⑤）

ミネアポリス（Minneapolis）：ここでスー＝メアリー・レグランドの息子リチャードが学んだ。（10）

ムスクウー基地（Musköbasen）：スウェーデン海軍の神聖なる基地。海軍司令部のあるところ。（11）

メキシコシティ（Mexico City）：ガイアナから逃げ出したエリック・ヴェスティンはこの地に数日滞在した。（10）

モーリシャス、（Mauritius）：モーリシャス共和国。アルフレッド・ハーデルベリの二番目のパイロット、ルイス・マンシノの出身国。（4）

モザンビーク（Moçambique）：アルフレッド・ハーデルベリはこの地のロンロに茶農園を所有している。（4）

モス、ノルウェー（Moss, Norge）：ポーランドからの帰国途中、ヨーナス・ランダールの船室と隣合わせだったラーセンの出身地。（8）

モスビー海岸《ストランド》（Mossby strand）：二体の男の遺体を乗せた救命ボートが漂着した海岸。フォセル夫人が見つけた。（2、3）

モスビー海岸（Mossby strand）：ヴァランダーはこの海岸へ車で乗りつけ、閉ざされたキオスクの前で考える。オーケ・ラースタムもまたここに来て同じことをする。（3、7）

モスビー海岸（Mossby strand）：リンダとヴァランダーはここをよく散歩した。ここでリンダは警察官になるつもりだと父親に告げる。この近くにヴァランダーが購売を検討した家がある。しかし彼は買わなかった。（8、10、11）

モスビー海岸（Mossby strand）：この海岸の西側を夜低く飛んでいた飛行機が落下し、機体は爆発炎上した。（9⑤）

モスビー海岸（Mossby strand）：エリック・ヴェスティンは弟子たちとこの海岸へ行き、砂浜で食事をする。（10）

ヨッテボリ、ルビーネン（Göteborg, Rubinen）：ヨハネス・ルーヴグレンの二番目の娘がヨッテボリのルビーネンというレストランの厨房で働く。（1）

ヨハネスブルグ（Johannesburg）：ヴィクトール・マバシャはここで育った。（3）

ヨハネスブルグ（Johannesburg）：この地でオールフ・ベッスムはアーネスト・オッペンハイマーの所有する車に撥ねられた。（10）

ヨハネスブルグ、クリップタウン（Johannesburg, Kliptown）：シパースは地下活動家のスティーヴに会うためにこの町に出かける。（3）

ヨハネスブルグ、ケンジントン（Johannesburg, Kensington）：この町にボルストラップ捜査官が住んでいる。（3）

ヨハネスブルグ、ケンジントン（Johannesburg, Kensington）：この町で一九一八年の四月、ボーア人の若者三人がカフェで会い、後に『兄弟の絆《ブローダーボンド》』という秘密結社の基礎を築いた。（3）

ヨハネスブルグ、ブレントハースト病院 (Johannesburg, Brenthurst Clinic)：ヨハネスブルグの北側のヒルブローという地区にある私立病院で南アフリカの秘密結社で働くピーター・ファン・ヘールデンが手術を受ける。（3）

ヨハネスブルグ、ベスイデンホウト公園 (Johannesburg, Bezuidenhout Park)：この住所の五百五十五番地にヤン・クラインがマチルダとミランダ・ンコイ母娘のために買った家がある。（3）

ヨハネスブルグ、ランド大学 (Johannesburg, Randuniversitetet)：ヤン・クラインが学んだ大学。（3）

ラトヴィア (Lettland)：イースタ警察の清掃員リリャの出身地ラトヴィア。リリャはヴァランダーの重要な書類を捨ててしまった。（10）

ランズクローナ (Landskrona)：バーティル・フォースダールは年金生活者の旅行会でここで食事をする。（4）

ランズクローナ（Landskrona）：パトロール警官のスヴェン・〝ダッゲン〟・スヴェンソンの出身地。同僚のユルゲン・ベイルンドも同郷。（9①）

ランネスホルム城（Rannesholms slott）：公園近くでビルギッタ・メドベリの死体が発見される。（10）

ランネスホルムの森（Rannesholmsskogen）：ビルギッタ・メドベリはこの森で人が住んでいる小屋を発見する。（10）

リーズゴード（Rydsgård）：ここの一軒家にビルギッタ・メルベリは住んでいた。また、シェル・アルビンソンが住んでいたところでもある。（7、10）

リーズゴード（Rydsgård）：ソニャ・フークベリとエヴァ・ペルソンはタクシーでリーズゴードへ行くつもりだったと語った。（8）

リーズゴード（Rydsgård）：ヴァランダーは施設からの帰路、リーズゴードにある伝統的料理のレストランに寄って遅いランチを食べる。注文したのは豚の厚切りのステーキ。（9④）

リーズゴード（Rydsgård）：リーズゴードの近郊、リンゲ付近の施設にマチルダ・ランベリが住んでいる。（9④）

リーズゴード（Rydsgård）：焼かれた仔牛を飼っていたトーマス・オーケルブロムの家はリーズゴードにある。（10）

リーズゴード（Rydsgård）：リンダとそのパートナー、ハンス・フォン＝エンケはリーズゴードにある大きな一軒家に移り住んだ。（11）

リーディングウー、ニーハガヘンメット（Lidingö, Nyhagahemmet）：シグネ・フォン＝エンケは生後すぐにこの施設に送り込まれる。（11）

リガ（Riga）：リガ大聖堂の裏通りの建物にバイバ・リエパが住んでいる。（2）

リガ（Riga）：ヴァランダーはリガでホテル・ラトヴィアに泊まり、そこでナイトクラブにも行く。（2、11）

リガ（Riga）：スィズ軍曹はスカルヌガータンの古い街の境界にあるスウェーデン門の前で車

を停めた。（2）

リガ（Riga）：ヴァランダーは秘密裏にこの町に入り込み、ホテル・ヘルメスに一泊する。（2）

リガ、アスパシアス大通り（Riga, Aspasiasboulevarden）：ヴァランダーとスィズ軍曹はこの長くて退屈な大通りを通った。（2）

リガ、ヴェルマンスパルケン（Riga, Vermansparken）：ヴァランダーとスィズ軍曹はこの公園を車で通り過ぎる。（2）

リガ、ガートルード教会（Riga, Gertrudkyrkan）：ヴァランダーはこの教会にオルガン音楽を聴くという口実で出かけるが、実際はバイバ・リエパに会うためだった。（2）

リガ、セントラル・デパート（Riga, Centrala Varuhuset）：ヴァランダーはこのデパートに土産品を買いに行った。彼がカルリス・リエパの秘密の書類を預けたのもまたここのサービスカウンターだった。（2）

リューベック（Lybeck）：バイバ・リエパの新しい相手、ヘルマンの出身地。（10）

リンゲ（Rynge）：ここに夫に先立たれたばかりのイェートルードの姉が住んでいる。イェートルードは夫であるヴァランダーの父親が死去した後、この姉のもとに移り、一緒に暮らしている。（7）

リンシュッピング（Linköping）：この町の南側にヴィクトール・マバシャは小さな湖を見つけ、そこに野宿する。（3）

リンシュッピング（Linköping）：国立犯罪技術研究所がここにある。（4、5、9④）

リンシュッピング（Linköping）：この町の外にある農家でティネス・ファルクは育った。そして、ここで高校卒業試験（大学に進学できる）に合格。（8）

リンデルーヅオーセン（Linderödsåsen）：この深い森の南側にファーゲルホルム城がある。（4）

ルアンダ、アンゴラ（Luanda, Angola）：港近くのレストランバー、メトロポールでカーター

ルーレオ（Luleå）：一九〇〇年代の中頃、マリア＝テレサ・アルボーゲの失踪届の住所はここだった。（12）

ルーロス、ノルウェー（Røros, Norge）：ルーロスの東、森林の中にある村ルーロスはトルゲイル・ランゴースの母親の出身地。（10）

ルサカ、ザンビア（Lusaka, Zambia）：南アフリカへ帰国途中のシコシ・ツィキの通過地。（3）

ルドヴィーカ（Ludvika）：スヴェードベリを射殺した拳銃はここで盗まれた。（7）

ルンド（Lund）：ヴァランダーはヘルマン・ムボヤに会いにルンドへ行く。また別の時、車に給油するためルンドに停まる。（1、4）

ルンド（Lund）：法医学研究所のあるところ。（7、8、9③、9④、12）

ルンド（Lund）：シーモン・ランベリは月一回、ルンドに出かけた。天文学愛好者クラブの委員だった。（9④）

ルンド（Lund）：シーヴ・スティーグベリはルンドに住んでいると言うが、電話案内書に載っていない。また、ここにはヴィスランダー夫婦が住んでいる。（9④）

ルンド（Lund）：クリスチャンのテロリストの目標はルンド大聖堂だった。（10）

ルンド（Lund）：アンナ・ヴェスティンはルンドに部屋を借りている。（10）

ルンド（Lund）：シーモン・ラーソンは一九三七年ここで働いた。（12）

ルンド、サンクト・ラース病院（Lund, S:t Lars Sjukhus）：この病院にルイース・フレードマンが運び込まれた。（5）

ルンド、シリウスガータン（Lund, Siriusgatan）：エウフェン・ブロムベリの住所。（6）

ルンド大学（Lunds Universitet）：ロールプレーヤーの一人、レーナ・ノルマンはここで学んでいた。（7）

ルンド、ビクトリア・スタジアム（Lund, Victoriastadion）：ここでアニカ・カールマンとカタリナ・タクセルはたまにバドミントンをした。（6）

ルンド病院（Lund, Lasarettet）：ヴァルフリド・ストルムの遺体はこの病院の遺体安置室に送られた。（1）

ルンド病院（Lund, Lasarettet）：スヴェン・ニーベリ鑑識官はここで特殊なプラスティック容器を見た。（4）

ルンド、ラーゴン（Lund, Lagårn）：ルンドの町の東端にあるディスコの名前。（9⑤）

レードシューン（Ledsjön）：ビルギッタ・メドベリはここに赤いベスパを停めた。（10）

レスタルプ（Lestarp）：アンナ・ヴェスティンを追跡していたリンダはここで宗教団体と出会う。（10）

レスタルプ（Lestarp）：トルゲイル・ランゴースはこの地の教会の裏の家を買う。（10）

レスタルプ（Lestarp）：ここに〈自動車・トラクター販売店ルーネ〉という店がある。サラ・エディーンはその隣の家に住んでいた。（11）
レットヴィーク（Rättvik）：ここにローベルト・モディーンのコンピュータ仲間が住んでいる。（8）
レンナルプ（Lenarp）：この村に農家のルーヴグレンとニーストルムは隣合わせに住んでいた。（1、2、9⑤）
ローマ、フィオーリ広場（Rom, Campo dei Fiori）：ローマのこの付近でヴァランダーは父親とともに観光ホテルに泊まった。（6）
ローランド、ノルウェー（Rauland, Norge）：フランス・ヴィクステンの弟子、トロンド・オリェの出身地。（10）
ロンゲルンダ（Långelunda）：シューボー警察を悩ませている男たちの溜まり場。（9⑤）
ロンネビー（Ronneby）：イングヴェ＝レオナルド・ホルムの出生地。（9⑤）

ロンマ（Lomma）：スティーグ・グスタフソンはここに住んでいる。（3）

ンティバネ、南アフリカ（Ntibane, Sydafrika）：ヴィクトール・マバシャの家がある。（3）

Ⅶ　ヴァランダーの好きなもの

ヴァランダーの一番好きなもの、それはオペラである。何人か作曲家の名前を挙げるとすれば、ヴェルディ、ロッシーニ、そしてプッチーニ。この趣味は彼の周辺の人々数人と共有されている。競走馬の調教師ステン・ヴィデーン、同業の警察官カッレ・ビルク、旧東ドイツ秘密警察シュタージのエージェントだったヘルマン・エーベル、そして元ジャーナリストのラーシュ・マグヌソンもヴァランダーと同じ趣味をもつ。

ユッシ・ビュルリング（Jussi Björling）

ヴァランダーが手に入れた最初のレコードは、すでにかなり古くて傷がついていたが、テノール歌手のユッシ・ビュルリングが歌うオペラ曲だった。もし家が火事になったら、真っ先にこのレコードを持ち出しただろう。ヨハネス・ルーヴグレンが残忍な方法で殺され、その妻のマリアが生死の境をさまよっていたとき、ヴァランダーはカセットテープにイヤホーンをつないで、ユッシ・ビューリングの〈リゴレット〉を聴きながら記者発表の文章を書いた。文章は八行にまとまった。

マリア・カラス（Maria Callas）

一九九〇年八月四日、ヴァランダーはウィスキーを一本持ってリードベリを訪ねる。途中の車の中で彼はマリア・カラスの〈ラ・トラヴィアータ〉のカセットテープを聴く。リードベリのアパートメントのベランダでウィスキーを飲みながら、ヴァランダーは、友人であり精神的指導者でもあったリードベリの命はもう長くないと悟る。同じカセットを彼はマルメ中央駅のレストランでモナと食事をした後でも聴く。そしてモナとの結婚は完全に破綻したのだと初めてはっきりわかる。

バーバラ・ヘンドリックス（Barbara Hendricks）

一九九四年六月二十一日の午後五時半、ヴァランダーは勤務を終えてイースタ署を出るところだった。電話が鳴り、菜の花畑でおかしな様子の娘がいるとの通報を受けた。車でそこへ向かう途中、彼はバーバラ・ヘンドリックスの〈フィガロの結婚〉を聴いた。かつてないほど爽快な気分だった。菜の花畑に着き、話をしようとして車を降りたとき、娘は全身にガソリンを注ぎ、火をつけた。

ロイ・オービソン（Roy Orbison）

独り立ちしたヴァランダーが最初に住んだアパートはローセンゴードにあり、そこではレコードプレーヤーが彼の一番大切な所有物だった。同僚が遊びに来たときのために、彼はロイ・

オービソンのレコードを一枚持っていた。彼らが好んで聴くのはロイ・オービソンの歌だと知っていたからだ。

エルヴィス・プレスリー（Elvis Presley）

一九六〇年代の初頭、ヴァランダーはマルメのフォルケッツパルク公園で当時のスウェーデン首相ターゲ・エールランダーの演説を聞いた。家に帰って彼は父親に、エールランダーがロシアは敵だと話していたと言った。父親はそれには同意せず、スウェーデンはもっとアメリカがやっていることを注視しなければならないと言った。ヴァランダーは驚いた。というのも、アメリカから来るものはいいものばかりだと思っていたからだった。例えば、エルヴィス・プレスリーの〈ブルー・スエード・シューズ〉。プレスリーはヴァランダーが若かったときの一番のアイドルだった。

ザ・スプートニクス（The Spotnicks）

ヴァランダーは十代の前半、このグループサウンズの熱烈なファンだった。彼らの最初の四枚組アルバムを持っている。だが、モナはこのグループが嫌いだった。

ボラーレ（Volare）

『霜の降りる前に』でヴァランダーはリンダに父親の話をする。一緒に酒を飲んだとき、父親は酔っ払うと必ず昔のイタリアの流行歌〈ボラーレ〉を歌いだしたと。〈ボラーレ〉は父親がなにより好きな歌だった。クルトはこう言った。「もし天国があるのなら、親父は雲に座ってサン・ピエトロ大聖堂に向かって腐ったリンゴを投げつけているだろうよ。大声で〈ボラーレ〉と歌いながら」

本（Böcker）

ヴァランダーは読書家ではなかった。だが、ジュール・ヴェルヌの『神秘の島』は彼の大好きな本だった。

Ⅷ 文化索引

凡　例

末尾の（　）内の数字は作品番号

アイスランドのサーガ（Isländska Saga）：鍵職人のホーカン・ホルムベリは原語のアイスランド語でこの話のテープを持っている。（10）

アニマルス（Animals）：ヴァランダーは通りがかりの車から流れてくる〈ザ・ハウス・オブ・ライジング・サン〉（朝日のあたる家）を聞き覚えのある曲だと思ったが、グループの名前はわからなかった。（9①）

インゲマン、ベルンハルド＝セヴェリン（Ingemann, Bernhard Severin）：デンマーク人作家の賛美歌〈素晴らしきこの世界〉がスヴェードベリの葬式で演奏される。（7）

ヴェルディ、ジュゼッペ（Verdi, Giuseppe）：ヴァランダーはベッドに横たわってヴェルデ

ィについての本をパラパラとめくる。（1、11）

ヴェルディ、ジュゼッペ（Verdi, Giuseppe）：ヴァランダーは車の中で〈レクイエム〉に聴き入る。中でも〈ディエス・イラエ〉に。（1）

ヴェルディ、ジュゼッペ（Verdi, Giuseppe）：ヴァランダーはウィスキーを飲みながらドイツで収録された〈アイーダ〉に聴き入っていたとき、嵐で電気が切れ、あたりは真っ暗に、そしてまったく静かになる。（1）

ヴェルディ、ジュゼッペ（Verdi, Giuseppe）：ヴァランダーはリガのセントラル・デパートでヴェルディのLPレコードを二枚買う。レコードの間に大事な書類を挟み込むためだった。（2）

ヴェルディ、ジュゼッペ（Verdi, Giuseppe）：泥棒のペーター・ハンソンはヴァランダーの盗まれたレコード、〈リゴレット〉を見つけた。ヴァランダーは「それがなくなってしまったのが寂しかった」と述懐した。（3、11）

ヴェルディ、ジュゼッペ（Verdi, Giuseppe）：父親と一緒にローマへ旅行をする前の日、彼はウィスキーを一杯飲みながら〈ラ・トラヴィアータ〉に聴き入る。他にもヴァランダーがこのオペラに聴き入るシーンがある。(5、8、11)

ヴェルディ、ジュゼッペ(Verdi, Giuseppe):ローベルト・モディーンは〈レクイエム〉に聴き入る。(8)

ヴェルディ、ジュゼッペ(Verdi, Giuseppe):ヴァランダーはバスストップまで歩きながら〈リゴレット〉の一節をハミングする。(9①)

ヴェルディ、ジュゼッペ(Verdi, Giuseppe):ステン・ヴィデーンは競走馬の一頭にトラヴィアータという名前をつけた。(9⑤)

ヴェルディ、ジュゼッペ(Verdi, Giuseppe):ピアノ教師のフランス・ヴィグステンはヴェルディの音楽は神の声だと言う。(10)

ヴェルヌ、ジュール(Verne, Jules):ヴァランダーは子どものころ、ジュール・ヴェルヌの『グラント船長の子どもたち』がほしかったのだが、代わりに『神秘の島』をもらい、それが彼の大好きな本になった。(8、9⑤)

ヴェンネルストルム、スティーグ（Wennerström, Stig）：彼の回想録がホーカン・フォン＝エンケの書斎にあった。（11）

エウリピデス（Euripides）：ヴァランダーはリンダと一緒にエウリピデスの『メディア』を観る。ヴァランダーはこの劇に感激するが、その後、格別に劇場に足を運んだりすることはなかった。（11）

エールランダー、ターゲ（Erlander, Tage）：ヴァランダーは昔の首相ターゲ・エールランダーのメモワールをホーカン・フォン＝エンケの書斎で見つける。（11）

カーソン、レイチェル（Carson, Rachel）：ホーカン・フォン＝エンケの机の上にレイチェル・カーソンの本『沈黙の春』が開いたまま置いてあった。西洋の人間たちの行いが地球全体の未来を脅かしていると警告する最初の本の一つである。（11）

カラス、マリア（Callas, Maria）：ヴァランダーはマリア・カラスが歌った〈ラ・トラヴィアータ〉を何度も聴く。そのレコードはブルガリアの警察官からもらったものだった。（1、2、9⑤）

カラス、マリア (Callas, Maria)：ヴァランダーはスウェーデンにやってきたリエパ中佐のために何度もマリア・カラスの歌う〈トゥーランドット〉のレコードをかける。他の機会にも何度もこれを聴く。(2、9⑤、11)

クーパー、ジェームス＝フェニモア (Cooper, James Fenimore)：ホーカン・フォン＝エンケの書斎でヴァランダーは『モヒカン族の最後』の漫画本を見つけた。(11)

グリン、ラーシュ (Gullin Lars)：ステファン・リンドマンはよくこのジャズサクソフォニストの曲を車の中でリンダと一緒に聴いた。(10)

グレイトフル・デッド (Grateful Dead)：このアメリカのロックバンドをリンダはときに夢中になって聴いていた。(5)

コルトレン、ジョン (Coltrane, John)：ティネス・ファルクの収集したレコードの中にあった。(8)

コルトレン、ジョン (Coltrane, John)：ヴァランダーはジャズのレコードはコルトレンのこ

の一枚しか持っていなかった。しかも一度も聴いたことがなかった。(11)

サイラス、ビリー＝レイ（Cyrus, Billy Ray）：ハンス・フォン＝エンケの直通電話のバックグラウンドミュージックはビリー＝レイ・サイラスのアメリカン・カントリーミュージックだったが、リンダが無理やりクラシック音楽に替えさせた。(11)

ジャクソン、マハリア（Jackson, Mahalia）：ヴァランダーはこのゴスペルシンガーのレコードを父親の絵を買いにきた〝シルクライダー〟の一人からもらった。(11)

ショッティス（Schottis）：ヴァランダーは明るいアコーディオン音楽を耳にした。アコーディオンを弾く人間は雨を憂鬱《ゆううつ》と思いはしないだろうとヴァランダーは思う。(6)

ショパン、フレデリック（Chopin, Frédéric）：フランス・ヴィグステンはピアノでショパンのマズルカを弾く。(10)

スヴェン＝イングヴァーシュ（Sven-Ingvars）：モナはスプートニクスよりもこっちがいいと言う。(11)

ストリンドベリ、アウグスト（Strindberg, August）：イースタ劇場で、国立劇場の俳優たちが演じる『夢の劇―ドリームプレイ』が掛けられるという。ヴァランダーはそれがオペラだったら行って観るのにと思う。（9⑤）

スプートニクス（Spotnicks）：十代のころヴァランダーはこのグループサウンズの大ファンだった。（11）

ソンネヴィ、ユーラン（Sonnevi, Göran）：ソンネヴィが書いた大スパイの告白がホーカン・フォン＝エンケの書斎にあった。（11）

トーベ、エーヴェルト（Taube, Evert）：ヴァランダーは遠くから音楽が流れてくるのを聞く。曲はエーヴェルト・トーベの曲カッレ・シェヴェンスのワルツだと思うが確かではなかった。（11）

ドミンゴ、プラシド（Domingo, Plácido）：マリアガータンのアパートに空き巣に入られた後、残されたわずかなものの一つがプラシド・ドミンゴのカセットテープだった。ヴァランダーはルイース・オーケルブロムを車で探しながらそのテープを聴く。（3）

トラファルガーの戦い（Slaget vid Trafalgar）：フォン＝エンケの書斎に一枚の絵があった。死に瀕したネルソン提督が大砲に寄りかかっている絵だ。ヴァランダーはすべてが上品な趣向のアパートメントに、こんなに安っぽい絵があることに驚く。（11）

トランストロンメル、トーマス（Tranströmer, Tomas）：ビルギッタ・メドベリはトランストロンメルの詩の中の、〝道に迷った人だけが見つけることができる、森の中の開けた地〟という言葉に言及する。（10）

トランストロンメル、トーマス（Tranströmer, Tomas）：ホーカン・フォン＝エンケの書斎で、ヴァランダーはこの詩人の本を一冊見つけた。中にあった詩の一つに風に木の葉が震えて鳴る描写がある。〝素晴らしい詩だ〟と書き込みがあった。ヴァランダーは同感した。（11）

ナポレオン戦争（Napoleonkrigen）：ヴァランダーはこれについて退屈な本を読んだ。（8）

眠れる森の美女（Törnrosa）：ヴァランダーはこの物語をシグネ・フォン＝エンケの部屋の本棚に見つける。（11）

バッハ、ヨハン・セバスチャン（Bach, Johann Sebastian）：バイバ・リエパはリガの教会でフーガを聴く。（2）

バッハ、ヨハン・セバスチャン（Bach, Johann Sebastian）：スヴェードベリの葬式でバッハのオルガン曲が演奏される。（7）

バッハ、ヨハン・セバスチャン（Bach, Johann Sebastian）：リーサ・ホルゲソンは葬式で通常演奏されるのはバッハかブクステフーデか迷う。（7）

バッハ、ヨハン・セバスチャン（Bach, Johann Sebastian）：ティネス・ファルクのレコード・コレクションの中にバッハのカンタータがあった。（8）

バッハ、ヨハン・セバスチャン（Bach, Johann Sebastian）：ピアノ教師フランス・ヴィクステンはバッハの音楽は神の声だと言う。（10）

ピアフ、エディット（Piaf, Edith）：ヴァランダーはモナからピアフのレコードを一枚もらった。言葉はわからなかったが、その声に魅せられる。（11）

ビューヒナー、ゲオルク（Büchner, Georg）：ヴァランダーはビューヒナーの〈ヴォイツェック〉を観るためにコペンハーゲンの王立劇場に行こうという誘いに応じる。（1）

ビュルリング、ユッシ（Björling, Jussi）：ヴァランダーは〈リゴレット〉をはじめ彼の歌に聴き入る。（1、8、9①、9②、9⑤）

ビュルリング、ユッシ（Björling, Jussi）：ヴァランダーは汚れた洗濯物を同じ温度で洗うもの別に分けて洗濯機の中に入れると、すっかり満たされた気持ちでこの偉大なるテノール歌手の歌に聴き入る。（5）

ブオナ・セラ（Buona Sera）：一九五〇年代に流行《はや》ったものだが、ヘンリエッタ・ヴェステインがクラシック音楽に作り直しているところだった。（10）

ブクステフーデ、ディートリヒ（Buxtehude, Dietrich）：リーサ・ホルゲソンは葬式の背景音楽にバッハを流すかブクステフーデにするか迷う。（7）

プッチーニ、ジャコーモ（Puccini, Giacomo）：父親の家へ車で行くとき、彼はプッチーニの

歌曲のテープを持った。(1)

プッチーニ、ジャコーモ(Puccini, Giacomo):空き巣に入られてから、ヴァランダーは新しいステレオセットと〈トゥーランドット〉のCDを買った。(3)

プッチーニ、ジャコーモ(Puccini, Giacomo):菜の花畑で焼身自殺した若い娘の事件からようやく少し立ち直ったヴァランダーは、ある晩遅く、部屋の窓を大きく開けてプッチーニを聴いた。(5)

プッチーニ、ジャコーモ(Puccini, Giacomo):ヴァランダーはコペンハーゲンの王立劇場で〈トスカ〉を聴いた。その後バーへ行って、泥酔した。(7)

プッチーニ、ジャコーモ(Puccini, Giacomo):ヴァランダーはある晩自宅でワインを飲みながらプッチーニのオペラを聴いた。(8)

ブリュノフ、ジャン・ド(Brunhoff, Jean de):シグネ・フォン=エンケの部屋でヴァランダーはブリュノフ著の数冊のババールの絵本の中にスウェーデン国防軍最高司令官レナート・ユングの日記がはさまれているのを見つける。(11)

プレスリー、エルヴィス（Presley, Elvis）：ティネス・ファルクのレコード収集の一つ。（8）

プレスリー、エルヴィス（Presley, Elvis）：少年時代のヴァランダーのアイドル。とくに彼の〈ブルー・スエード・シューズ〉が好きだった。（11）

ブレヒト、ベルトルト（Brecht, Bertolt）：リンダとヴァランダーはリンダが演劇にのめり込んでいた時代の一九八〇年、東ベルリンのベルリーナ・アンサンブル劇場を訪れたことがある。（11）

ベートーベン、ルートヴィヒ・ヴァン（Beethoven, Ludwig van）：ヴァランダーは車の中で〈フィデリオ〉を聴く。（1）

ベートーベン、ルートヴィヒ・ヴァン（Beethoven, Ludwig van）：カーターはベートーベンの弦楽四重奏曲を聴いていた。（8）

ベートーベン、ルートヴィヒ・ヴァン（Beethoven, Ludwig van）：シーモン・ランベリはフォトスタジオでベートーベンのピアノソナタを聴いていた。（9④）

ベートーベン、ルートヴィヒ・ヴァン（Beethoven, Ludwig van）：リンダがステファン・リンドマンの家に行った後、ヴァランダーはベートーベンの弦楽四重奏曲を探し出して聴く。（12）

ベルマン、カール・ミカエル（Bellman, Carl Michael）：〝ベルマン時代〟に刺激された三人の若者が仮装してピクニックをする。若者たちは〈フレードマンの書簡〉のフレッド・オーケルストルムのバージョンに聴き入る。ピクニックはとんでもない惨事で終わる。（7）

ヘンデル、ゲオルク・フリードリヒ（Händel, Georg Friedrich）：ローベルト・モディーンはヘンデルの〈メサイア〉を聴く。（8）

ヘンデル、ゲオルク・フリードリヒ（Händel, Georg Friedrich）：シーモン・ランベリはフォトスタジオでヘンデルの曲を聴きながら指揮者のようにタクトを振る。（9④）

ヘンドリックス、バーバラ（Hendricks, Barbara）：ヘンドリックスが歌う〈フィガロの結婚〉の中のスサンナの歌をカセットテープで聴き、ヴァランダーは幸せを感じる。（5）

ボーデ、ジョニー（Bode, Johnny）：若いころ、ヴァランダーは父親と何人かの芸術家たちと一緒に旅行したことがある。車の中で彼らはスウェーデンの人気ポップスグループ、アンファン・テリブルを聴いた。（5）

ボガート、ハンフリー（Bogart, Humphrey）：ジョージ・タルボスは『黄金』や『アフリカの女王』に出たアメリカの俳優ハンフリー・ボガートに似ているところがあった。（11）

ホリー、バディ（Holly, Buddy）：スヴェードベリはバディ・ホリーの音楽を好んだ。（7）

ホリー、バディ（Holly, Buddy）：ティネス・ファルクのレコードコレクションの中にあった。（8）

ホワイト、ジョシュ（White, Josh）：ヴァランダーの別れた妻モナはホワイトの音楽が好きだった。（10）

マルムクヴィスト、シーヴ（Malmkvist, Siw）：ティネス・ファルクのレコード収集の一つ。（8）

モーツアルト、ウォルフガング＝アマデウス（Mozart, Wolfgang Amadeus）：菜の花畑で様子が変な娘がいるという通報を受けて、ヴァランダーはすぐに車を走らせるが、その車の中で彼は〈フィガロの結婚〉を聴く。（5）

モーツアルト、ウォルフガング＝アマデウス（Mozart, Wolfgang Amadeus）：ヴァランダーとステン・ヴィデーンは一緒にモーツアルトの〈ドン・ジョヴァンニ〉を聴く。（10）

モーツアルト、ウォルフガング＝アマデウス（Mozart, Wolfgang Amadeus）：元ピアノ教師フランス・ヴィクステンはモーツアルトの音楽は神の声だと言う。（10）

モーベリ、ヴィルイェルム（Moberg, Vilhelm）：ヴァランダーの隣人アルツール・ホレーンの部屋にこの作家の本が何冊かあった。（9①）

モーベリ、ヴィルイェルム（Moberg, Vilhelm）：ホーカン・フォン＝エンケの書斎にこの作家の本が棚にあった。（11）

ラッド、アラン（Ladd, Alan）：ヴァランダーの若いときのアイドル。その姓が洗練されていると思ったのだった。（11）

リンド、ジェニー（Lind, Jenny）：アルフレッド・ハーデルベリの秘書の一人があの偉大な歌手と同姓同名だった。エッバがそのことをヴァランダーに言ったが、彼は別に特別な反応を示さなかった。（4）

ルーネベリ、ユーハン・ルードヴィーグ（Runeberg, Johan Ludvig）：イースタ署で活発な議論になった話題。〈ユタス河畔のドゥベルン大将〉は誰によって書かれた詩だったか。リンダはそれはシベリウスだと言い、マーティンソンの兄（学校の教師）はトペリウスだと主張した。答えはユーハン・ルードヴィーグ・ルーネベリだった。（10）

ルーマン、ユーハン・ヘルミク（Roman, Johan Helmich）：元ピアノ教師フランス・ヴィクステンはユーハン・ヘルミク・ルーマンの音楽は神の声だと言った。（10）

ロイ・オービソン（Orbison, Roy）：同僚が遊びに来たときのために、ヴァランダーはロイ・オービソンのレコードを一枚持っていた。彼らが好んで聴くのはロイ・オービソンの歌だと知っていたからだ。（9①）

ロー＝ヨアンソン、イーヴァル（Lo-Johansson, Ivar）：ホーカン・フォン＝エンケの書斎に

はロー＝ヨアンソンの本が多数あった。（4）

ロッシーニ、ジョアキーノ（Rossini, Gioachino）：ヴァランダーは車の中でロッシーニの曲を聴いた。（1）

ロルフ、アーンスト（Rolf Ernst）：ヴァランダーが引退した県議会の会計監査主任だった男と会っているとき、レコードからレビューアーティストで歌手のアーンスト・ロルフの声が聞こえてきた。（4）

ワーグナー、リヒャルト（Wagner, Richard）：ヴァランダーとステン・ヴィデーンはワーグナーを聴くためにドイツへ旅行する。（7）

ワイルダー、ビリー（Wilder, Billy）：『お熱いのがお好き』はヴァランダーとモナのお気に入りの映画だった。（11）

訳者あとがき

スウェーデンの警察官クルト・ヴァランダーを主人公とするヴァランダー・シリーズ最終巻『手／ヴァランダーの世界』をお届けする。作者は二〇一五年に六十七歳で惜しまれながら逝去したスウェーデン人作家、ヘニング・マンケルである。

この本は、ヘニング・マンケルの作品としては異色の、「手」という中編小説とヴァランダー・シリーズ全十二作品を紹介する「ヴァランダーの世界」の二部構成でできている。「ヴァランダーの世界」は主要人物の紹介、さらにこの十二作品に登場する全人物と場所を簡単に説明する索引《レジスター》から成っている。

「手」は二〇〇四年にオランダのブックフェアのために書かれたものだ。読書を奨励するため、ミステリ小説を買った客に書き下ろしの本を一冊プレゼントするという企画に、マンケルが賛同して書いた作品だという。おそらくこの本はローカルなものに留まり、マンケルの作品としてはあまり知られていなかったのだろう。二〇一三年に「手」は全ヴァランダー・シリーズの索引と組み合わせ、改めて一冊の本として発表された。このような事情から、この本はヴァランダーが主人公のシリーズとしては最後の出版物ではあるが、「手」の背景となる時代は二〇〇二年、ヴァランダーは五十歳前半という設定になっている。

この小説は、田舎に引っ越したいという強い願望をもつヴァランダーが売家の下見に出かけたところ、裏庭で何かが靴の爪先に引っかかり、それがあろうことか地面から突き出た人の手の骨だったというところから始まる。そしてその人骨は五十年から七十年前のものとわかり、ヴァランダーたちはコンピュータで書類が整理される以前の過去の記録を調べ始める。

五十歳を超えたヴァランダーはイースタ署の中堅の警察官になっている。マルメでパトロール警官からキャリアを始めた彼は、イースタに移ってからすでに三十年以上になる。今では経験豊かな、人からの信頼も厚い警察官である。難解な事件を解決することにかけては右に出る者はいないという評判もある。プライベートでは満たされない面もあるが、警察官としては十分に務めを果たし、人々の暮らしが安全に保たれることに多少なりとも貢献してきたと自負している。

そんなヴァランダーだが、じつはいま内心鬱々《うつうつ》としている。自分は警察官に向いていないのではないかという不安を感じている。警察官になりたての頃の張り切っていた自分と違って、今では無力感に苛まれているのだ。というのもスウェーデンは都会でも地方でもドラッグ絡みの組織犯罪が多くなり、一介の警察官がいくら頑張っても、社会全体がドラッグに蝕《むしば》まれている以上どうしようもないという気がするからだ、という説明がある。

しかし一方で彼は、果たして本当にそうなのだろうかという疑問も感じている。もしかするとそれは言い訳に過ぎないのではないか。仕事が難しくなってきているのではなくて、自分たちが社会の変化とそれに伴う新しい犯罪の形と捜査の形についていけなくなっているのではないかという気がしてならないのだ。田舎の家に引っ越して犬を飼い、自然の中でゆったりした生活をしたいという願望が日に日に強くなっている。娘のリンダが大人になり、父親が数年前に亡くなってからはとくに、イースタの町から田舎に引っ越して生活を変えたいという思いが強くなっていた。そんな折に見に行った古い農家の裏庭で彼の靴先が引っかかったもの、それが人間の手の骨だったのだ。物語はスコーネ地方の片隅の、昔からの農家の人々の排他的な暮らしに光を当てて展開される。

ここでヴァランダーが警察官として働いている町イースタについて少し説明しよう。シリーズが始まった一九九〇年頃と大きな変化はなく、二〇二一年現在でも人口は約二万人、町の周辺を含むイースタ自治体全体でも三万人がやっとの小さな町である。スウェーデン南部のスコーネ地方にあり、スウェーデンの南の玄関マルメから車で東に三十分。バルト海に面していて、十四世紀にハンザ同盟に加わり貿易港として栄えたが、十七世紀に大きな変換を迎える。それまでデンマークの一部だったスコーネ地方がデンマークとスウェーデンの間で交わされたロスキレ条約によってスウェーデン領になったため、スコーネ地方の一漁港イースタはスウェーデンの町になったのである。

イースタの町が面するバルト海の対岸にはドイツ、さらに続いてバルト三国があり、さらにデンマーク側のコペンハーゲンとスウェーデン側のマルメとの間にあるウステルスンド海峡とも近いため、イースタは昔から西欧とも東欧とも近い重要な拠点とみなされてきた。しかし主だった産業はなく、町の中心にある十七世紀の建造物サンタ・マリア教会以外は特に目を引く観光スポットもない。それでも町の中央部は中世に発達した町独特の石畳の道、赤い煉瓦《れんが》の石壁に黒い梁の古い家々が風情ある佇《たたず》まいを見せている。そんな町の中央から少し外れたところにマリアガータンがあり、そこには一九六〇年代から七〇年代に作られたとみられる三階建ての白い外壁の集合住宅が連なっている。クルト・ヴァランダーが住んでいるのはそんなアパートの一つだ。かつての妻モナとの別離からようやく立ち直り、ときどき付き合う女性はいても、彼はいつも一人暮らしだ。

今回、ヴァランダーは娘のリンダと一時的に一緒に暮らしている。リンダはいろいろ迷った末、警察学校を卒業し父親と同じ職場イースタ警察署で働くことになったが、引越し先が片付くまで父親のアパートに居候している。実の娘とは言え、ヴァランダーは他の人間と一緒に住むことに窮屈さを感じている。大人になった娘のプライバシーなど知りたくないと言いながら、その実、父親ヴァランダーは気になってしかたがないのだ。

この作品の舞台となった二〇〇〇年頃は、スウェーデンでもスマートフォンがまだあまり一般的ではなかった時代である。家にかかってくる電話の受け方ひとつにも神経を尖らせる二人だ。リンダは糖尿病を抱えている父親の食事やアルコールの摂取に目を光らせている。そんな娘のチェックがヴァランダーを苛立たせる。腹立たしく感じながらもそれなりに気を配り合う娘との共同生活は、仕事一辺倒のヴァランダーの殺伐《さつばつ》とした暮らしに多少の潤いを与えている。

この五年後、時系列的には最後の作品となる『苦悩する男』で、リンダはハンスという男性と一緒になり一児の母となる。孫を得て初めてヴァランダーは生きていて良かったと無条件に思う。そして、自分と父親の関係は屈折したものだったし、娘との関係も決して単純なものではなかったが、自分にとってリンダは一番近い人間だと振り返る。

さて今回の事件は骸骨が捜査の対象であることから、過去に遡《さかのぼ》って捜査が進められる。そして次第に過去の、ある時代の特殊な状況が浮かび上がる。この小説の背景には、第二次世界大戦下そして戦後、ヨーロッパの人々が生き延びるため移民になり難民になった社会情勢があるのだ。デンマークやノルウェーとは異なり、かろうじてナチスドイツを国に入れず中立を保ったスウェーデンには、他の北欧の国々からはもちろんのこと、エストニアなどバルト三国からもギリシャ、イタリアなど南欧からも、いやヨーロッパ中からと言っていいほど人々が押し寄せた。スウェーデンはこれらの人々を迎え入れ、そのまま定住する人々をも多く受け入れた。

スウェーデンは第二次世界大戦の後、ヨーロッパで真っ先に経済が復興した国の一つである。ドイツ、イギリス、フランスなど工業先進国で戦争の当事国だった国々が、工場は破壊され農地も荒れ果て、仕事も食べ物も住むところもないところからの復興に懸命だったころ、スウェーデンは国土破壊を免れ、農業も工業もすぐに活動が可能な、稀有な国の一つだった。戦争が終わると直ちに産業はフル回転した。そのときに必要だった大きな労働力は外国からスウェーデンに逃れてきた人々で賄《まかな》うことができた。その活力が一九五〇年代、一九六〇年代のスウェーデン経済黄金時代を築き、同時に社会福祉の発達をも促した。産業発展の立役者だった労働者たちの暮らしと権利を守る社会民主労働党が躍進し、社会福祉の基礎を築いた時代でもあった。

「手」は第二次世界大戦の最中の、またそれに続く戦後のヨーロッパの人々に目を向けた作品である。マンケルがヴァランダー・シリーズ最後の作品として発表したこの「手」(二〇〇四年／二〇一三年)と、シリーズの最初に発表した『殺人者の顔』(一九九一年)の両作品は、ともにスウェーデンの抱える現代的課題、いや、今や全世界が抱えると言っていい課題をテーマにしているのは注目していいと思う。それはそれまでスウェーデンに住んでいたスウェーデン人と、いわゆる外国系住民、外国をルーツにもつ市民、すなわち移民とその子孫との共存である。

戦後、スウェーデンは一貫して外国からの移民を受け入れてきた。経済的理由による移住者、政治的な理由で迫害され自由を求めてきた人々、戦争・紛争・自然災害などから逃れてきた人々などの一時的あるいは永久的な受け入れ国となってきた。一九五一年には北欧五カ国、すなわちスウェーデン、フィンランド、デンマーク、ノルウェー、アイスランドが互いにビザなしの就労・勉学・居住を認めたため、戦後の二十年ほどは他の北欧国からの移住者が一番多かったが、次第にバルカン諸国を含む東欧、そしてほぼ全世界から人々は自由と安定を求めてスウェーデンに渡ってきた。経済的な理由だけでなく、政治的に寛容だったスウェーデンに、六〇年代後半にはアパルトヘイト下の南アフリカから大勢の人々が逃れてきたし、ヴェトナム戦争のころはヴェトナムからの政治的難民や、戦争から逃れてきたボートピープルが多かった。一九八〇年代エチオピアでは数回にわたって大飢饉が起き、その度にエチオピアから大勢の子どもたちがスウェーデンに渡ってきた。国際養子となった子どもたちは成人し、さまざまな分野で現在のスウェーデン社会を担っている。二〇一五年にはシリア内戦から逃れてきた人々五万一〇〇〇人余りを含む一六万三〇〇〇人の移民を受け入れている。二〇一八年には八万八〇〇〇人、二〇一九年には一一万七〇〇〇人と増えている。現在は難民以外に新たな移民を受け入れることは少ないが、すでにスウェーデンに居住する外国人が家族を呼び寄せることは認められている。結果、スウェーデンの人口は一九六五年には七七〇万人だったのが二〇二〇年には一〇三〇万人を超えている。もちろん出産による自然増加もあるが、五十五年間で二六〇万人ほどの人口増加の大部分は移民によるものである。

私がスウェーデンに移り住んだ一九六八年の頃はギリシャの軍事独裁政権ジュンタから逃れてきた人々、トルコ、イタリアからの季節労働者、そして東欧諸国での弾圧から逃れてきた人々が多かった。個人番号を取得すれば誰でも無料で授業が受けられるスウェーデン語課程にはさまざまな理由でスウェーデンに渡ってきた外国人たちが集まり、ヴェンネルグレン・センターにあったストックホルム大学のスウェーデン語クラスは、多くの外国人にとってスウェーデンでの暮らしの出発点となっていた。

スウェーデンの社会経済の発展を促したものの要因として、移民・外国人労働者の市場参加とともに女性の社会進出があることも見逃せない。多くの国でそうであるように男女の平等と内外人の平等はスウェーデン社会でも出遅れた分野で、並行して押し進められるべき課題とみなされている。二〇〇六年から二〇一三年までの七年間、移民担当大臣が男女平等大臣を兼任していたことからも、この二つのカテゴリーには共通の課題があると認識されていたことがわかる。

スウェーデンは政府に移民担当大臣を置き、移民の権利を擁護し、スウェーデン社会に溶け込むよう融和政策を採ってきた。現在は、移民担当大臣は融和担当大臣という名称になっている。

しかし、現在人口一千万人あまり、その四分の一強が外国をバックグラウンドとする市民である現代のスウェーデン社会は、政府の目指す融和や国連の理想目標とは異なり、内外人の平等は必ずしもうまくいっていない。従来からスウェーデンに住んでいるスウェーデン人と移民との間の緊張と軋轢《あつれき》は現実にある。むしろ一九六〇年代や七〇年代よりも厳しいものになっているのではないか。ヘニング・マンケルが八〇年代後半にそれまで住んでいたアフリカのモザンビークからスウェーデンに戻ったときに感じた危険な雰囲気は、その後〝スウェーデンはスウェーデン人のもの〟というスローガンを掲げるスウェーデン民主党（Sverigedemokrat）の台頭で顕在化した。そして、二〇一八年の総選挙でスウェーデン民主党は国会にまでその勢力を伸ばし、国会議員席三四九議席のうちの六二議席を獲得し、スウェーデンの第三党となった。与党の社会民主党（一〇〇議席）は緑の党（一六議席）と組み、さらに他党の賛意を得て議決過半数をキープしている状態である。

シリーズ第一巻の『殺人者の顔』では、ヴァランダーと仲間の警察官たちが、移民逗留所が火事になったり、逗留所にいた外国人が銃殺されたり、さらにその付近の地元民が自警団を作ったりすることに驚くと同時に大きな危惧を抱く様子が描かれている。民間の人々が自警団を作ることはデモクラシーに反する不法行為で、集団によるリンチに及ぶこともあり、決して許してはならないとヴァランダーをはじめ警察官たちは怒る。自警団という言葉に夜回りや火の用心を促して歩く地域のボランティアのような感覚を持つ日本人は多いのではないだろうか。西欧社会で、特に他所者《よそもの》を除外する風習の強いところでは自警団（ヴィジランティス）はＫＫＫ（クー・クラックス・クラン、アメリカの秘密結社、白人至上主義）のようなもので、民主主義とは相容れない危険な存在と見做されている。

ヴァランダー・シリーズ最終作のこの「手」では、移民を受け入れる社会にいながら、孤独に生きてきた人間にマンケルは目を向ける。現在のスウェーデンは、本人はスウェーデン生まれでスウェーデンの国籍を持つが、親や、祖父母が外国生まれという人はもはや平均的スウェーデン人と言ってもいいかもしれないほど多い。そして毎年新しい移民が増え続けている。スウェーデンには外国人法（Utlänningslag 2005）があり、移民局（Migrationsverket）が移民に関する様々な課題の解決にあたっている。

ヨーロッパの国は現在どこでも、多少の違いはあれ、多かれ少なかれ移民とそれまでの住民が共存しているのが現状である。移民と言っても、政治的、経済的、自然災害などの理由から外国に移り住む人々以外に、現在二十八カ国に上っているＥＵ加盟国の大部分の国が、ビザなしで行き来し就業できるシェンゲン協定に入っているため、より良い暮らしを求めて他国に住む人々もいる。彼らもまた移民である。

スウェーデンとは違い、日本は移民を受け入れない国である。日本の法律には移民という言葉がない。移民に関する法律もない。あるのは出入国管理及び難民認定法と、その中での難民という言葉だけである。二〇一九年に滞在が認められた難民はわずか四十四人だという。まさに日本は世界から隔絶した文字通り東洋の島国なのだ。世界と手を繋ぐ国の一つという認識で国際的な連帯と責任を果たすことはできないものだろうか。私たちも一歩国外に出れば外国人なのだ。よその国で自分がどう扱われるかと、自国で外国人がどう扱われるかは、同じ線上で考えたい。

「手」の後に続く「ヴァランダーの世界」の後半は、ヴァランダーという警察官が主役のこのシリーズがどう始まったかを作者マンケルが振り返る文章で始まる。続いてヴァランダー・シリーズ全作品の簡単な紹介、次にヴァランダーを含むこのシリーズに登場する主な人物の説明と全十二巻に登場する人々全員の簡単な説明（作中では名前がついてなかった人物にまで名前がつけられている）、そして全十二巻に出てくる場所の説明、続いてヴァランダーの好きなもの、最後に、登場した本や音楽を紹介する文化索引と続く。

アルファベット順に並んでいる索引を五十音順に置き換える作業は手間のかかる仕事だった。いっそアルファベット順のままにしたらどうかとも考えたが、やはり日本語の索引にする以上、原語の語順では読者に不親切、第一読みにくくて仕方がないだろうということになり、人名と地名、文化索引は翻訳後すべて五十音順に並べ替えた。編集者と校正者の協力なしにはとても完成しなかったと思う。この場を借りて深謝し、お礼を述べたい。

この『手／ヴァランダーの世界』をもって、スウェーデン南部の田舎町イースタの警察官クルト・ヴァランダーのシリーズは完了する。著者のヘニング・マンケルは六年前に他界したが、多作な作家で、四十五の作品のうち、私はまだ十六作しか訳していない。そのうちの十二作がヴァランダー・シリーズ、他は『タンゴ・ステップ』、『北京から来た男』、『流砂』、『イタリアン・シューズ』である。どれもやはり面白い。この四作のうち『流砂』だけはマンケルががんにかかっていることを知ってから書き下ろしたエッセイ集である。この作家の広い知識、深い洞察力、そしてありたい世界を求める強い意志が伝わる、静かで限りなく優しい本だ。ヴァランダー・シリーズが好きな読者にはぜひお薦めしたい。

このあとは『イタリアン・シューズ』の続編の *Svenska gummistövlar*（仮題・スウェーデン製のゴム長靴）に取り掛かります。ご期待ください。

二〇二一年五月十二日

柳沢由実子

検印
廃止

訳者紹介　岩手県生まれ。上智大学文学部英文学科卒業、ストックホルム大学スウェーデン語科修了。主な訳書に、インドリダソン『湿地』『厳寒の町』、マンケル『殺人者の顔』『イタリアン・シューズ』、シューヴァル／ヴァールー『ロセアンナ』等がある。

手／ヴァランダーの世界

2021年6月18日　初版

著　者　ヘニング・マンケル

訳　者　柳《やなぎ》　沢《さわ》　由《ゆ》　実《み》　子《こ》

発行所　(株)　東京創元社
代表者　渋谷健太郎

162-0814／東京都新宿区新小川町1-5
電　話　03・3268・8231-営業部
03・3268・8204-編集部
URL　http://www.tsogen.co.jp
精興社・本間製本

乱丁・落丁本は、ご面倒ですが小社までご送付ください。送料小社負担にてお取替えいたします。

ISBN978-4-488-20923-0　C0197